欧·亨利
短篇小说精选

〔美〕欧·亨利◎著 景天◎译

Selected Stories of O.Henry

台海出版社

图书在版编目（CIP）数据

欧·亨利短篇小说精选／（美）欧·亨利著；景天译.
—北京：台海出版社，2017.10
ISBN 978-7-5168-1582-3

Ⅰ.①欧… Ⅱ.①欧… ②景… Ⅲ.①短篇小说—小说集—
美国—近代 Ⅳ.①I712.44

中国版本图书馆 CIP 数据核字（2017）第 228689 号

欧·亨利短篇小说精选

著　　者：（美）欧·亨利		译　　者：景　天	

责任编辑：刘　峰　　　　　　　封面设计：胡椒设计
责任印制：蔡　旭

出版发行：台海出版社
地　　址：北京市东城区景山东街 20 号　邮政编码：100009
电　　话：010 - 64041652（发行，邮购）
传　　真：010 - 84045799（总编室）
网　　址：www. taimeng. org. cn/thcbs/default. htm
E - mail：thcbs@126. com

经　　销：全国各地新华书店
印　　刷：北京佳顺印务有限公司
本书如有破损、缺页、装订错误，请与本社联系调换

开　　本：880×1230　1/32
字　　数：214 千字　　　　　　　印　　张：10
版　　次：2017 年 11 月第 1 版　　印　　次：2017 年 11 月第 1 次印刷
书　　号：ISBN 978-7-5168-1582-3

定　　价：39. 80 元

译者序

　　欧·亨利是美国一位非常出色的小说家，创作了很多脍炙人口的作品。他的小说构思新颖，语言诙谐，峰回路转，充满了生活情趣，有"美国生活的幽默百科全书"的美誉。

　　欧·亨利本名威廉·西德尼·波特，1862年出生，曾经做过药房的学徒，在牧场放过牛，也曾经入狱。在以后的很多作品中，他都融入了自己的一些经历和感受。

　　1899年，他以"欧·亨利"这个名字发表了第一篇短篇小说，从此走上了写作道路。此后，他陆陆续续地创造了将近三百篇短篇小说和一部长篇小说，为人们留下了很多经典之作，《麦琪的礼物》《最后一片常春藤叶》都是流传甚广的作品，知名度很高。

欧·亨利的作品具有非常鲜明的风格，文字简练风趣，幽默机智，结尾经常出乎意料，所以"欧·亨利式的结尾"在美国文学中久负盛名。1918 年，美国还设立了"欧·亨利纪念奖"，对每年的最佳短篇小说进行奖励。

由于欧·亨利的作品文笔生动，语言幽默，有时候会用到谐音、双关语和俚语，想要在忠于原文的同时把作品翻译到最好具有一定的难度，不足之处还望读者指正。

目录

麦琪的礼物

　　一元八角七分钱，没有更多了。其中有六角钱还是一分一分的硬币，是一点点攒下来的，在杂货店店主、菜贩子、屠户那里死缠烂打，死皮赖脸，直到他们涨红了面颊，对这种斤斤计较的交易流露出鄙夷的神色。黛拉反反复复数了三次，还是这少之又少的一元八角七分钱。可是明天就是圣诞节了。

　　这时候唯一能做的，就是扑倒在破旧的小沙发上，号啕大哭。黛拉就是这样做的，此时她突然感觉到，生活就是这样，要么哭泣，要么抽噎，要么微笑，而这其中，抽噎占据了生活中很大的一部分。

　　随着这位女主人的情绪逐渐从第一阶段平息到第二阶段，我们再来看看她的这个所谓的家吧。一套小小的公寓，少量的家具，每周就得花上八块钱的租金。这间小小的屋子，破旧得几乎无法用笔墨去形容。住在这里，还要时刻担心那些抓乞丐的警察造访。再看看这个公寓的门口，有一个小小的信箱，里面却是空空如也；还有一个门铃，但从来没有响过。门铃的上面挂着一块小牌子，上面写着"詹姆斯·狄灵汉·杨先生"。

"狄灵汉"这三个字是名字的主人志得意满的时候，心血来潮加上去的，那个时候他每周能赚到三十美元的收入，可是现在他每周的收入已经缩减到了二十美元。"狄灵汉"这几个字看起来也有些模糊，似乎是它们在思索着要不要缩写成一个更简单的"狄"字比较好。但是，每逢詹姆斯·狄灵汉·杨先生下班回到家，走进自己的这间公寓的时候，詹姆斯·狄灵汉·杨太太——就是刚才介绍给大家的黛拉，就会边叫着"吉姆"边迎上来，给他一个大大的拥抱。看得出来，他俩的感情真不错呢。

黛拉止住了哭泣，往自己的脸颊上补了些粉。她站在窗户前，呆呆地瞅着一只灰猫在灰色后院的灰篱笆上行走。圣诞节明天就到了，可是她手头上只有一元八角七分钱可以给吉姆买礼物。这还是她用了好几个月时间，一分一分积攒下来的。一周二十美元的收入，远远不够家庭的支出，总是如此。只有这一元八角七分钱可以给吉姆买礼物了。那是她的吉姆啊。黛拉花了很长的时间思索要送给他什么珍奇的、有趣的、有价值的精美礼物——最起码也要配得上吉姆的礼物才行啊！

房间的两扇窗户之间挂着一面壁镜。可能你也见过这种一周八块钱租金的公寓里的壁镜吧，只有非常瘦小、身段灵活的人，才能从这一连串狭长的影像中，对自己的容貌有一个大概的概念。黛拉恰巧身材苗条，才完全精通了这门技艺。

她突然从窗口转了个身，站在了壁镜前面。她的双眼灵活明亮。可是，短短的二十秒之后，她的脸上就失去了光彩。她快速地把自己的头发解开，让它自然披落垂直下来。

詹姆斯·狄灵汉·杨先生夫妻俩各有一样特别引以为豪的东西。一样是吉姆家祖传的金表，这块表是他的祖父传给他的父亲，然后才传到他手上的；另一样就是黛拉的头发。假若示巴女王①住在天井对面的公寓里，只要黛拉有一天把自己的秀发露出窗外去晾晒，就会让这位女王家里所有的珍珠宝贝都暗淡无光。假若由所罗门王②当了公寓看门人，把自己所有的金银珠宝都堆满地下室，吉姆每次经过那儿，都会掏出自己的金表看看，让所罗门王妒忌得吹胡子瞪眼睛。

这时，黛拉柔美的秀发散在她的四周，波浪起伏，闪着光芒，就像是一条褐色的瀑布。秀发一直垂过了膝盖，好像披上了一件衣服。接着，她又紧张又匆忙地把头发梳好。有那么一瞬间，她的身体颤抖了几下，但很快就站直了，破旧的地毯上溅落了一两滴眼泪。

她穿上褐色的旧外衣，戴上褐色的旧礼帽，眼睛里还闪烁着点点泪光。她忽然转身，只见裙角飞扬，人就到了门外。她快步走下台阶，来到了大街上。

---

① 示巴女王：是公元前非洲东部的示巴国的女王。示巴国是当时最富有且实力最强的王国，其疆域覆盖非洲东部及阿拉伯西南地区和也门。
② 所罗门王：是公元前10世纪以色列的国王，是犹太民族史上最伟大的君王，建造了耶路撒冷第一圣殿，以聪慧富有著称，拥有至高无上的权力。

她在一块招牌前停住了脚步，招牌上写着"莎弗朗妮①夫人——各类毛发制品专卖"。黛拉快速跑上楼梯，大口地喘了几口气，定了定神。她面前的这位夫人身材肥硕，面无血色，脸上一副冷冰冰的模样，和"莎弗朗妮"这个名字一点也不相称。

　　"你要买我的头发吗？"黛拉问。

　　"头发我可以买，"莎弗朗妮夫人说，"把帽子去掉，让我看看你的头发。"

　　褐色的小瀑布很快就垂落了下来。

　　"二十元。"莎弗朗妮夫人边说边熟练地抓起这一团头发。

　　"现在就给我钱。"黛拉说。

　　噢，随之而来的两个小时就像是长了绚丽的翅膀愉快飞过。大家不用理会这不怎么恰当的比喻。总之，为了送给吉姆礼物，黛拉在这两个小时的时间里搜寻了好几家店铺。

　　黛拉终于找到了！这简直就是专门为吉姆制作的，别人都不适合的好东西。她几乎翻遍了每一间店铺，只有这一家有这样的东西。那是一条白金表链，样式简单大方，完全没有复杂累赘的装饰，仅用材质就足以展现出它的价值——好东西就该是这样。它完全配得上吉姆的那块金表，黛拉从第一眼看到它就坚定地认为它应该属于吉姆。它就像吉姆的性格一样，沉静而有价值——这样的形容简直是太恰当了。店家要价二十一元，

---

　　①　莎弗朗妮：意大利诗人塔索（1544—1595）所写的史诗中的人物。这篇史诗以第一次十字军东征为题材，名字叫《被解放的耶路撒冷》。史诗中，莎弗朗妮为了拯救耶路撒冷城市中所有的基督教众，承认了自己并没有犯过的罪行，成了舍身就义的典型。

买完表链，黛拉拿着剩余的八角七分匆匆赶回家去。吉姆有了这条链子，在任何场合都能够体面地掏出金表来看时间了。要知道金表虽然华贵，但如果只用一条旧的皮带来做表链，那么吉姆在需要看时间的时候，也就只能是偷偷去瞄上一眼。

黛拉回到了家，她的冲动和喜悦开始被谨慎和理智逐渐取代。她拿出了烫发用的铁钳，打开煤气，开始补救为了爱情和大方所造成的破坏，那从始至终都是一件非常困难的任务，亲爱的朋友们——这简直是个了不得的任务。

四十分钟后，黛拉的头上布满了一缕缕紧紧贴着头皮的小卷发，看起来像是个逃学的坏男孩。她对着镜子看着自己的样子，认真又持久地照来照去。

"如果吉姆看到了不得杀了我，"她对自己说，"在看我第二眼之前……他一定会说我像是科尼岛合唱团的卖唱女孩。可是我又有什么办法呢？——唉，我只有一元八角七分钱，能做什么呢？"

七点钟的时候，她把咖啡煮好，煎锅也热在炉子上，就等着把肉排放进去煎了。

吉姆回家一向都很准时。黛拉把表链对折好，紧紧抓在手心里，坐在离门最近的小桌子旁等着吉姆进门。没过多久，她就听到楼梯上传来了熟悉的脚步声。她十分紧张，脸色有些发白。她习惯对于平日里最简单的事情也要默默祈祷一番。这个时候，她悄悄地说："上帝啊！求求你，让他认为我还是漂亮的吧。"

门被打开了，吉姆走进来，回头把门关上。他非常瘦削，面容严肃。可怜的男人，他只有二十二岁，就担负起了养家的重担。他看起来需要一件新大衣，还需要一副手套。

吉姆在门边站住了，他一动不动，像一只猎狗闻到了鹌鹑的气味。他紧紧地盯着黛拉，眼里的神情是她所无法理解的，这让她有些恐惧。那里面没有愤怒，没有讶异，也没有不满或者是厌恶，那种情绪并不是她所预料到的情绪中的任何一种。吉姆只是站在那里，看着她，脸上的表情很奇怪。

黛拉轻轻地从桌子边站起身，快速走到了他的身边。

"亲爱的吉姆！"她大声地说，"别这样盯着我，我把自己的头发给剪掉卖了。因为如果不送给你一件礼物，我肯定过不好这个圣诞节！头发还会再长的啊，你不会在意的，对吗？我一定得这么做。我的头发长得很快呢。跟我说句'圣诞快乐'吧，吉姆！笑一笑。你也许不知道我给你准备的礼物有多么好——太精美、太好看了！"

"头发被你剪掉了？"吉姆有些吃力地问道，似乎他无论如何去想，也无法想通这个已经存在了的事实。

"不但剪掉了，我还把它卖了。"黛拉说，"不论怎么样，你不是也会同样地爱着我吗？没有了这一头长发，我还是我，不对吗？"

吉姆表情奇怪地朝房间扫视了一圈。

"你说你的头发没有了？"他带着傻瓜似的神情问道。

"不要找了，"黛拉说，"我说了，已经卖了，卖了，没有了。上帝啊，这可是圣诞节前夜，请对我笑一笑好吗？我这么做都是为了你啊！我的头发也许数得清有多少。"她的语调开始变得温柔起来，"我对你的爱有多深，相信没有人能说得清。我开始煎肉好吗，吉姆？"

吉姆好像突然从恍惚中清醒了过来，他"嗖"地一下把黛拉拉到了自己的怀里，紧紧地抱着。这个时候，大家还是先花个十秒来看一看别的无关紧要的东西吧。每周八元钱的房租，或者是每年一百万的房租，有差别吗？这时候也许只有数学家或者是有才华的人才会说错答案。麦琪①带来了珍贵的礼物，但他们也找不到答案。这句话听起来有些难懂，我们下文会再做说明。

吉姆从衣服口袋里掏出一个小包，随意放在了小桌上。

"别误会我，黛拉。"他说，"没有任何东西——不管是发型、修脸，还是洗头等，都不会让我减少一丝丝我对我妻子的爱。你打开那个小包，就清楚我刚进门的时候为什么会愣住了。"

她白皙的手指轻巧地撕开了小包的包装绳子和包装纸。紧接着是一声欣喜若狂的呼叫，随后就变成了只有女人才会发出的神经质的号哭。她满面泪水，需要这所公寓的男主人想尽办法去安慰她。

面前的盒子里摆放的是梳子——一整套的发梳，梳理两鬓用的，梳理后面的头发用的，一应俱全。这是黛拉曾经在百老

---

① 麦琪：又叫东方三博士、东方三智者等。他们的名字是梅尔基奥尔、加斯帕和巴尔萨泽。人们认为是他们发明了圣诞礼物。在耶稣刚刚降临人世的时候，他们从东方前往耶路撒冷，为耶稣赠送礼物。他们送的分别是黄金（代表基督的权威）、乳香（代表基督纯洁的品质）和没药（代表基督将要遭受的苦难）。

汇的一个橱窗里，伫立了好久，渴望了好久的东西。漂亮的发梳是用纯玳瑁做的，四周还镶嵌着美丽的珠宝——用来配自己已经剪掉了的头发，实在是再合适不过了。她心里知道，这套发梳价格不菲，自己曾经羡慕倾心了很久，但是从来没有过拥有它们的奢望。但是现在，它们竟然是她的了，当她可以用这件日思夜想的礼物来修饰自己的时候，却没有了那头美丽的长发。

但她仍然把这件礼物紧紧抱在怀里，过了好大一会儿，才抬起泪眼婆娑的小脸，含着笑意对吉姆说："我的头发长得很快，吉姆！"

紧接着，黛拉就像是一只被火给烫着了尾巴的小猫似的，突然蹦了起来，嘴里叫着："噢！噢！"

吉姆还没看到那件精美的礼物呢。她迫切地摊开自己的手掌，伸到他的面前，那毫无意识的贵金属映衬着她欢快而热忱的心情，也发出了闪耀的光芒。

"简直太漂亮了是吧，吉姆？我把这整座城翻了个遍，才把它找到的。现在，你每天可以看表一百次了。把你的表给我吧，我得看看把它配在表上是什么样子。"

吉姆并没有照她的话去做，却躺在了沙发上，双手枕在头下，笑起来。

"黛拉，"他说，"我们先把圣诞礼物保存起来吧。它们都太好了，但是现在还不适合用，我把金表卖掉了，换成了钱去给你买的发梳。现在，你可以去煎肉了。"

大家都知道，那三位麦琪是非常聪明、很有智慧的人——

他们把礼物送给了降生在马厩中的婴儿耶稣，他们创造了圣诞节送礼物的风俗。他们是聪慧的人，他们的礼物必然也是聪慧的，也许经过复制之后，还能流通起来相互交换。这里，我告诉大家一个普通的小故事，那两个住在小小公寓里的傻孩子，他们很不聪明地为了对方，放弃掉他们家最珍贵的东西。但是，我要对现在社会上的一些聪明的人说，在所有互送礼物的人们之中，他们却是最聪明的。他们就是麦琪。

最后一片常春藤叶

在华盛顿广场的西边有一个小区，那里的街道像发狂了一样，横七竖八，错综复杂地分裂成了一条条"小胡同"。这些"小胡同"以各种千奇百怪的姿态纵横交错，有的"小胡同"甚至还交叉了好几回。有一个美术家甚至想象这条街会发生这样有趣的事：如果有一个人要收账，到这条街道来讨要画纸、颜料和画布的钱；那么他就会发现自己总会在这里绕圈圈，最后只会空手而归，一分钱也要不到。

很快，就有很多的美术家来到这个古色古香的老格林尼治村了。他们寻找着那些靠北的窗户、18 世纪的三角墙、荷兰氏的阁楼，以及便宜的房租。他们从第六大道买来了一些白蜡做成的杯子和一两只烘锅，这里就形成了一所"艺术区"。

一所又低又矮的三层楼房的顶楼，是苏和琼西所租的画室。"琼西"的本名叫乔安娜。她俩分别来自缅因和加利福尼亚。在八号街的"德尔莫尼科"餐厅的一张餐桌上，她俩相遇了。她们经过沟通，发现自己与对方无论是对艺术、对沙拉，还是对时装的爱好都是那么一致，于是一见如故，共同开设了这间画室。

这件事情发生在五月的时候。转眼到了十一月，一位不速之客带着冷漠与无情入侵了这里，医生们叫它"肺炎"。它就在这所艺术区里到处游荡，用自己冰凉的手指碰一下这个人，又碰一下那个人。在广场东面，这个坏家伙更是肆无忌惮地大肆走动，一下子就把十几个人击倒了。幸好在这条纵横交错、铺满青苔的胡同里，它总算是把脚步放慢了下来。

叫"肺炎"的这位先生可不是我们心目中有骑士精神的老绅士。一个单薄的、被加利福尼亚的冷风吹得几乎是面无血色的瘦弱女人，如何能抗得过这个挥舞着拳头、杀气腾腾的老坏蛋的袭击。琼西被打倒了，几乎是无法动弹，只能躺在一张被油漆刷过的铁床上，凝望着小小的荷兰窗对面那所砖房的空墙。

一天早晨，那位忙碌的医生扬了扬他那蓬松杂乱的灰白色粗粗的眉毛，把苏叫到了走廊那里。

"依我看，她只有十分之一的机会能活下去。"医生边说边把体温表里的水银柱甩下去。"而且这十分之一的机会，还得看她自己是不是要活下去。现在很多人都没有求生的意志，他们宁愿去殡仪馆排队，也不愿好好活下去，这真是让医疗界感到难堪。你的这位朋友已经断定自己是不会痊愈了，她是不是有什么心事呢？"

"她——她希望自己有一天能去那不勒斯海湾画画。"苏说。

"画画？瞎说！她的脑袋里就再也没有什么值得她想的事情了吗？比如说，男人？"

"男人？"苏大吃一惊，嘴里发出一声奇怪的声音，"男人就值得——不，医生，根本没有这种事。"

"唉！这就对她很不利了。"医生说，"我会尽我作为医生的所有能力，现在看来我的努力还是可以起到一些作用的。可是我的病人一旦开始盘算起给她送葬的马车能有几辆的话，那么治疗的效果就得减半。如果你能使她对今年秋冬最新潮的大衣的斗篷袖子式样产生兴趣，那我就可以把她复原的概率提高到百分之五十——明白吗？是百分之五十，不是百分之十！"

医生回去后，苏跑到工作室，把一张日本餐巾纸都哭湿了。然后，她拿着画板，吹着搞笑的口哨，精神抖擞地走进了琼西的屋子。

琼西在床上躺着，脸面对着窗口，被子底下没有一点动静。苏以为琼西睡着了，赶紧停止了口哨声。

她把画板架起来，开始给杂志画一篇小说的钢笔画插图。青年画家们为了自己的艺术道路更加顺利，往往会先为杂志中的小说画插图，而杂志小说，则是青年作家为了自己的文学道路更加平坦而创作的。

苏画的小说中的人物是一名爱达荷牛仔，画上的他戴着一副单片眼镜，穿着漂亮的马裤。突然，她听到一个重复且微弱的声音在说着什么，于是赶紧走到床边。

琼西的眼睛睁得很大，她望着窗外，数着数——从后往前数。

"12，"她说着，歇了一下，又说"11"。接下来就是"10"，然后是"9"，再接着就是几乎同时数的"8"和"7"。

苏无奈地望向窗外。那儿有什么可数的呢？那儿只有一个冷冷清清的院子，还有二十英尺外的一堵萧索的砖墙。一株很老的常春藤，枯萎着的纠结的枝干，在半堵墙上攀爬着。秋季的寒风几乎把常春藤上的叶子都给吹掉了，只剩下了几根光秃秃的藤枝在剥落的砖块上无望地趴着。

"什么呀，亲爱的？"苏小声地问着。

"6"，琼西数着，声音低不可闻，"它们掉得更快了。三天前差不多还有一百片，数起来让人头晕眼花，现在可就容易了，又有一片掉下来了，只剩下五片了。"

"五片？什么啊，亲爱的。告诉你的苏吧。"

"叶子，常春藤上的。等它的最后一片叶子掉下来，我也就该去了。三天前我就知道了，这件事医生没有告诉你吗？"

"哎哟，我可没听过这些胡言乱语。"苏表现得满不在乎，"常春藤和你的病有什么关系？你不是一向很喜欢它吗？别说傻话了，你这个调皮的姑娘！医生今早告诉我，你的病很快就会好了，你痊愈的机会是——让我想想，他怎么说的呢——他说，你痊愈的希望是百分之一千呢。这差不多就和我们在纽约乘坐电车或者是走过一栋新房子的概率是一样的。来吧，喝点汤吧，然后我继续画我的插图，好把它卖给那个男编辑，赚了钱来给我生病的姑娘买点波特酒，然后再弄点上好的排骨来喂喂我这只馋猫。"

"你不用再买酒了，"琼西双眼直直地盯着窗外说，"又掉了一片。我不喝肉汤。只剩下四片了，我希望在天黑前亲眼看着最后一片叶子掉落，然后我就跟着一起去了。”

"琼西，亲爱的，"苏低下身子看着她，"可以答应我吗？闭上你的眼睛，在我完成插画之前，不要去看窗外好吗？我明天必须把画稿交了，我画画得需要光线，要不然我就把窗帘拉下来了。"

"你就不能到你的那间屋子去画吗？"琼西的声音冷冷的。

"我想跟你待在一起。"苏回答，"而且我非常不喜欢你总是盯着那几片让人讨厌的叶子。"

"你一画完就叫我，"琼西边说边把眼睛闭上了，她的脸平静且苍白，就像是一尊倒下的雕像一般，"我想要看着最后一片叶子掉下来。我等得很累，想得也很累。我想要逃离这一切，就这样一直飘，一直飘，像一片疲倦的、可怜的叶子一样。"

"你休息一会儿吧。"苏说，"我得去叫贝尔曼上来，让他给我当个隐居的老矿工的模特，我马上就回来，我回来之前你千万别动啊。"

住在这栋楼底楼的老贝尔曼也是一位画家，他已经六十多岁了，有着一把像米开朗琪罗的摩西雕像一般的大胡子，有着一颗像是半人半羊的森林之神萨迪尔①的脑袋，还有一个小小的像是小魔怪的身躯。贝尔曼是个失败的画家，他画了四十年的画，却同心上人保持着相当的距离。他经常说自己要画出一幅杰作，却始终没有动手。这些年来，他除了偶尔在广告画、商

----

① 萨迪尔：半人半羊的形象，据说是希腊神话中最低级的森林之神。

业画中涂涂抹抹以外，并没有画出什么有意义的画来。他的收入很少，只能靠着给艺术区里别的画家当模特去赚取一点生活费——这些画家的收入都很微薄，没有钱请专业的模特。他是个酒鬼，酒就是他的一切，还总是唠唠叨叨地说着他那幅还没有开始画的杰作。此外，他还是个火气十足的小老头，对别人的软弱冷嘲热讽，毫不留情。就是这样一个小老头子，却固执地认为自己是楼上工作室里两位年轻女画家的忠实卫士，随时准备着去保护她们。

苏顺着酒气在楼下那间灯光暗淡的小屋子里找到了贝尔曼。房间的一个角落里放着一个绷紧了白色画布的画架，它静静地待在那里等着主人落笔，已经等了二十五年。苏把琼西的胡言乱语告诉了他，又说出了自己的担心，就怕这个虚弱得像枯叶一样的琼西就这么飘走。随着她对这个世界的留恋越来越小，她恐怕真的就会撒手离去了。

老贝尔曼发红的双眼含着泪，大声去嗤笑这种呆傻的胡思乱想。

"瞎说什么！"他嚷嚷着，"这个世界上还有人这么愚蠢，竟然因为叶子掉了而不想活了？这种怪事我从来没有听说过！不！我不去当那个无聊的隐士模特！你怎么能让她的小脑袋瓜里出现这样的傻念头呢？哎呀，可怜的琼西小姐！"

"她的病很严重，身体特别虚弱。"苏有些不服气地解释道，"高烧让她总是胡思乱想，她现在满脑子里都是稀奇古怪的念头。好，贝尔曼先生，你不想给我当模特就算了。不过我还是要说一句，你可真是一个让人讨厌的老——老贫嘴。"

"你可真是磨磨唧唧！"贝尔曼喊道，"谁说我不当模特？走，我跟你过去。我早就答应你当这个模特了！上帝！琼西这么好的小姐实在不该在这个地方生病。总有一天我会让我的那幅杰作面市，那样我们就能一起离开这里了！上帝！一起离开！"

他们上楼时，琼西正睡着觉。苏拉下了窗帘，招呼贝尔曼跟她去了隔壁的房间。他俩面对面坐着，担心地看着屋外的常春藤，又默默无语地对视了一会儿。窗外下雨了，雨水伴随着雪花下个不停。贝尔曼还是穿着他那件破旧的蓝色衬衣，坐在一把翻过来充当岩石的铁壶上，扮起了隐居的老矿工。

第二天一早，苏只睡了一个小时的觉就醒了。她看到琼西双眼无神地盯着拉下来的绿色窗帘。

"把窗帘拉上去，我想看看。"她有气无力地说着。

苏不得已地照做了。

然而，看！经过了漫长的一整夜寒风的侵袭、雨雪的冲刷，依然还有一片常春藤叶子贴在墙上。它是这棵常春藤上的最后一片叶子了。叶子的底部依然是深绿的颜色，而叶子边缘的锯齿部分已经干枯发黄。它坚定地挂在藤条上，在离地二十多英尺的半空中傲然挺立。

"这是最后的一片叶子，"琼西说，"我以为它昨夜一定会掉落的。我听到了刮风的声音。它今天一定会掉，我也会死的。"

"亲爱的！"苏疲惫的脸凑到了她的枕边说，"你不肯为自己着想，也要为我想想啊！你不在了，我一个人该怎么办啊？"

琼西没有回答。全世界最寂寞、最悲哀的，莫过于一个准备走向遥远、神秘的死亡之旅的魂灵。这样的想法一天一天地，越来越强烈地割断了她与这个世界及友谊的丝丝联系，有力地占据了她的心灵。

时间悄悄地溜走。傍晚的时候，她们看到墙上那片藤叶依旧孤单地挂在那里。天黑了，北风又开始怒吼，大雨又开始砸起了窗户，雨水顺着荷兰式的低屋檐倾泻而下。

天蒙蒙亮的时候，琼西就残忍地要求苏把窗帘拉起来。

那片叶子仍在墙上。

琼西躺着，久久地看着它。她喊了苏一声，苏这时候正忙着搅动煤炉上给琼西熬着的肉汤。

"我是个坏女孩，苏，"琼西说，"是上帝让这最后一片叶子不掉下来，以此证明我过去是多么的坏。不想活下去，是一种罪恶啊。你给我盛一碗肉汤吧，再给我弄一点加了波特酒的牛奶，还有——对了，你先拿一面镜子给我，再给我把枕头垫高一点，我想坐起来看你熬汤。"

一个小时以后，她说："苏，我想有一天能去那不勒斯湾画画。"

下午的时候，医生来了。苏找了个借口跟着医生来到了走廊上。

"她有百分之五十的可能性痊愈了。"医生把苏细瘦且颤抖的双手紧紧地握在自己手里，"你好好护理她，一定会胜利的！现在我得去楼下看看另一个病人了。他叫贝尔曼，据说也是个画家，他年纪有点大，人又很虚弱，疾病来势太凶，估计是没有什么希望了，不过今天还是要把他送到医院去，这样能让他舒服点。"

第二天，医生对苏说："她已经没有生命危险了，你胜利了！现在只要给她补充营养，细心护理就可以了。"

下午，苏来到琼西的床边。琼西靠在枕头上，宁静地编织着一条深蓝色的看起来没什么用处的毛线披肩。她伸出一只胳膊，一把把枕头和琼西一起抱在怀里。

"我要告诉你一件事，亲爱的。"她说，"贝尔曼先生今天在医院里死去了，他患了肺炎，他是从前天开始生病的。前天的时候，他被人发现在屋子里疼得要命，动弹不得。他的衣服和鞋子都湿透了，浑身冰凉。他们都想不出，在那么糟糕的天气里，他到底是去了哪里。后来他们找到了一盏还未熄灭的油灯，一把有过移动痕迹的梯子，很多散落的画笔，还有一块调色板，混着黄色和绿色颜料，还有——亲爱的，你向窗外看看吧，看看那墙上最后的一片常春藤叶子。你不是很好奇，它为什么在风中一动也不动吗？啊！亲爱的，这片叶子就是贝尔曼的杰作——就在最后一片叶子掉下来的那个夜晚，他把它画在了那里。"

催眠专家杰夫·彼得斯

提及杰夫·彼得斯赚钱的手段，那多得就跟南卡罗来纳州查尔斯顿人煮红米饭的方法一样。

我最爱听他说他自己早年的经历，那个时候他为了吃口饱饭，只能在大街小巷卖膏药和止咳的药水，那时候他和自己的朋友一起努力奋斗，同心协力，只为了挣那么一点的钱。

"那次，我去了阿肯色州的非瑟丘，"他陷入了回忆，"全身裹上了鹿皮衣，脚上穿着鹿皮鞋，留着长长的头发，手指上还戴着一个从特克萨肯纳的演员那儿弄来的足有三十克拉重的钻戒。他用钻戒和我的小折刀进行了交换，也不知道他用这把小刀做什么去了。

"那时的我，身份是一位非常有名的印第安巫医沃乎大夫。我身上只带着一种非常厉害的，名叫'灵丹神药'的草药。这种草药是从一种可以延年益寿的植物中提取的，当时，乔克陶族的酋长之妻，美貌的塔夸拉在准备玉米舞会上的炖肉时，想找一些蔬菜进行搭配，无意间发现了它。

"因为在前一个镇子，我生意做得不是太顺利，所以当我到了非瑟丘的时候，发现自己的衣兜里就只有五元钱了。我在当地找到了药剂师，向他赊了七十二套八盎司的玻璃瓶和木塞子。当时我的行李箱里还有在前一个镇子剩下的标签和原料。我入住旅店之后，就用自来水兑好'灵丹神药'药水。当我看到桌子上排满了一排排整齐的药水瓶子的时候，我觉得生活又变得美好了。

"假药？不，可不能说是假药，先生。在我这七十二瓶药里实实在在地有金鸡萃取液，价值两块钱呢，还有价值一毛钱的苯胺。在之后的好些年，就凭着这些药，我走过各个城市，很多人都追着我要买呢。

"那晚，我就找了一辆马车，到街头去卖药。非瑟丘这里地势比较低，疟疾流行。凭感觉我知道这里的人最需要一种复合型的润肺强心的抗坏血药。'灵丹神药'一上市，就像全素宴上的甜味面包一样畅销。在我以一瓶五角钱的价格卖出了两打之后，我突然感觉到我的衣摆被人轻轻扯动。我明白是什么意思，于是我下了马车，把一张五元钱的钞票悄悄塞进了一位翻领上佩戴着德国银星章的男士手里。

"'警官大哥，你好啊。'我说，'今晚天气不错。'

"'你推销的这些制剂是非法的，还说它们是药品，你有本市的卖药许可证吗？'他表情很严肃地说。

"'没有。'我说，'我不知道你们这儿是不是城市，明天我

发现它真的是城市的话，我会去领一张。'

"'在你领到执照许可证之前，你必须暂停销售。'警察说。

"我只好把药瓶都收好，回到旅店，然后把这事说给了老板听。

"'你在非瑟丘干这个是不行的，'饭馆老板摇着头说，'这里唯一的医生是霍斯金斯大夫，他可是镇长的妻弟，他们可不会允许任何一个冒牌大夫在这个镇上行医的。'

"'我不是行医，'我对他说，'我有做买卖的执照，是州政府发的。有了这个执照，不管在哪个城市都可以得到买卖许可。'"

"第二天一大早，我到了镇长办公室，可是他们告诉我镇长还没来，也说不准什么时候才会来。于是，我这位沃乎大夫只得回到旅店，让自己倒在椅子里，点燃一支香烟，等着。

"不知过了多长时间，一个系着蓝领带的年轻人坐在我旁边问我现在的时间。

"'十点半，'我告诉他，'我见过你，在你工作的时候，你是叫安迪·塔克吧。你是在南方销售"丘比特大礼包"吧？我想想，里面有一个智利订婚钻戒、一枚婚戒、一个薯泥研磨器、一瓶舒缓糖浆，还有一张多萝西·弗农①的照片——这些一共卖五角钱。'

"安迪见我竟然还记得他，非常高兴。他是一位很棒的街头销售员，而且他对自己的工作非常尊重，只要能赚到百分之三

---

① 多萝西·弗农：有名的德籍美国女演员。

百的利润他就非常满足了。很多人想要让他去自己那里，干些贩卖假药和园艺种子的事，可是这些非法的事他说什么都不愿意去干。

"恰巧我需要一个伙伴，安迪与我一见如故。我告诉他非瑟丘目前的情况，分析了因为政治和医疗相互勾结纠缠而造成当地经济陷入低谷。安迪是坐那天一早的火车到这里的，也恰好处在低谷状态，当时他正打算在整个城市里挨家挨户销售，打算先用尤里卡斯普林斯那边一些卖得好的货物赚一些钱，然后从头再来。接着，我们俩就在门口走廊上商谈了起来。

"第二天上午十一点的时候，我一个人坐在那儿，看到一位名叫'汤姆大叔'的人急急忙忙地闯进旅馆，大声说着让医生和他去看看班克斯法官，可能是那位镇长，他好像病得很严重。

"'我不是医生，'我对他说。'你为什么不去找医生？'

"'先生，'他慌张地说，'霍思金斯医生去乡下出诊去了，离这儿有二十多英里呢。他是这个镇上仅有的一名医生，班克斯老爷的病又很危急，他让我来请您去看看，请您快点。'

"'出于人道主义精神，我去看看他。'我说着，就拿了一瓶'灵丹神药'装进了自己的口袋，跟着他往外走。镇长的房子在山坡下，是全城最豪华的住所，屋顶是芒萨尔式的，门前的草坪上还有两个用钢铁铸就的猛犬雕塑。

"班克斯镇长就这么在床上躺着，全身除了胡子和脚尖，都盖得严严实实。他的肚子里发出一阵奇怪的响声，这声音会让整个城市的人都以为是地震了，听到了都要快速跑出自己的屋子避难。一位年轻人在床边站着，手里拿着一杯水。

"'医生，'镇长张嘴说话了，'我的病太厉害了，可能活不了多久了，你救救我吧？'

"'镇长先生，我没有上过医学院，也没有跟艾斯·库·拉比乌斯①学医术的福气，'我言语真诚，'我就是以同胞的身份来看看自己是不是能帮得上忙。'

"'非常感谢，'他不在意地说，'沃乎大夫，这位是比德尔先生，是我的外甥。他费尽心思让我减少痛苦，可是收效甚微。哦，上帝！哎哟哎哟哎哟！'他痛苦地呻吟起来。

"我向比德尔先生点了下头，然后坐在床边，触了触镇长的脉搏。'我先来看看您的肝——我说的是舌头。'我说着，又翻了翻他的眼睑，仔细地检查了他的瞳孔。

"'您生病有多长时间了？'我问。

"'从昨晚开始……哎哟、哎哟……昨晚就开始发作了。'镇长说。'医生，给我开点止疼药吧，好吗？'

"'菲尔德先生，'我说，'您可以把窗帘拉开一些吗？'

"'我叫比德尔。'年轻人纠正我说，'詹姆斯舅舅，你想不想吃点火腿蛋？'

"我把耳朵贴在他的右边肩胛上仔细地听了一阵，然后坐直了身体，告诉他：'镇长先生，您这是右锁骨急性炎症的症状啊！'

"'上帝！'他叫唤着说，'可以抹点药吗？要不要正正骨，

---

① 艾斯·库·拉比乌斯：是希腊神话中日神的儿子，我们称之为"医药之神"。

或者还可以找一些其他的方法来治疗?'

"我把帽子拿起来，起身朝门口走去。

"'你这是要走吗? 医生?!'镇长大喊着，'你不能离开这儿，不能坐视不理，看我死于……您叫这病为急性锁骨炎对吧?!'

"'即便是从道义上讲，哇哈医生,'比德尔先生开口说，'您也不该眼睁睁看着同胞受病痛的折磨，却不管不顾啊。'

"'是沃乎大夫，别哇哈哇哈叫，跟吆喝牲口似的。'我纠正他说。然后我来到了床边，甩了甩我长长的头发。

"'镇长先生，您只有最后一丝希望。因为对您的病情来说，已经无药可医了。不过要知道药虽然威力巨大，但是还有一种力量是远远高于药物的。'我就这么对他说。

"'是什么?'他急切地问。

"'科学论证,'我回答，'比药物更好的就是您的意志力。您要相信任何的痛苦和疾病都是不存在的，那些只不过是我们身体有些不舒服的时候的一些感觉罢了。心诚则灵。'

"'医生，这是什么奇怪的把戏?'镇长问我，'你不会是社会主义者吧?'

"'我讲的可是一种非常伟大的学说，叫精神干预疗法。这是一种远距离和潜意识来治疗谵妄和脑膜炎的启蒙学派，是一种非常神奇的室内神通，名字就叫个体催眠术。'

"'你会施行这种神通吗，医生?'镇长问我。

"'我是最高长老院大祭司和内殿法师之一。'我说，'不管什么时候，一旦我施展这项神通，腿有残疾的人就能行走，盲人也会重见光明。我是灵媒，是花腔催眠专家，是灵魂的主导者。最近在安阿伯市举办的降神会上，就是依靠我的神通，让那位已经死去了的酒醋公司的总裁亡者归来，还和他的妹妹简交谈了一番。'我接着说，'对于穷苦的人，我不会随意施展我的神通，只会去街头卖药给他们。我不能自贬身价，因为他们不会让我得到什么利益。'

"'你能施展神通救救我吗？'镇长问我。

"'你听我说。'我继续说道，'无论我到哪里，医学界总是会跟我作对。我并不是个行医的人，但为了救您的命，我可以为您施展这项精神疗法。但是您必须以镇长的身份保证以后不会再向我追究是否有行医许可证。'

"'这没问题。'他说，'快点开始吧，医生，我感觉又开始疼了。'

"'我的治疗费用是二百五十元，两个疗程可以治好。'我对他说。

"'好的。'镇长说，'我付。我这条命完全值二百五十元钱。'

"我坐在床边上，看着他的眼睛。

"'从现在开始，你要把你心里任何和病痛有关的想法都抛弃掉。你没生病。你没有心脏、锁骨、神经、大脑，你什么都没有。你没有任何疼痛的感觉。否定你现有的一切。现在你是不是觉得那些根本就不存在的疼痛已经逐渐消失了呢？'

"'我感觉好点了，医生，'镇长点点头，说，'我说的是真的。快来，再骗骗我，说我左胸口这里根本就没有什么肿块，

我想这样我自己就可以坐起来吃些香肠和荞麦蛋糕了.'

"在他所说的地方,我用手按压了几下。

"'现在,炎症也没有了.'我说,'近日点的右叶已经消肿了。你觉得特别困,你的眼睛已经睁不开了,马上就要闭起来了。现在,疾病已经远离你了。你已经睡着了.'

镇长慢慢地把眼睛闭了起来,接着就响起了呼噜声。

"'迪德尔先生,'我开口说,'您刚才亲眼看到了现代科学的奇迹.'

"'是比德尔,'他回道,'什么时候进行下次治疗?哇哈医生?'

"'是沃乎医生,'我纠正说,'明天十一点的时候我会再过来。等他睡醒了,拿八滴松香油和三磅肉排给他吃。告辞.'

"第二天上午,我按照约定的时间到了他家。'今天感觉如何,比德尔先生?'我进入了卧室,朝着旁边的人说,'你舅舅今天怎么样?'

"'他看上去好了许多.'年轻人回答。

"镇长的气色和脉搏都很好。我再次对他实施了催眠术,他说已经感受不到一丝疼痛了。

"'好了,从现在开始,你只需要卧床休息一两天就没事了.'我说,'好在我刚巧来到了非瑟丘,镇长先生,要知道,正规的医生就算是有无数的药也无法治你的病。现在你的病好了,疼痛也没有了,我们不如换个愉快的话题来聊一聊——比如二百五十元钱的治疗费。我可不要支票,我很不喜欢在支票背面签名,更不想在它正面签名.'

"'我这儿有现金。'镇长边说边把枕头下面的皮夹子摸了出来。

　　"他从里面抽出了五张五十元的钞票，拿在手中。

　　"'把收据拿过来。'他冲着比德尔说。

　　"我在收据上写下了自己的名字，镇长把钱放到我手上。我仔细地把钱放进了衣兜。

　　"'你可以行动了，警官。'镇长边说边咧嘴一笑，看起来丝毫不像是生病的样子。

　　"比德尔攥住了我的胳膊。

　　"'沃乎大夫，不，应该叫你彼得斯，'他大声说，'你被捕了，罪名是非法行医。'

　　"'你到底是谁？'我问。

　　"'我来告诉你他是谁吧。'镇长先生从床上坐直了身体，'他是个侦探，是本州医学委员会请来的，已经跟踪你走了五个镇了。昨天他到我这儿来，想出了这个办法来抓你。我想，你不可能在这块地区行医了，骗子先生。你说我得的病叫什么来着？医生？'镇长大笑着说，'急性——哦，不管是什么病，反正我的脑筋没有被烧坏。'

　　"'侦探……'我低声嘟囔。

　　"'是的，'比德尔说，'我得把你交给治安官。'

　　"'你倒是试试。'我边说边用手掐住比德尔的脖子，眼看就要把他扔到窗户外面了。可是他掏出了一把枪抵住了我的下巴，我只好放开手。就这样，他铐住了我的手腕，还从我口袋里把钱都掏了出来。

"'我做证,'他说,'这些钞票都是我们一起做过记号的钞票,班克斯法官。我先把他送到警察厅局长那儿,然后就拿去上缴,到时候警长再把收据寄给您。请您把收据保存好,因为它是本案的物证。'

　　"'好,比德尔先生。'镇长说,'现在,沃乎医生,'他把头扭向我这边说,'你为何不施展你的神通了?你不是可以用牙齿拔出手铐的卡子然后离开吗?'

　　"'走吧,警官,'我满不在乎地说,'我自认倒霉。'然后,我把头转向老班克斯,使劲晃动着手铐上的链子。

　　"'镇长先生,'我说,'总有一天,你会知道,催眠术是成功的,而且在这件事上也发挥了很大的作用。'

　　"'我也认为是这样的。'

　　"等我们俩走到门口的时候,我说,'我们也许会碰到什么人,安迪,我想你还是把手铐解开——'怎么回事?当然啦,比德尔就是安迪·塔克呀!这一整出戏都是他设计的。就这样,我们俩搞到了合伙做买卖的第一笔资金。"

提线木偶

　　在二十四街与一条黑暗的小巷子的交接处的角落里，站着一位警察，街道上方是一条高架铁路。时钟显示现在是清晨两点。一直到天亮，这里都被寒冷、绵绵细雨和与世隔绝的黑暗所包围。

　　一个男人穿着一件长大衣，头上的帽子被压得很低，手中还提着一些东西，快速走出黑漆漆的小巷子，轻手轻脚不发出任何声音。警察走过去询问他，虽然态度很友好，但是说话的语气和神态却流露出一种威严。这个时间段，这条恶名远播的小巷子，一个步履匆匆的男人，还带着一件看上去很重的东西——这些都与警察手中记载的重点的可疑情况完全吻合，他一定要问个明白。

　　"嫌疑人"淡定地停下脚步，把帽子向上推了推，在电灯刺眼的光亮中，浮现出一张面无表情、神态自若的脸孔。他的鼻子稍长，一双乌黑的眼睛显得沉稳。他的手上戴着手套，从大衣一侧的口袋里找到一张名片交给警察。警察接过名片后，借着忽明忽暗的灯光，把名片上的名字看清楚了："查尔斯·斯宾塞·詹姆斯博士，医生"。名片上的地址显示的街道和门牌号位于一个非常不错的街区，这个地方别说让人怀疑，就连质疑这个地方都会让人无地自容。医生另外一只手上拎的东西引起了警察的好奇，他低头打量着，这是一个用动物皮制成的黑色药箱，表面还用银色的铆钉做装饰，这些小细节有力地证实了名片上的内容真实可信。

"没问题了，医生。"警察说话间已经给他让开了一条路，步伐略显笨拙，但是很友善，"上面有命令，一定要特别小心。这段时间发生了很多盗窃和抢劫的案件。今天晚上最好不要出门，虽然天气暖和，但是也比较潮湿。"

詹姆斯医生彬彬有礼地点头，与警察闲聊了几句有关天气的话题，然后就急匆匆地赶路了。当天晚上，三名巡警都曾收到过他的名片，大家一致认为他的身份没有问题，还有那个做工考究的药箱，可以更进一步证实他品行端正，是一个正直的人。如果第二天有哪一位警察再去求证一下名片上的内容，肯定能够找到更多证据。例如刻有医生名字的漂亮门牌，他在设备应有尽有的办公室里工作，安静的环境、体面的工作——不过，最好不要太早去，因为詹姆斯先生不喜欢起早。另外，从他的邻居们提供的证词中可以看出，他是一名奉公守法的良民，热爱家庭的优秀男人，还有他在这里工作两年来获得的众多好评。

因此，如果有哪一个维护和平的人认真窥探一下那个让人觉得没有问题的药箱，一定会大吃一惊。把箱子打开后，你能够看到里面放着整整一套最新的精美工具，最近名声远播的"开箱人"就是它们的主人——这是一位盗窃手法干净利落的盗贼的封号。这些工具全部采用特殊设计，精心制造。包含一小根短而有力的撬棍、一些形状各异的钥匙、几件冶炼最好的法兰钻，还有锋利的钻头和打孔机——这些工具可以像老鼠偷吃奶酪一样轻而易举地钻进质地坚硬的钢材里，犹如水蛭一般紧紧地吸在滑溜溜的保险柜门上，打开密码旋钮就好像是牙医拔牙一样。"药箱"内侧有一个小袋子，里面放着容量为四盎司的一小瓶硝化甘油，用得只剩下了一半。在工具的底下还有一层被揉皱的钱和几捧金币，这些钱一共是八百三十块。

在这个神秘的圈子里，詹姆斯医生被他的朋友称为"希腊之神"。这个具有神秘色彩的称呼，一半是人们对他从容不迫和绅士气度的赞赏；另一半是同行之间沟通使用的行话，意思是头领、策划人、守秘者，他利用自己的住址和崇高的社会地位来掩盖自己的秘密和这份高风险的职业。

在这个与众不同的小圈子中，还有其他几个成员，职业的"开箱专家"——斯基提·摩根和甘姆·德克，城中做珠宝生意的商人——利奥波德·普莱茨费，当成员们搜罗来一些"晶莹剔透的珠宝"和饰品时，他负责将这些东西处理掉。这几个小伙子都忠心耿耿，他们的嘴巴好像门农神像①一样，心犹如天上

---

① 门农神像：古埃及的法老像，希腊人把它视为门农的雕像。

的北极星。

今天晚上他们做的这一单，在他们看来有点不划算。试想一下，在一家很有钱的仿制品老店里，放着一台很旧的双层两边闩的保险柜，到了周六晚上，不应该只有区区两千五百块钱呀？但是他们却只弄到了这些，这笔钱按照规矩被平均分成三份。他们预想每个人可以分到一万至一万二，可是没想到公司的经理做事情太谨慎——天刚刚黑，他就用装衬衫的盒子将大部分现金装走了。

詹姆斯医生在空无一人的二十四街上走着。平时喜欢戏剧的一些人总会聚在这里吵闹，现在他们早已经入睡。街道让蒙蒙细雨浸透，石子路上的一个个小水坑里映照出一缕缕弧光灯，被多如牛毛的细雨打碎成点点星光。在楼与楼之间寒冷和潮湿的环境里，吹出来的风可以把人冻得感冒。

医生在一栋用砖砌成的大房子的转角处停下，这是一栋特别突兀的建筑，楼房的门"砰"的一声开了。一位大喊大叫的黑人妇女吧嗒吧嗒地走下楼，走上了人行道。她的嘴里一直在念叨着什么——她的家族身处困境，得不到帮助的时候，通常都会这样求救。她应该是南部奴隶部落的人——爱聊天，热情，忠诚，但是又不受控制；她的外表就是最好的证明——肥胖，干净，腰间系着围巾，头上戴着头巾。

从对面走过来的詹姆斯医生恰巧遇见了这位正在下楼梯的不速之客，她犹如凭空从这栋安静的楼房中冒出来的一样。突如其来的遭遇让她的嘴巴停了下来，周围的环境也一下安静了。她用一双鼓出来的眼睛死死地看着医生手里拿着的药箱。

"我的上帝，"瞧清楚后，她忍不住大声说，"先生，你是一名医生吧？"

"对，我是一名内科医生……"詹姆斯医生停下脚步。

"给上帝一个面子！帮钱德勒先生看看吧，医生！他刚才不知怎么了，好像是抽筋，然后就一动不动，好像要死了。艾米小姐告诉我去请一个医生。如果没有在这里遇见你，天知道老辛迪我要去什么地方给她弄一个大夫出来！老主人如果知道这件事，就有好戏看了，他肯定会量好步子后拿出枪来决斗。唉，艾米小姐这个不幸的小羊……"

"快点领路，"詹姆斯医生的一只脚已经往台阶上走去，"假若你只想找人听你唠叨的话，那我就走了。"

黑人妇女把他带进了楼里，顺着铺着厚重地毯的楼梯往上爬。一路上路过了两条灯光昏暗的门厅。当他们走到第二条门厅处，领路的黑人妇女已经累得气喘吁吁，她转个弯在门口停住，然后用手把门打开。

"我找到医生了，艾米小姐。"

詹姆斯医生走进屋里，一位年轻的女人站在床边向他鞠躬致意。他先把药箱放在椅子上，然后又脱下大衣搭在靠背上，正好遮住了药箱，随后他坦然自若地向床边走去。

一个男人躺在床上，他保持着摔倒时候的姿势，身上穿着价格不菲的时装，脚上的鞋子被脱了下来；他的身体松弛，没有丝毫生气，犹如死掉一般。

詹姆斯医生的身体好像罩着一道光芒，周身散发出一种平静安定的力量，这股力量让病患的家人犹如在沙漠中遇到甘露一样。他在病房工作时所展现的风度，可以轻而易举地吸引女人。他和只会与病患家人搞好关系的医生不一样，他的风度来源于他的淡定、能力、敬业、能够决定病人生死的力量，还有他对病患的尊重、庇护和无私的内心。在他坚毅有神的眼神里，放射出超强的磁力；他的脸上虽然没有表情，却有一种出家人的淡定、祥和，不禁让人们尊敬他，他的样子很适合做知己或者安慰人的角色。有时，他第一次上门看病，女人们就会情不自禁地对他说出珠宝藏在什么地方。

詹姆斯医生动作熟练，在人们毫无察觉的时候，就已经研究完这间屋子里装饰的等级和质量了。这些家具都是订制的，而且种类繁多，价值不菲。与此同时，他简单地扫视一眼，还将刚刚那位年轻的女人的长相看清楚了。她的身材纤瘦，年龄二十岁左右，模样俊俏，美艳动人，可是一张漂亮的脸蛋上却挂着愁容，如果说她是为突发事件而发愁，不如说她一直以来都很发愁。她眉毛上方的额头上，有一小块显眼的乌青。医生的职业素养提醒他，这块伤大概是在最近的六个小时内发生的。

詹姆斯医生将手指放在男人的手腕上，然后用一双会说话的眼睛向女人提着问题。

"我是钱德勒太太，"她一边哭一边说，她有一点南方口音，所以说话有些让人听不清楚，"在您到这里的十分钟之前，我的先生发病了。他之前有心脏病史，犯过几次病——其中有几次差点死掉。"她认为需要对丈夫半夜的这身打扮做出解释："他今天回来得特别晚，可能是去参加宴会了，我估计。"

詹姆斯医生把注意力转移到病患身上。不管是看病还是盗窃，他对待手上的"任务"都很用心，对所有工作都报以尊重的态度。

病患的年龄看上去大概有三十岁，从他的长相就能够看得出他是一个很冲动而且生活放荡的人，但是他的长相还算不错，看上去有些幽默，也算是填补了不足。他的衣服上有一股酒味。

医生把他的外套纽扣打开，然后用小刀从衬衫衣领一直割到腰际。把遮挡在身体上的衣物解除后，他把耳朵紧紧地贴在病患的心脏上，仔细听声音。

"是二尖瓣回流吗?"他抬起身子小声说。话的结尾音调是升调，显得有点没把握。他又一次弯下身子，这次他听的时间更久。再次抬起身子后，他的语调坚定不移:"二尖瓣狭窄。"

"太太，"他的语气完全像是在安慰忧心忡忡的病患家人一样，"大概……"他慢慢转过头，看向那位太太的时候，她的身体一下子软了下去，脸色苍白地倒在了黑人妇女的怀中。

"不幸的小羊!我不幸的小羊!我辛迪大妈的孩子要被害死了!我的老天爷，你睁眼看看!让他们受到惩罚吧!她就快要被带上歪路了!他们摧残了她犹如天使一般的心!让她……"

"把她的脚抬起来，"詹姆斯医生一面扶着浑身使不上力气的女人，一面询问，"她住在哪个房间?必须让她躺在床上。"

"那里，医生，"戴着头巾的黑人妇女把头歪向一道门，"艾米小姐的房间就在那边。"

他们俩一起用力将钱德勒太太抬到房间的床上。她的脉搏虽然很弱，但是很有规律。此刻，她正处在昏迷状态，全身失去知觉，好像正在熟睡。

"她太累了，"医生说，"睡眠对她很有帮助。一会儿她醒来后，别忘记让她喝一杯温热的甜酒——如果她愿意吃的话，不妨在甜酒里放个鸡蛋。她额头上的乌青是怎么弄的?"

"撞到的，先生。我不幸的小羊摔倒……不是的，"她的种族脾气很多变，这时她突然暴躁起来——"老辛迪才不会为你这个恶魔说谎！是他打的，先生！我的老天，希望他的手赶紧烂掉！——该死！辛迪对可爱的小羊承诺过不对别人说。艾米小姐被虐待，先生，她的头被打成这样。"

詹姆斯医生来到一盏漂亮的落地灯前，把灯光调得暗了一些。

"你留在这里看着你的主人。"他叮嘱说，"保持安静，她可以休息得更好。她醒来以后，千万别忘记让她喝热甜酒。如果有其他情况，要赶紧告诉我。这件事情有点蹊跷。"

"蹊跷的事情不止一件……"黑人妇女又打算长篇大论，但是医生却发出"嘘"声，示意她闭嘴，犹如制止癔症发作的病患一样。他来到隔壁，小心翼翼地把门关上。躺在床上的人没有移动，但是眼睛却瞪得很大，他不断动着嘴唇，好像在说什么。詹姆斯医生低头聆听，他听见："钱！钱！"

"你能听见我在叫你吗?"医生的声音很轻，但是发音很清楚。

男人微微点头。

"我是一名医生，是您的夫人把我请来的。他们已经告诉我您是钱德勒先生。您现在的情况很危急，请稳定住情绪，别太伤心。"

病患对医生使了个眼色，似乎想要对他说什么。他俯下身子，认真聆听着微弱的声音。

"钱……两万块。"

"您想说两万块钱放在什么地方吗？……银行里？"

男人用一个眼神表示不对。"转告她……"气息变得越来越弱——"那两万块钱——她的钱……"他的眼睛扫过整间房间。

"钱被你藏在这里了？"詹姆斯医生的嗓音犹如海妖塞壬①一样，他努力地想从这个思维混沌的男人口中得到秘密——"是不是就在这里？"

他一刹那便从那双空洞的眼睛中得到了肯定答案。手指摸到的脉搏犹如蜘蛛丝一样细弱。

詹姆斯医生体内另外一种职业本能立刻被开启。他快速做出反应，他决定迅速找到藏钱的地方，即使病人随时会死亡。

他从口袋里拿出一张空白的处方签，然后按照病患的症状，在处方签上草草写下药方。之后，他来到里面的房门口，小声叫来老妇人，把药方递给她，吩咐她按照药方把药买回来。

黑人妇女一边不停地念叨，一边出门去了。医生来到钱德勒太太身边。她依旧睡着，脉搏跳动比之前有力。额头乌青的地方已经发炎了，但额头还是凉了，表面渗出一层细汗。

假设没有人叫醒她，她肯定会睡上几个小时。医生发现钥匙插在门锁上，他再次来到房间里，把门锁上。

---

① 塞壬：来自古希腊神话传说，据说她是一名人面鱼身的海妖，用歌声诱惑过往的航海者，让他们触礁落水，再把他们吃掉。

他看了一眼手表，估计他可利用的时间只有半个小时，黑人妇女去药房买药，肯定不会马上回来。他看了看周围的环境，找到一个水壶和一个大水杯。他把药箱打开后，把里面的一小瓶硝化甘油拿了出来——他的几个负责钻孔的伙伴都叫它"油"。

他把黄色发黏的液体倒入水杯里，然后又拿出银白色的注射器，安好针头，小心翼翼地按照针筒上的刻度吸了几下，用了差不多半杯水才将一滴油化开。

两小时之前，詹姆斯医生曾使用这支针筒，把一滴还没有化开的硝化甘油注射到保险柜被钻好的锁眼里，随着一阵闷闷的爆炸声，控制门闩的系统被炸开。现在，他想用同样的手法，只不过这次他想要注射的对象是人的心脏，而理由依旧是钱。

相同的手段，不一样的过程。之前犹如巨人一样，依靠蛮力做事；而现在却好像是一个奸诈小人，手段毒辣却用丝绒和花边做掩护，但是同样会致命。硝化甘油被稀释后就变成了硝化甘油溶液，这种溶液在医学界中被认定为是最有效的强心剂，只要区区两盎司的量，就可以把保险箱的大门炸开。现在这个时候，只需要一滴油的五十分之一，就可以让人类精密的脏器停止工作。

只不过不会立刻见效。他不想那样。当这股力量进入病患体内，人体的各个脏器和机体能力都会得到大幅度提升，心脏会第一个勇敢地做出反应，血液会通过静脉快速返回源头。

詹姆斯医生比谁都明白，像这样的心脏病人，如果受到这样强烈的刺激必死无疑，会像中了来复枪的子弹一样当场毙命。大盗"油"进入血液中，会导致血流量迅速增加，把本来就已经闭塞不通的血管瞬间堵死，生命的泉水也从此停止涌动。

没有任何知觉的钱德勒被打开衣襟，医生驾轻就熟地将针筒刺入心脏区域的肌肉内，把溶液一点点注入体内。他有着良好的职业精神，做任何工作都认真干脆。打完针后，他把针头认真地擦干净，然后把细铜丝放在针眼里，防止针头被堵。

三分钟过去了，钱德勒把眼睛睁开，嘴巴一张一合，好像有什么话想说。虽然他现在有气无力，但是吐字还很清晰。他想知道谁在救他。詹姆斯医生不慌不忙地告诉他，自己是怎么出现在这里的。

"我的妻子在哪儿?"病患问。

"她睡着了，因为过度劳累和忧虑。"医生说，"我认为最好不要把她叫醒，如果……"

"不用，不要……"有一个恶魔此刻正在钱德勒的身体里捣鬼，让他的呼吸加快，说话也变得结结巴巴，"不需要为我……把她叫醒……她……不会……领你的情……"

詹姆斯医生搬了一把椅子放在床边。时间宝贵，不能再说废话了。

"几分钟之前，"他开腔，一脸职业态度的他，语言也变得严肃认真，"你曾想对我说有关一笔钱的事情。我虽然不想纠结于这些事，但是我想告诉你，焦虑和忧虑都会影响你的健康。对于这件事，如果你想要说什么——来缓解你的心理压力——你说起有两万块钱——还是把话说出来吧。"

钱德勒的头无法转动，可是他的眼球却瞟向医生。

"我……没有说……钱的位置?"

"没说，"医生说，"我从你断断续续的话语中判断，你应该很担心那笔钱的安全。假设钱就藏在这间屋子中……"

詹姆斯医生没有继续说下去。他会不会在病患面前表现得过于关心这个话题？会不会引起怀疑？他的样子是不是过于着急？话是不是说得太多了？钱德勒之后的话让他没有了疑虑。

"除了……"他大口喘着粗气，"除了……保险柜……还能藏在哪儿？"

顺着他的目光瞥见房间的角落，医生才留意那里摆放着一个特别小的铁制保险柜，窗帘上的流苏正盖在上面。

医生站起来，摸着病患的手腕。病患的脉搏跳动强烈，其间还有不好的停顿。

"把胳膊举起来。"詹姆斯医生说。

"您应该了解……我没办法动……医生……"

医生快步走到大厅门口，把门打开，认真聆听。周围没有任何声音。他彻底打消了顾虑，朝着保险柜走去，仔细打量一番。这个保险柜不仅粗糙，而且设计简单，只可以防住小毛贼，对于他这种大盗贼来说，这个保险柜太小儿科了，就好像是用稻草和纸做的一样。这笔钱看来是志在必得了。他用钳子固定住把手，然后用力敲打密码盘，只不过两分钟而已，保险柜就被打开了。使用其他办法，或许一分钟就够了。

他跪在地上，耳朵与密码盘紧紧地贴在一起，慢慢拧动把手。和他猜想的一致，只有一组密码。他灵敏的耳朵听到一丝轻微的咔嗒声，机关被破解了，现在是时候——拧动把手了。他迫不及待地把保险柜门打开。

保险柜里什么都没有——空荡荡的保险柜里连一片碎纸都找不到。

詹姆斯医生起身来到床边。

濒临死亡的男人眉宇间渗出了一颗颗豆大的汗珠，但他的嘴角还是挤出一个阴毒的笑容，眼睛里全是嘲笑。

"我从来没有……见到过……"他强忍着剧痛说，"医生与……盗贼……于一体！你的……两个职业……让你赚了很多钱吧……亲爱的医生？"

詹姆斯医生的双面人做得那么好，可是他从来都没有遇见过这么严峻的考验。被害者和他开了一个死神一般的玩笑，将他引进陷阱中。他陷入了一个荒唐的陷阱中，可是他还是要维护尊严，让头脑保持冷静。他没有说话，把表取出来后，等待面前的病患死去。

"你……太在意……那些钱了。可惜你……绝对不会得手……亲爱的医生。它很安全。百分之百安全。钱都在……庄家的……手里。两万块钱……一分不少……艾米的……钱。我全部用来下注了……输得……一分钱……都没了。我并不是一个善良的人，盗贼先生……对不起……医生，可是我却是一个赌品极好的赌徒。我从未……遇见过……你这种……地道的无赖，医生……对不起……盗贼先生，长了见识啊。你的……行业中，盗贼先生，有行规吗？可不可以给被害者……对不起……是病患，倒杯水呢？"

詹姆斯医生倒了一杯水给他。他已经无法喝下去。强心针的药力开始发挥，一阵阵刺激着他。尽管他已经要死了，他还不忘狠狠地打击一下对手。

"赌徒……酒鬼……纨绔子弟……我都做过,但是……做盗贼的医生!"

对于这个马上要死的人对自己的嘲讽,医生决心回答一下。他俯下身子,眼睛瞪着钱德勒马上要木然的眼睛,用手指了一下女人睡觉的房间。他的气势让这个马上要死的男人竭尽全力抬起头来。他虽然什么都没见到,但清晰地听见医生用严肃冷静的语气说道,这段话是他这一生最后一次听见声音:

"我没有打过女人。"

没必要花费力气去研究,没有任何学问能够诠释这样的人。每当提起某类人时,总说"他可以做这个,还可以做那个",他们就是这类人。我们只用知道有这样的一类人,可以看看他们,聊聊他们的所作所为,犹如小孩子们观看提线木偶戏后,喜欢回味剧情一样。

从利己主义精神方面考虑,有必要聊一聊他们俩——一个是谋杀犯和盗贼,面对着被害人;另外一个没有大错,可行为卑鄙,让人厌恶,他虐待自己的妻子,对她实施家暴,此刻他的妻子正在另外一间屋子休息。他们俩一个好像老虎,一个好像狼狗,彼此厌恶着对方。两个人的行为都让人不齿,却都自以为自己的行为没有任何不妥——只不过,他们不涉及名誉。

詹姆斯医生的话有力地刺激到了对方的内心,毕竟他是个男人,男人自尊心被刺痛了,这让他由心底产生了一丝羞耻,也成为致命一击。男人的脸颊上一阵阵泛红,这些红斑意味着他就要死了。钱德勒咽了气,没有任何挣扎,瞬间死亡。

他刚刚咽气，黑人妇女便带着药回来了。詹姆斯医生用手轻轻地帮助死者闭上眼，把结果告诉了黑人妇女。她没有觉得难过，她骨子里认为死亡很正常，她的祖辈们也都不在意死亡。她只是略带悲伤地吸了吸鼻子，然后又开始了她一贯性的感叹。

"瞧瞧吧！老天爷还是开眼了，作恶多端的人总会受到惩罚的，承受苦难的人也总会得到帮助的。老天爷这回总算帮了我们一个忙。辛迪为了买这些药水，花光了身上所有的钱，可惜现在派不上用场了。"

"什么？难道钱德勒太太没钱了？"詹姆斯医生问。

"钱？先生，您知道艾米小姐为什么会昏过去吗？您知道她为什么身体那么虚弱吗？她太饿了，先生。已经三天了，整整三天！除了几块饼干之外，家里什么吃的东西都没有！在几个月以前，小天使把她的手表和戒指都拿去卖了！这栋大房子，先生，红彤彤的地毯，锃亮的衣橱，全是租来的！收租的人太可怕了！那个恶魔——对不起，我的天——他总归在您的手上得到了报应——这个家就是他毁掉的。"

医生一时语塞，黑人妇女认为得到了认可，一直唠叨个没完没了。从辛迪混乱的唠叨声中，他得知了关于这个家的故事。这个家的故事有点俗套，但其中掺杂着幻想、任性、灾难、残忍和狂妄。从她喋喋不休的埋怨声中，呈现出来的一幅幅画面逐渐清晰起来：这是一个位于遥远南方的典范家庭；这是一桩让人后悔的婚姻；在生活中全部都是卑鄙和暴行；终于有一笔财产从天而降，本以为有钱就有好日子过；只可惜那条饿狼拿了钱后一连消失了两个月，那笔钱几乎被输了个精光，还剩下的为数不多的钱，也被挥霍一空；他回来以后，家里迎来的却又是一次接一次的罪恶行径。这些污秽的故事贯穿了整个家庭，在这个曲折离奇的故事中，始终有一条纯洁的白线引导着——那个黑人妇女淳朴、高尚，又有持久的爱，她对自家的小姐不离不弃，一直陪伴在她身边，直至今天。

待妇女唠叨完后，医生询问她家里有没有威士忌或是别的酒。她对他说，"狼狗"的酒柜里还剩下半瓶白兰地。

"按照我的吩咐，去调制一杯热甜酒过来。"詹姆斯医生说，"叫醒你家小姐吧。让她喝光，对她讲讲刚才的事情。"

大概十分钟后，老辛迪扶着钱德勒太太进来了。她休息了一会儿，又喝了点热甜酒，现在的脸色看上去好多了。詹姆斯医生已经用床单把床上的尸体全部盖好。胆小的女士脸上挂着忧伤，她用带着恐惧的眼睛迅速看了床一眼，然后立刻躲到了对自己坚贞不贰的人身后。她的眼睛干涩但是很明亮。她的眼泪已经哭干，感情也变得麻木了。

詹姆斯医生来到桌子边，把大衣穿了起来，手里拿上帽子和药箱。他面无表情——经历过太多，他对世间的生离死别已经看淡了，唯独那双温柔的褐色眼睛，还能够流露出医生的怜悯。

他关切而又简短地说，时间不早了，此刻肯定找不到人来帮忙，所以他会找人来帮忙处理后面的事宜。

"还有最后一件事，"医生一边说一边用手指了指保险柜敞开的柜门，"你丈夫钱德勒先生在临死之前，知道自己活不了多久，叫我把保险柜打开，还告诉了我密码。如果你想用，请必须记着密码是四十一。先往右边拧几次，然后再往左边拧一次，在数字四十一上停下来。钱德勒先生不让我把你叫醒，尽管他知道自己命不久矣。"

"他在保险柜里存了一些钱——数额不大——但应该足够完成他最后的愿望。他想你回老家生活。希望时间可以让这一切变淡，你可以饶恕他曾犯下的罪过。"

医生指了指桌子上摆放整齐的一沓钞票和两堆金币。

"所有的钱都在这里——和他说的一样——总共八百三十块。这是我的名片，如果以后要帮忙可以与我联系。"

到了最后，他总算想到了她。却又太晚了！但是，这个美丽的谎言却瞬间打动了这位女士的心，碰撞出一丝火花，她忽然意识到，所有事情都已经化作尘土。她大叫："罗伯！罗伯！"转过身去，一头扑进了忠诚的仆人怀里，眼泪犹如泉涌一般，钱德勒太太积压在内心中的悲伤奔涌而出。之后的日子里，这个谋杀犯的谎话犹如天上的星星一样在爱的坟墓上空闪闪发光，安慰着她，使她逐渐宽恕了坟墓里的人——无论他想不想被谅解——这样一来，也很好不是吗？

她扑在黑人妇女的怀中哭得像个孩子，耳边响起"嘘——嘘——"的安慰声，唠唠叨叨的声音中充满怜惜。过了好一会儿，她才把头抬起来——但是医生早已经不见了。

我们选择的路

　　"落日快车"停在了图森市①以西二十英里的贮水池旁，准备加水。这辆著名的快车的车头除了水之外，还运载了一些对它不利的东西。

　　司炉工人放下输水管的时候，鲍勃·蒂德博尔，"鲨鱼"道森和有四分之一印第安克里克血统的"大狗"约翰迅速爬到了火车头，掏出三把手枪对准了火车司机。面对这非常明显的示意，火车司机感受到了威胁，他一边举起手来，一边大喊："至于吗？"

　　"鲨鱼"道森是这个突袭小队的队长，他利索地命令司机下车，把车头和旅客车厢分开。"大狗"约翰蹲在煤堆上，用两支手枪分别对着司机和司炉，让他们把火车开到五十码之外，等

———————————

①　图森市：美国亚利桑那州南部城市。

候指令。

"鲨鱼"道森和鲍勃·蒂德博尔根本不屑在旅客身上浪费时间——他们就像低等矿石，没有任何价值——而是直接冲到了快运包裹车厢，那里有宝箱。他们非常顺利地到达了目的地，看到信使正悠然自得地坐着，他觉得"落日快车"装的只是一些和蒸馏水一样的东西，没有刺激，也没有危险。鲍勃举起六发左轮枪的枪托，一下子把这个念头从他的脑子里敲了出去。"鲨鱼"道森则给保险箱装上了炸药。

保险箱被炸开了，里面露出了很多金条和钞票，足有三万美元之多。前面旅客车厢里的人还悠闲地把脑袋探到车窗外面，想看看是哪里有雷雨云。列车员迅速拉动车铃绳，可是他轻轻一碰，绳子就掉到了地上。"鲨鱼"道森和鲍勃·蒂德博尔用一个结实的帆布口袋把所有的赃物都装了起来，迅速跳下快运车厢，跑向车头，由于穿着高跟鞋，他们跑步的姿势十分怪异。

司机虽然非常生气，人却很聪明，就按照命令把车头迅速驶离车身。可是就在这一刹那间，被鲍勃击中的信使苏醒了，他一个鲤鱼打挺从地板上跳起来，抓起他的温彻斯特连发步枪，扭转了局势。当时"大狗"约翰正在煤堆顶上坐着，还没有反应过来就被当成了靶子，被信使击中了。子弹穿过了他的肩胛骨，这位工业时代的克里克骑士迅速从车厢滚到了地上。于是，他的伙伴每人就能多分到五分之一的赃款。

到了距离贮水池两英里的地方时，司机被要求停车。

劫匪们大大咧咧地向他挥手告别，跳下车头，沿着山坡跑到了铁轨旁边的密林中。他们在密林中跌跌撞撞地跑了五分钟，就到了一片稀疏的树林里，那里有三匹马拴在低垂的树枝中，其中一匹的主人就是"大狗"约翰，恐怕他再也不能骑这匹马了。两个劫匪把它的马鞍和缰绳解开，放它走了。他们又给另外两匹马上了鞍鞒，把钱袋放上去，小心地穿过树林，来到了一个荒凉的峡谷。没想到，鲍勃·蒂德博尔的坐骑不小心踩到了一块长满青苔的石块，把前腿给摔断了。他们果断地开枪打爆了它的头，然后蹲在地上，召开逃跑委员会会议。这一路他们历尽艰辛，眼下总算是安全了，现在时间的问题得到缓解。就算是身手最为敏捷的部队，也得追踪很多英里，好几个小时，才能追上他们。"鲨鱼"道森的马拖着缰绳和辔头，跑到了小溪边上吃青草。鲍勃·蒂德博尔打开包袱，两只手分别拿起一捆整齐的钞票和一袋金条，笑得像个满足的小孩子。

"你这个老海盗可真不简单。"他高兴地说，"你说我们肯定能行——你的金融头脑和捞钱的本事，整个亚利桑那都无人能敌。"

"现在你的马没了，怎么办呢，鲍勃？我们不能在这里逗留太久，他们明天早上就能追上我们。"

"啊，我觉得你那匹印第安小马完全可以驮着你和我跑一阵子，"鲍勃是个乐天派，"一会儿咱们遇到一匹马，就把它抢到手。天啊，我们这次赚了这么多钱，对不对？你看这上面的标签，三万，也就是说你和我一人一万五。"

"没有我预期的那么多。""鲨鱼"道森说，他用靴尖轻轻地踢着包袱，忧虑地看着他的马背——那里已经湿透了，它已经筋疲力尽了。

"老玻利瓦尔已经累坏了，"他说，"要是你的栗色马没有受伤该有多好。"

"我也是这么想的，"鲍勃感叹道，"可是事已如此，我也没有办法。玻利瓦尔的屁股那么大，一定可以驮着咱们俩跑一阵子，直到咱们再找到一匹马。哎，鲨鱼，我有一点想不明白，你这样的东部人，为什么要来到这里，领着我们这些西部佬铤而走险。对了，你到底是东部哪里的人？"

"纽约州，""鲨鱼"道森一边说，一边找了一块石头坐下，嘴里还嚼着一根小树枝。"我出生在阿尔斯特县，十七岁就离开家出来打拼了。我来到西部，完全是因为偶然。当时我拿着一个小包袱，顺着通到纽约城的大路一直走，准备去那里发大财。我一直觉得我能行。有一天晚上，我走到了一个岔路口，不知道该走哪一条路。我站在那里想了半个小时，就往左边走了。当天夜里，我遇到了一个狂野西部主题的杂耍班子，在各个乡镇演出旅行，我就跟着他们来到了西部。有时候我也会想，如果我当初选择了另一条路，现在会是什么样子。"

"唉，我觉得结果差不多，"鲍勃·蒂德博尔很有哲理地笑着说，"其实我们会变成什么样子，并不是由选择了哪条路决定的，而是由我们的内在决定的。"

"鲨鱼"道森站起来，靠在一棵树上。

"我是真心希望你的栗色马没有受伤啊！鲍勃。"他又说了一遍，语气里有一丝同情。

"是啊，"鲍勃表示，"对于乌鸦来说，它可是最美味的食物了。不过，玻利瓦尔完全可以驮着咱们俩。好了，咱们赶紧动身吧，鲨鱼。我把东西收拾好，咱们往高处走。"

鲍勃·蒂德博尔把抢来的钱重新装回袋子，把袋子口用绳子牢牢捆住。他抬起头时，看到的是"鲨鱼"道森那把四五口径的枪，黑洞洞的枪口正对着自己的眉心。

"别开玩笑，"鲍勃咧着嘴说，"我们要快点赶路。"

"别动！""鲨鱼"说。"你没法上路了，鲍勃。虽然这么说我也很难过，可是我们两个中只有一人能逃走。玻利瓦尔已经累坏了，它驮不动两个人。"

"我跟你，'鲨鱼'道森，搭档已经三年了，"鲍勃低声说，"咱们一起出生入死，赚的钱平分，我敬你是条汉子。我也听过传言，说你枪杀过一两个人，可是我从来都不相信。现在，要是你在跟我开玩笑，就把枪收起来，我们一起骑着玻利瓦尔赶路。如果你真的想开枪，那就开吧，你这个毒蜘蛛养的黑心家伙！"

"鲨鱼"道森那样子看起来非常悲哀，"鲍勃，你不知道，"他叹了一口气说，"我是真心希望你的栗色马没有受伤啊！"

下一秒，道森就变脸了，满是冷酷和贪婪。现在，这个男人的灵魂短暂地现身了，就像一个高贵华丽的房子的窗口出现了一张恶魔的脸庞。

没错，鲍勃·蒂德博尔永远不能"上路"了。他这个狼心狗肺的朋友用一把四五口径的手枪给了他致命一击，整个峡谷都被枪声震裂了，回声飘荡了很久。玻利瓦尔还不知道自己成了杀人犯的同谋，迅速地驮起抢劫"落日快车"的三个劫匪中仅存的一个，避免了"驮两个人"的命运。

"鲨鱼"道森骑着马在路上飞奔的时候，身边的森林似乎在逐渐消失；右手中紧握的左轮手枪也不见了，取而代之的是红木的扶手；身下的马鞍也变得很奇怪，装上了软垫。他睁开眼睛一看，自己的双脚并不在马镫上，而是安静地放在一张橡木方桌的边上。

　　让我来告诉你们吧，华尔街道森—德克证券公司的股票经纪，道森，从睡梦中醒来了。他的机要秘书皮博迪站在他的椅子旁边，欲言又止。楼下传来车轮的声响，让人觉得烦躁，电风扇也在嗡嗡直响，让人忍不住想睡觉。

　　"嘿，皮博迪，"道森眨着眼睛说，"我刚才一定是睡着了。我做了一个奇怪的梦，有什么事吗，皮博迪？"

　　"先生，特雷西—威廉公司的威廉先生现在在外面等您。他是来交易 X. Y. Z. 的。市场行情出乎意料，先生，您应该没有忘记吧。"

　　"没有。今天 X. Y. Z. 行情怎么样，皮博迪？"

　　"一元八角五分，先生。"

　　"就按这个价格吧。"

　　"对不起，我想多说几句。"皮博迪局促地说，"我刚才同威廉有过短暂的交谈。道森先生，他是您的老朋友，而您基本上垄断了 X. Y. Z. 股票。我原以为……我是说，你也许不记得他卖给您的价格是九十八美分了。要是按照行情成交，他就得为交付股票付出一切，倾家荡产。"

　　下一秒，道森就变脸了，满是冷酷和贪婪。现在，这个男人的灵魂短暂地现身了，就像一个高贵华丽的房子的窗口出现了一张恶魔的脸庞。

"他必须按一元八角五分成交！"道森说，"玻利瓦尔可没有办法驮两个人。"

重新做人

　　看守到达监狱鞋厂的时候，吉米·瓦伦丁正在那里勤恳地缝鞋面。看守把他押到了前台办公室。在那里，典狱长把这天上午州长刚刚签发的赦免状递给了吉米。吉米接了过去，神情有些疲惫。他被判处四年徒刑，现在蹲了已经快十个月了。他原本估计，最多用不了三个月他就能恢复自由了。像他这样在外面有很多朋友的人，进了监狱都不用剃光头发。

　　"嘿，瓦伦丁，"典狱长说，"你明天就可以离开这里了。振奋精神，重新做人。你本质上并不坏，以后不要再做撬保险柜的勾当了，好好过日子吧。"

　　"我吗？"吉米满脸惊讶的神情，"我这辈子可从来没有撬过保险柜。"

　　"没有吗？"典狱长笑了，"当然没有。那我们一起回忆一下，你是怎么因为春田市的那个案子入狱的？是不是因为你怕牵连某个上流社会人士而拒绝做证，还是因为心肠歹毒的陪审团故意栽赃陷害？你们这些自称清白的罪犯总是有无数的借口。"

"我吗？"吉米还是一脸茫然，严肃地说，"唉，典狱长大哥，我这辈子可没有去过春田市。"

"把他带回去吧，克罗宁！"典狱长颇有些无奈，"给他换好出狱的衣服。明天早上七点把他的手铐打开，把他带去临时拘留所。关于我的建议，瓦伦丁，你最好多考虑考虑。"

第二天早上七点一刻，吉米已经在典狱长的外间办公室站好了。他穿着一身极不合适的衣服，脚上的鞋不但尺码不合适，还非常硬，不时发出吱吱的响声。这身装扮是州里在和被强制挽留的"宾客"分别时赠送的礼物。

监狱文员给了他一张火车票和一张五元的钞票，法律指望着他能够靠这两样东西重新做人，成为一个遵纪守法的好公民，干出一番事业。典狱长请他抽了一支雪茄，还跟他握了手。瓦伦丁的编号是9762，档案上注明"州长特赦"。就这样，这位大名詹姆士·瓦伦丁的先生就离开了监狱，走进了阳光明媚的世界。

鸟儿在歌唱，绿树在招手，鲜花在绽放，可是吉米对这一切毫不在意，他直接走进了一家餐厅。在那里，他尝到了阔别已久的自由的快乐，吃了一只烤鸡，喝了一杯白酒，又抽了一根比典狱长给的更加高档的雪茄，才算结束了这顿饭。酒足饭饱之后，他才慢悠悠地走向火车站。火车站门口坐着一个盲人，吉姆掏出一毛五扔进了盲人面前的帽子里，才上了火车。在火车上颠簸了三个小时之后，他来到了州边境附近的一个小镇。他来到了迈克·道蓝的小旅馆，里面就迈克一个人，正坐在吧台后面。吉米伸出手，和迈克握了握。

"对不起，吉米，我们没有早点办好这件事。"迈克说，"春田市发生了抗议集会，我们忙活了很久，州长差点儿就拒绝签字了。你还好吗？"

"还可以吧！"吉米说，"我的钥匙在哪里？"

他拿着钥匙到了楼上，打开了后面一个房间的房门。这里还跟他当时被逮捕时一样。当初他们武力逮捕吉米的时候，他从著名的侦探本·普莱斯的衣襟上拽下了一颗纽扣，如今纽扣就在地板上躺着。

吉米拿出墙里的折叠床，推了推墙上的一块暗板，取出了一个行李箱，上面已经满是灰尘。他打开箱子，高兴地看着那套在东部数一数二的盗窃工具。这套家伙应有尽有，是用特制钢材打造的，钻头、冲压机、手摇曲柄钻、撬棍、夹钳和钻孔器都是最新款的。吉米还对此进行了两三处创新，他深感自豪。这一套家伙足足花了他九百多块，是在……一个专门为这类行家打造这种东西的地方订制的。

过了半个小时，吉米回到了楼下的厅里。现在的他穿着一身雅致的衣服，非常得体。他的手里拎着一个干净的箱子，片刻之前它还满是灰尘。

"你有什么打算？"迈克·道蓝问。

"我？"吉米似乎有些迷茫，"你在说什么呀！我现在是一名销售员，在纽约小点心饼干和小麦食品联合公司工作。"

迈克听到他的话，笑得有些喘不过气。于是，吉米只好留下来喝一杯牛奶苏打，因为他从来不碰烈性饮料。

在9762号——瓦伦丁被释放一周后，位于印第安纳州的里士满的一个保险柜就遭到了盗贼的洗礼。不得不说这件案子做得非常出色，一点蛛丝马迹都没有留下。这次案件中，唯一没有遭到毒手的就是八百元辅币。两周后，洛根斯波特市的一个高级防盗保险箱又被洗劫一空。窃贼就像切乳酪一样，轻易地打开了这个有专利设计的保险箱，从里面拿走了一千五百元现钞，而有价证券和银币还保持原样。这两件案子引起了警察局的关注。不久后，杰斐逊市的一个老式银行保险库又被人轻而易举地打开了，这次的损失高达五千美元。迄今为止，各地的失窃数字已经足够让本·普莱斯出马了。经过对比，这几件案子的盗窃手法惊人地相似。本·普莱斯亲自勘察了每一个盗窃现场，并向围观群众宣布：

"这是吉姆·瓦伦丁的手法，他又干回了老本行。看这个密码旋钮，他把它拔出来，就像在潮湿的天气里拔一棵萝卜那么容易，只有他的夹钳才能做到这一点。还有这个滚筒，冲压出来的时候一点都不拖泥带水。吉米向来都是只钻一个孔就够了。没错，看来我要逮捕归案的就是瓦伦丁先生。下一次，他一定要蹲满刑期，绝对不会减刑，更不会有人赦免他了。"

对于吉米的习惯，本·普莱斯一清二楚。在办理春田市的案子时，他就摸清了吉米的套路。作案间隔时间长，跑得快，独来独往，而且还有比较有人品的一点——他不会刻意扰乱社会秩序。由于这一切，瓦伦丁先生还被誉为"总是能够逃避制裁的幸运儿"。现在,本·普莱斯要追捕这个开箱好手的消息已经散布了出去,那些担心自己家中保险箱失窃的人可以把心放回肚子里去了。

一天下午,吉米带着手提箱,搭乘邮车来到了埃尔默小镇。这里位于锌矿大州阿肯色附近,距离那里的铁路大概五英里。此时的吉米看起来就像一个刚从大学回家的身材健壮的大四学生,他沿着木板人行道,直奔酒店而去。

街对面走过来一位姑娘,在转角的地方,他们相遇了。姑娘走进了一扇大门,门上挂着"埃尔默银行"的招牌。吉姆·瓦伦丁直勾勾地看着她,忘记了自己的身份,好像变了一个人。姑娘垂下眼睛,脸都红了。在埃尔默,有着吉米这样的气度和外表又敢这么看她的年轻人可不多见。

吉米假装自己是银行股东,顺手抓起了一个在银行门口台阶上闲逛的男孩,打听小镇的情况,时不时地赏给他几个角子。那位姑娘很快就出来了,假装没有看到这个拿着手提箱的先生,矜持地走了。

"那是波莉·辛普森小姐吧?"吉米问得很狡猾。

"不是,"男孩说,"是安娜贝尔·亚当斯,这家银行就是她爸爸开的。你来埃尔默做什么?那表链是不是金的?再给我几个角子吧,我拿去买斗牛犬。"

吉米踏入了普兰斯特大酒店,用拉尔夫·D. 斯潘塞的身份登记,租了一个房间。他靠在前台上,对文员吐露了自己的来意,说自己想来埃尔默做生意。他问了问小镇上的鞋子生意,打算从事这一行业,不知道能不能找到机会。

看到吉米的衣着和风度，文员被深深地打动了。在埃尔默镇上为数不多的富二代中，他本人算是比较时髦的了，可是面对吉米，他感受到了差距。他一边想要弄清楚吉米的四手结领带是怎么打的，一边把自己知道的信息全数告诉吉米。

没错，鞋子生意应该还有机会。目前镇上一家鞋类专卖店都没有，人们想要买鞋，只能去干货店或者杂货铺。其实，镇上的各种生意都很好做。希望斯潘塞先生可以在埃尔默定居下来，他会觉得在这里生活非常愉快，当地人也很好相处。

斯潘塞先生觉得，可以先在镇上住几天，看看情形。不，不用叫小弟过来，他自己拎着手提箱就可以，箱子有点儿重。

突如其来的爱情之火，让吉米·瓦伦丁烧成灰烬，重生后变成了拉尔夫·D. 斯潘塞先生。之后，他就留在了埃尔默。他的事业做得也很不错，开了一家鞋店，生意很红火。

他在社交方面也很出色，交了很多朋友。他也得偿所愿，认识了安娜贝尔·亚当斯小姐，沉迷于她的魅力中不能自拔。

年底的时候，拉尔夫·D. 斯潘塞先生的境况是这样的：他深受当地居民的尊敬，鞋店的生意蒸蒸日上，还和安娜贝尔订了婚，即将于两周后走进婚姻的殿堂。亚当斯是一个典型的乡镇银行家，为人十分严肃，他已经同意让斯潘塞成为他的女婿了。安娜贝尔对他引以为豪，也深爱着他。不管是在亚当斯先生家，还是在安娜贝尔那个早已嫁作人妇的姐姐家，斯潘塞都非常受欢迎，似乎他早就是他们家中的一员了。

一天，吉米在自己的房间里写了一封信，寄到了在圣路易斯的一位老朋友的可靠地址那里：

亲爱的老伙计：

　　下周三晚上九点，我希望你可以到小石城的沙利文家一趟，有些小事需要你帮我处理一下。同时，我要将我那套工具送给你。我知道，你一定会非常乐意接受。就算你花一千块钱，都复制不出这样好的东西。说实话，比利，我早就不干那一行了，一年前就金盆洗手了。现在我开了一家很好的店铺，过着踏实赚钱的日子。半个月之后，我将和这个世界上最好的姑娘喜结连理。这才是生活，比利——正直的生活。现在就算给我一百万，我也不会去动人家的一块钱。婚后，我就卖掉店铺，到西部去，那里应该不会有被翻旧账的危险。我告诉你，比利，她就像天使一样，非常信任我。就算把全世界的财富都给我，我也不会再干偷鸡摸狗的事情。千万记得去沙利文家，我一定要见到你。我会随身带上我的工具。

　　　　　　　　　　　　　　　　老朋友吉米

　　吉米写完这封信的那个星期一晚上，本·普莱斯租了一辆马车，不声不响地来到了埃尔默，一个人都没有惊动。他以自己独特的方式悄悄在镇上闲逛，很快就知道了他想知道的事情。他在斯潘塞鞋店对面的药店里，清楚地看到了拉尔夫·D. 斯潘塞。

　　"你就要和银行家的女儿结婚了，对吧，吉米？"本小声地自言自语，"这可说不准啊！"

　　第二天早上，吉米是在亚当斯家用的早餐。他准备去小石城一趟，订购结婚礼服，再给安娜贝尔买点好东西。自从来到埃尔默，他还是第一次出远门。他早在一年多前就放弃了自己的老本行，现在他觉得可以安全地改行了。

吃完早餐，一大队人马一起去逛街——亚当斯先生，安娜贝尔，吉米，安娜贝尔早已结婚的姐姐带着一个五岁、一个九岁的女儿。路过吉米住的酒店时，他们等他去楼上把手提箱拿下来，然后再一起去银行。吉米的马和马车，还有道尔夫·布吉森都在那里等候，大家会乘坐布吉森的车赶往车站。

大家走进橡木雕花的高栅栏，进了银行营业厅。吉米也跟他们在一起，因为亚当斯的准女婿在哪里都深受欢迎。见到即将和安娜贝尔小姐结婚的漂亮又和气的年轻人跟自己打招呼，职员们心里都美滋滋的。吉米把手提箱放到地上。沉浸在幸福中的安娜贝尔戴上吉米的帽子，拎起他的手提箱。"你看，我这样像不像一个优秀的旅行推销员?"她说，"哎呀，拉尔夫，这太重了，就好像装满了金砖。"

"这里面装的是镀镍的鞋拔子，"吉米淡然地说，"我要把它退还厂家。我自己带去，可以省一笔快递费。我是越来越节俭了。"

最近埃尔默银行刚装上了新的保险柜和金库。亚当斯先生无比自豪，坚持让大家都见识一下。金库并不大，但是安上了新式库门，有三道用一个把手同时开关的钢条，可以牢牢地把门关住，还有一个时钟锁。亚当斯先生得意地向斯潘塞先生讲述它的工作原理，斯潘塞似乎在用心听着，但是其实毫无兴趣。两个女孩，梅和阿加莎，看到了闪闪发亮的金属，以及古怪的时钟及把手，都非常开心。

大家都在兴致勃勃地看着这些，本·普莱斯来了，他把手肘撑在柜台上，有意无意地透过栏杆看着这一家人。他告诉出纳员，自己只是在等人，不需要服务。

突然，女人刺耳的尖叫声传了出来，然后人群乱成一团。九岁的梅趁着大家不注意，好奇地把阿加莎关进了金库里。她还模仿着亚当斯先生，把钢条推进去，还转动了密码盘的把手。

老银行家冲过来，用力转动把手。"门打不开了！"他大吼道，"时钟锁还没有上发条，密码也没有设定。"

阿加莎的妈妈又发出了惨烈的尖叫。

"嘘！"亚当斯先生勉强举起不停地颤抖着的手，"大家都安静！阿加莎！"他用尽全身的力气大喊，"听我说！"在一片死寂中，他们隐约听到了小女孩的尖叫声，她一个人在黑暗的金库里，肯定是吓坏了。

"我的宝贝！"她的母亲哭喊着，"她会被吓死的！把门打开，把门砸开！你们这些男人不能这么无动于衷啊！"

"能够打开这扇门的人，距离这里最近的也在小石城。"亚当斯的声音都颤抖了，"天啊，斯潘塞，怎么办啊！那孩子在里面没法坚持太久，里面的空气不多，而且她吓坏了，肯定会晕过去的。"

阿加莎的妈妈就像疯了一样，冲到金库大门口，用双手不停地捶打。情急之下，有人提出可以用炸药。安娜贝尔转身看着吉米，大眼睛里满是痛苦，可是并不绝望。对于一个女人来说，没有任何事情能够难住她所崇拜的男人。

"想想办法好吗？拉尔夫……试一试也行。"

他看着她，挤出了一个不太自然的笑容，眼里满是柔情。

"安娜贝尔，"他说，"能不能把你戴的玫瑰给我？"

安娜贝尔有些不相信自己的耳朵，却还是取下了裙子前襟上的玫瑰，递给了他。吉米接过花，塞进自己背心的口袋，脱去上衣，把衬衫的袖子挽起来。刹那间，拉尔夫·D. 斯潘塞消失了，吉米·瓦伦丁回来了。

"所有人，现在马上离开金库门。"他简单地命令道。

他把手提箱拿到桌子上，打开摊平。现在，他似乎忘记了身边的所有人。他迅速拿出手提箱中那些奇怪的工具，井然有序地摆放到桌子上。他就像以前"工作"的时候那样，还吹起了口哨。周围的人们都沉默了，只是默默地看着他，似乎身体被咒语定住了。

很快，吉米喜欢的小钻头已经钻进了钢门。只过了十分钟——这是一个打破了他的盗窃纪录的好成绩——他就拉开了钢条，把门打开了。

阿加莎已经吓瘫了，好在没有受伤，她的妈妈迅速把她拥入怀中。

吉米·瓦伦丁穿上上衣，走出围栏，走向银行的前门。路上，他似乎听到有一个熟悉的声音在喊"拉尔夫"，不过他的脚步并没有任何迟疑。

到了门口，他被一个大块头拦住了。

"你好啊，本！"吉米说，脸上还是带着那个不太自然的笑容，"我最后还是落到你手里了，对吧？咱们走吧，我现在就跟你走。"

可是本·普莱斯的举动很奇怪。

"斯潘塞先生，你是不是认错人了？"他说，"我并不认识你。你的马车在等你呢，对吧？"

本·普莱斯转过身，慢悠悠地沿着大街走了。

忙碌经纪人的爱情

皮彻在哈维·麦克斯韦的事务所工作，他是一名机要秘书。九点半的时候，他亲眼看到自己的老板和一名年轻的女速记员行色匆匆地走进公司。看到这一幕，原本淡定的皮彻也表现出一丝惊奇和兴趣。麦克斯韦爽朗地与他打了个招呼："嗨，早晨好，皮彻。"打过招呼后，他便急匆匆地扎进办公室，钻进一堆如小山一样高的待批的信件和电报里去了。

那位年轻的姑娘已经为麦克斯韦做了一年的速记员了。她很漂亮，让人不敢相信她是一名速记员。她不像普通的爱美姑娘一样喜欢追求时尚，她没有做庞巴度头，更不戴任何装饰品，如项链、吊坠、手链，而且她也不会轻易与人约会吃午餐。她身上穿着一条极其朴素的裙子，裙子与她的身材很贴合，她的头上还戴着一顶做工精细的黑色无边帽，帽子上还有用金刚鹦鹉羽毛做成的装饰物。今天早晨，她全身上下都透着一股子美艳的感觉，但她的样子还是那么腼腆而温柔。她的双眼如梦幻般明亮，她一脸幸福的模样，脸颊上还挂着一抹绯红，她的样子仿佛在回想着刚刚发生的美好事情。

皮彻的好奇心还没有熄灭，他便又有了新的发现，他觉得速记员今天一早的一言一行都与以往有些不同。她今天没有直接回到隔壁房间自己的座位，而是举棋不定地在外间办公室徘徊。过了一会儿，她终于下了决心走进麦克斯韦的办公室，在足以让他能够感受到她存在的地方站住。

这位忙碌的纽约证券经纪人一旦进入办公室后，便立刻化身成为一台工作机器，他全身就好像在一个齿轮和一根发条带动下，只会咔嚓咔嚓地工作一样。

"怎么啦？你有事吗？"麦克斯韦严肃地问。他面前的办公桌上摆放着一叠被打开的邮件，这些邮件犹如雪片一样，杂乱无章地堆放在桌子上。他有一双敏锐的灰色眼睛，他不耐烦地看了她一眼，眼神中那么冷酷无情，而且毫无礼貌。

"没什么事。"她转过头来问机要秘书，"昨天，麦克斯韦先生跟您说过要聘请新的速记员的事吗？"

"他提到过，"皮彻答道，"他说过要聘请一位新的速记员。我昨天下午的时候就去中介打过招呼，告诉他们今天派几个人过来面试。现在已经九点四十五分了，可我却连一个戴着宽边帽的女士，又或者一个嚼着菠萝味口香糖的男士都没有见到。"

年轻的女士说："在没有人来接替我工作之前，我还是继续工作吧。"随后，她便疾步回到了自己的办公桌前，将头上用金刚鹦鹉羽毛做装饰的黑色无边帽挂在老地方。

如果想成为人类学家，那么必须要亲眼见识一下纽约证券经纪人在生意大热时，究竟有多么忙碌才行。曾经有诗人写过"璀璨生命的繁忙一刻"，可是对于一个证券经纪人来说，忙碌的可不仅仅只有一刻而已，他们每时每刻都很忙碌，仿佛像一个被行李和乘客挤满的站台一样。

今天，哈维·麦克斯韦注定又要忙忙碌碌地度过。自动收报机不停地吐着长长的报表，办公室里的电话声此起彼伏，就好像是坏掉了停不下来一样。客户们如海浪一般涌了进来，他们在扶栏外边不停地朝着他喊，这群人中有的语气平和，有的疾言厉色，有的恶语相向，还有的人兴奋异常。负责送信的小弟们手里拿着厚厚的一叠电报和通知单进进出出，每一位在这间事务所里工作的秘书们都忙得手忙脚乱，就好像是迎接暴风雨的水手一般。皮彻也被这样的气氛感染了，他的脸上露出了久违的生气。

交易所好像迎来了一场暴风雪、土崩、风暴、火山爆发、冰川融化等自然灾害的侵袭一样，虽然造成的伤害范围不大，但是所有在办公室里的经纪人都没能幸免于难。麦克斯韦为了腾出地方办理业务，只能将椅子放在靠墙的位置，好像是一名跳足间舞的演员一样忙碌着。他身手敏捷地游走在收报机和电话之间，动作堪比专业的马戏团小丑。

这位经纪人正忙得不亦乐乎的时候，他的眼前出现了一位头上戴着天鹅绒帽子，帽子上用鸵鸟毛做装饰的金发女郎。她穿着一件仿海豹皮的大衣，戴着一条珠子与山核桃差不多大的珠链，珠链与地板垂直的一头，还用一颗银制的鸡心作为装饰。

这位女士看上去神情自若，她一边听着皮彻的介绍，一边点着头。

"她就是中介公司推荐的速记员，来这里了解一下具体工作。"皮彻说。

麦克斯韦转过一半身子，手里还拿着一叠报表和纸张。

"什么工作？"他皱着眉头问道。

"速记员，"皮彻回答，"您昨天不是告诉我，让中介公司推荐一位新的速记员吗？"

"皮彻，你是不是忙晕了？"麦克斯韦生气地说，"我怎么可能对你说这样的话？莱斯利小姐工作的这一年里，表现一直都很不错。她如果愿意继续工作，我是不会找人取代她的职位的。女士，我这里不缺人手。皮彻，你赶快联系中介公司，将委托取消，告诉他们不要再推荐人来了。"

银鸡心恨恨地走出办公室，她走路左摇右晃，一路上与事务所里的家具发生了不少碰撞。皮彻在忙碌的时候也不忘与速记员发发牢骚，最近老板不知为什么忘性特别大，做事情也不上心。

交易所里的业务越来越多，交易的节奏也随之加快，人们的工作强度也大大增加。麦克斯韦有五六只股票遭受重创，这些股票可都是大客户的。买进卖出的一笔笔单子，犹如飞舞在天空中的雨燕，麦克斯韦手中的几只股票也岌岌可危。此时的他犹如一台被拧满发条的精密机器一样，他开足马力，迅速运行，计算准确，斩钉截铁，时时刻刻准备发号指令，做出最正确的判断，快速做出反应，就好像是一个精准的钟表一样。股票、抵押、借贷、债券、保证金、担保物等，在这个金融世界当中，已经丝毫没有人类和自然界的位置。

临近午餐时间，喧闹声逐渐平息，周围终于有了片刻宁静。

麦克斯韦手里拿着电报和备忘录站在办公桌旁，他的右边耳朵上还夹着一支钢笔，他的头发一根根胡乱地散落在额头上。他的窗户是开着的，亲爱的春天姑娘，我们的女神将大地的暖气送来，为周围增加了温暖的气息。

这个时候，一股游荡的气息顺着窗户飘了进来——或许是它迷失了方向——这是一股带着甜味的紫丁香的气味，证券经纪人闻到后，愣在原地好一会儿。这股香气是从莱斯利小姐身上散发出来的，这是她的专属气味。

仿佛只有这股香气才能够让他清清楚楚地看见莱斯利小姐，似乎伸手就可以碰到。金融世界一下子萎缩成一粒尘埃。她现在就在距离他二十步开外的隔壁。

"我的天，我必须马上行动。"麦克斯韦脱口而出，"现在我必须立刻向她求婚。我为什么不早点做这件事呢！"

他用冲刺一般的速度冲进里面的办公室，简直像着急补仓的人一样，急切地扑向速记员。

她抬头对着他微笑。她的脸颊上浮现出一抹红晕，眼神温柔且坦率。麦克斯韦用一只手扶着她的桌子，另一只手上依然抓着沙沙作响的几页纸，耳朵上还夹着那支钢笔。

"莱斯利小姐，"他迫不及待地说，"我只有这么一会儿空闲时间，所以我想趁着这段时间跟你聊几句。你愿意嫁给我吗？虽然我无法像普通人那样慢慢追求你，但是我内心是真的爱你的。请你快点做出回答，因为联合太平洋铁路公司的墙角此刻还在被一群家伙挖着呢。"

"你在说什么？"年轻的女士瞪大双眼，站了起来，显然她是被吓到了。

"难道你听不明白吗？"麦克斯韦锲而不舍地说，"我爱你，我希望你可以嫁给我，莱利斯小姐。我早就想对你说这些了，直到现在才有一丝空闲的时间，我才能够抽出一分钟时间来到你的面前。我的天，他们又开始给我打电话了。皮彻！让他们稍等片刻！你不同意吗，莱斯利小姐？"

速记员的反应有些怪异。她一开始表现得特别惊讶，紧接着流出了惊喜的眼泪，再后来，她一边哭一边露出灿烂的笑容，一只手臂温柔地搂上经纪人的脖子。

"我知道，"她轻声说，"看来你是被这单生意占据了全部心思，才没有精力去想其他的事情。我刚才被吓坏了。难道你忘记了吗，哈维？我们昨天晚上八点的时候，已经在街角的小教堂里举办了婚礼。"

命运的道路

我踏上许多条道路，

追求生命的真义。

我用真心和意志，让爱情指路——

难道真心和爱情在人生之战中不愿意为我庇佑

让我掌控、选择、左右或铸造，

我的命运？

《大卫·米格诺未曾发表的诗集》

歌曲到这里就结束了。大卫是词作者，曲调却具有乡村特色。在小旅馆里，客人对此给予了热烈的掌声，毕竟他们的酒钱都是年轻人出的。公证人帕皮诺先生是唯一一个微微摇头的人，不敢苟同这段歌词。因为他学富五车，也没有和别的客人一起饮酒。

大卫从旅馆里走出来，踏上了乡村小道，夜风吹散了他头上的酒气。此时他才突然想起，他白天和伊凡娜发生了争执，已经决定当晚离家出走，到外面的世界去闯荡一番，以期获得功名。

　　"等到每个人都吟诵我的诗句的那一天，"他高兴地对自己说，"也许她就会想起今天跟我说的话多么难听了。"

　　现在，整个村庄的人都已经进入了梦乡，只有小酒馆里的酒鬼们还闹哄哄的。大卫小心地回到父亲的小木屋，尽量不发出声响。他摸进自己的房间，把自己仅有的几件衣服打成一个卷儿，用一根木棍挑在肩上。然后，他就踏上了离开弗尔努瓦村的道路，连头都不回。

　　他经过了父亲的羊群，在黑暗中，羊儿们在圈中蜷缩着——白天他去放羊的时候，总是任由它们自己吃草，自己却拿着小纸片赋诗填词。他看到伊凡娜的窗户透出的灯光，突然有了一丝动摇。这道灯光也许说明她后悔了，难以入眠，对于向自己发火懊悔不已，也许明天早上她就会……不，他已经下定了决心。对于他来说，弗尔努瓦村已经不能再待下去了。这里的人都不理解他。他的命运和未来，都在面前这条路的另一头。

　　沿路延伸到三里格①之外，穿过暗淡月光下的原野，就像耕地人的犁沟一样直。乡亲们都相信，一直沿着这条路走，就能到巴黎。反正不管怎么说，一定可以到巴黎。诗人一边走，一边念叨着这个名字。这还是大卫第一次离家这么远。

---

　　①　里格：长度单位，1 里格约为 5500 米。

左岔道

这条路一直延伸到三里格之外，就变成了一个谜。它成直角和另外一条更宽的路相交了。大卫在岔路口站住，不知道该往哪里走。经过一番犹豫，他选择了左边的那条路。

这条路更加宽敞，前不久才有车经过，地下的尘土印出了车辙。过了大概半小时，车辙就被一辆笨重的马车盖住了。陡峭的山峰下面有一条小溪，马车陷入里面动弹不得。一个身材魁梧的黑衣男子站在路边，还有一个身材苗条的女人，她裹着一件轻薄的长斗篷。

大卫看出，虽然那几个仆人都非常卖力，可是根本没有应对这种事的经验。他二话不说，马上走上前去指挥他们。他让侍从不要再冲着马儿大喊大叫，而是应该把力气用到车轮上，只让车夫用熟悉的声音驱使着马儿拉扯。大卫自己走到马车后面，帮他们推车。经过大家的努力，沉重的车子终于动了起来，车轮回到了硬地上。于是，侍从们重新回到了马车上。

大卫斜着身子在旁边站了一会儿。那个身材魁梧的男子大手一挥："你也上车！"他的声音非常洪亮，和他的身材非常搭调。但是听起来还有一丝圆润，应该是经过了技巧和习惯的打磨。任何听到这个声音的人都忍不住想要臣服于他。大卫稍微有些犹豫，可也只是一瞬间，因为对方又一次向他发出了邀请。他马上踏上了车厢台阶。在黑暗中，他依稀看到了那个女人的身形。他刚准备坐在女人对面的位子上，那个声音再次传来：

"你坐在那位女士的身边。"

　　黑衣先生扭动着庞大的身躯，坐在了前座上。马车继续往山上走。那个女人默不作声，只是在角落里蜷成一团。大卫无法判断她的年龄，但是他能闻到她的衣服散发出的淡雅的芳香，于是开始了诗人的遐想。他觉得，那件神秘的长袍下面掩盖的躯体一定非常秀美。他曾经无数次幻想过这种奇遇，现在成真了。可是他现在还是一头雾水，因为这两个神秘的同路人在路上一言不发。

　　一个小时后，大卫从车窗看到车子穿过城里，然后在一栋小楼前停下了。这栋小楼房门紧闭，看起来黑乎乎的。一个车夫跳下马车，烦躁地猛敲大门。小楼上的一扇格子窗突然被打开了，黑暗中冒出一个戴着睡帽的脑袋。

　　"是谁深更半夜地吵吵呢？我们这儿关门了。有钱住店的旅人会选择这个时间到这儿吗？别敲了，快走！"

　　"开门！"车夫大喊，"赶紧开门迎接波佩尔第侯爵大人！"

　　"啊！"上面的人惊呼一声，"大人，实在是太对不住了！我不知道——已经这么晚了——小人这就给您开门，您想用哪个房间都可以。"

　　屋内传来链条和门闩的碰撞声，大门突然开了。"银酒壶"旅馆的老板出现在了门槛后面，他的大衣还没穿好，举着蜡烛。由于寒冷和恐惧，他在瑟瑟发抖。

　　大卫跟在侯爵身后下了车。"扶女士一把。"得到这个命令之后，他照做了。在扶她下车的时候，他感觉她的小手在轻轻地颤抖。"进来！"命令又来了。

一进屋，就是旅馆的长方形客厅，客厅中间有一张巨大的橡木桌。那位魁梧的先生坐在了离他最近的一把扶手椅上，那位女士则选择了一把靠墙的椅子坐了下去，她看起来非常疲惫。大卫在一边站着，心想怎么才能跟他们告别，继续上路。

"大人!"房东深深地鞠躬。"要……要是我早知道您会驾临这里，一定准备好酒好菜伺候。现在……现在就只有葡萄酒和冻鸡肉，也许……"

"蜡烛!"侯爵伸出手，五个手指以奇特的角度张开着。

"是……是! 大人!"房东迅速跑去拿回来半打蜡烛，一一点燃，放在桌子上。

"小人家里还有勃艮第葡萄酒，若是大人不嫌弃，可以给个面子尝一尝，还有一桶……"

"蜡烛!"侯爵又挥了挥手。

"当然，小人马上去办。"

于是大厅里又亮起了一打蜡烛。侯爵魁梧的身躯把整把椅子都塞满了。他全身上下穿的都是黑衣，只有袖口和衣领的褶边是白色的。他的剑柄和剑鞘也是黑色的。他看起来十分高傲，略带一丝嘲讽。他那两撇小胡子上翘着，都快戳到他那充满嘲讽的眼睛了。

那位女士坐在那里，纹丝不动。现在大卫才看出，她非常年轻，有一种柔弱的美，非常打动人。他正沉迷在她的美色里，却被侯爵突然发出的像打雷一样的声音吓了一跳。

"你叫什么名字? 是做什么的?"

"大卫·米格诺。我是一个诗人。"

侯爵的胡子翘得离眼睛更近了。

"你靠什么为生？"

"我同时还是个牧羊人，帮我父亲照顾羊群。"大卫昂首挺胸地回答，但是脸却悄悄红了。

"你听着，你这个牧羊人兼诗人，听听命运让你多么走运。你眼前的这位女士是我的侄女，露西·德·瓦雷纳小姐。她出身高贵，每年可以独享一万法郎的收入。要说她的魅力，你自己就能判断出来。要是她的财产能够打动你这位牧羊人，你只要说一声愿意，她就可以马上嫁给你。别打岔。我今天晚上把她送去了维莱莫伯爵的城堡，她和伯爵早有婚约在身。客人们都到齐了，神父也来了，她马上就要和这个地位与财富都门当户对的绅士结为夫妇。可是在圣坛前面，这位平日里温柔娴静的小姐，就如同一头母豹一样向我冲来，打破了我为她订立的婚约，让神父目瞪口呆。于是我马上以万魔之名发誓，等我们离开城堡之后，她必须和我们遇到的一个男人结婚，不管对方是王子也好，煤炭工也罢，小偷也无所谓。你，这个牧羊人，就是我们遇到的第一个男人。今天晚上，她必须结婚，如果不是你，也会是下一个男人。我给你十分钟，你考虑一下再答复我。不要问我任何问题，也不要多嘴多舌让我厌恶。牧羊人，你只有十分钟，时间很快就到。"

侯爵用白胖的手指头不停地敲着桌子，发出擂鼓的声音。他略微放松了一下，只等待大卫的回应，就好像一座大厦已经关严了门窗，将人拒之门外。大卫想要说些什么，可是看到侯爵的态度，他又把话咽了回去。于是，他只好转身面对着那位女士，鞠躬致意。

"小姐，"他说，对于自己面对这样高贵典雅的女子还能说出如此流利的话，他自己也有些惊讶。"我已经说过了，我是一位牧羊人，可是有时候我也会幻想自己能成为一位诗人。如果崇敬和珍惜美好的事物是诗人的检验标准，那此时我的幻想就更加强烈了，我能否有这个荣幸来服侍您呢，小姐？"

年轻女士抬起了头，干涩的双眼看起来哀婉动人。因为这个不期而至的庄严场景，他那坦率、发出光芒的脸庞突然变得认真起来，他的身材强壮挺直，他蓝色的眼睛里充满了同情，以及她探寻已久却一无所获的帮助和善良。她的心一下子融化了，泪水滚滚落下。

"先生，"她小声说，"我能看出您是一个善良的人。他是我的叔叔，我父亲的弟弟，我现在就只有他这么一个亲人了。他曾经对我的母亲满怀爱意，也因为我长得像她而记恨我。他让我的生命里充满了恐惧，我光是看到他的眼神就觉得害怕，以前从来都不敢违抗他的命令。可是今天晚上，他逼着我嫁给一个年龄是我三倍的男人。先生，请您原谅我向您倾诉这些烦恼。我想，您一定不会受他逼迫而娶我，可是我还是十分感谢您的好意。好久都没有人像您这样跟我说话了。"

现在，诗人的眼里出现了好感之外的东西。他一定是一个诗人，早就把伊凡娜忘到了九霄云外。看着眼前这个清新和优雅的美人，他的心被牢牢地攫住了。闻到她身上的暗香，他春心荡漾。他用温暖的目光看着她。她也对他的柔情如饥似渴。

"十分钟，"大卫说，"我只有十分钟来做我原本需要许多年才能完成的事情。我绝不会说我可怜您，小姐，那不是我的肺腑之言——我爱您。我现在并不会奢望您会爱上我，可是请允许我把您从这个残忍的男人身边解救出来，时间长了，您就会爱上我的。我确信我一定会有一个美好的未来，我不会一辈子都做牧羊人。从现在开始，我会全心爱您，让您不再悲伤。您愿意把命运寄托给我吗，小姐？"

"啊，您只是为了怜悯我而奉献自己。"

"是为了爱情。时间不多了，小姐。"

"你一定会后悔的，还会对我心生怨恨。"

"我活着就是为了让您获得幸福，我一定会努力让自己配得上您。"

她把小手从披风下伸出来，放进了他的手心。

"好吧，我相信您。"她喘息着说，"我用我的生命来相信您。而且，爱情并没有您想象的那么遥远。去告诉他吧。如果可以离开他那可怕的眼神，也许我就不再畏惧他了。"

大卫走过去，在侯爵面前站住。穿着黑衣服的魁梧躯体动了动，充满讥讽的眼睛看了看厅里的钟。

"还剩两分钟。你只是一个牧羊人，居然需要八分钟来考虑要不要接受这样一位美貌的新娘和她的财富。牧羊人，你告诉我，你愿意娶她吗？"

大卫昂首挺胸地说："小姐已经屈尊答应了我的请求，她愿意嫁给我。"

"说得好！"侯爵说，"牧羊人大人，看来你很有做朝臣的天分。小姐碰上你也不错，要不然可能遇到更不好的。好了，现在赶紧办正经事吧，越快越好。"

他用剑柄一下一下地敲击着桌子。房东赶紧过来，双膝一直哆嗦，拿来了更多的蜡烛，并准备看看这位大人物还会提出什么奇怪的要求。"你去找一个神父过来，"侯爵说，"你听明白了吗？神父。我给你十分钟，去找一个神父过来，不然……"

房东放下蜡烛，拔腿就跑。

睡得迷迷糊糊的神父气喘喘地来了。他宣布，大卫·米格诺和露西·德·瓦雷纳正式结为夫妻，然后将侯爵抛过来的金条揣进口袋，拖着步子消失在夜色中。

"拿酒来！"侯爵发出命令，朝着主人挥舞着他肥胖的手指。

"倒满！"酒刚上来，侯爵又下命令了。他站起身来，在烛光的照射下，如同一座既恶毒又自负的大山。他的眼神非常凶狠，如同把对旧情的追忆转化成了杀人的毒液。他看着自己的侄女，一脸嫌弃。

"米格诺先生，"他举起了酒杯，"在喝下这杯酒之前，我要说几句话：跟这个女人结婚之后，你的生命将会充满污秽和悲剧。她的血液里充满了黑色的谎言和红色的毁灭，她能带给你的，只有耻辱和焦虑。她的眼睛、皮肤和嘴里，都是附身于她的魔鬼，她甚至愿意低三下四地去引诱一个乡巴佬。诗人先生，这就是她许诺带给你的幸福。干了这杯酒吧，小姐，我总算是摆脱你了！"

侯爵喝干了杯子里的酒。姑娘好像是突然撕裂了一处伤口，突然发出痛苦的惨叫。大卫拿着酒杯，朝着侯爵走了三步。他昂首挺胸，看起来根本没有牧羊人的样子。

"刚才，"他平静地说，"您赏脸叫了我一声'先生'。既然我已经跟小姐结婚了，那么咱们就算亲戚了，我是不是已经接近了您的地位，有权跟您平起平坐？我能不能以这样的身份和您探讨一件小事？"

"你想怎么都可以，牧羊人。"侯爵的语气满是嘲讽。

"那么，"大卫举起酒杯，把里面的酒泼向了侯爵满是嘲讽的双眼，"您愿意屈尊跟我决斗吗？"

侯爵大人愤怒了，发出一声如同号角中传出的咒骂声。他抽出黑色剑鞘中的宝剑，对站在一边哆嗦的房东说："给这个废物拿一把剑过来！"然后，他转向女士，露出了一个让她透心凉的冷笑："看来，你这是要折腾我啊！夫人，看来我只能让您今晚成婚，又让您今晚守寡了。"

"我不会用剑。"大卫似乎羞于在夫人面前承认这一点，脸都红了。

"我不会用剑。"侯爵学着他的样子说，"难道要像农夫一样用木棍打架吗？弗朗索瓦，把我的手枪拿来！"

一个马夫从马车皮套里拿出了两把锃亮的手枪，上面还有雕银装饰。侯爵拿起其中一把，扔到了大卫手边。"你去桌子那头，"他说，"即便你只是一个牧羊人，应该也会扣动扳机吧？还真没有几个牧羊人能有死在波佩尔第家族武器下的荣幸！"

牧羊人和侯爵分别站在长桌的两头看着对方。店主吓坏了，瑟瑟发抖，手在空中比画了几下，结结巴巴地说："先……先……先生，看在老天爷的面子上，千万不要在我家里这样做呀！不要流血，否则就破坏了我们这里的风俗……"这时，侯爵的一个眼神镇住了他，他吓得说不出话来。

"胆小鬼！"波佩尔第大人怒吼道，"别啰唆了！你要是行的话，就过来给我们发令！"

店主人扑通一下跪倒在地，一句话都说不出来，他已经发不出声音来了。不过，他还是在拼命比画着，好像是为了自己的小店和风俗，让他们别动手。

"我来发令！"小姐口齿清晰地说。她走到大卫身边，甜甜地吻了他一下。她的眼中满是柔情，脸颊泛红。她背靠墙站着，两个男人举起了手枪等待她发令。

"一——二——三"

两声枪响几乎是在同一时间发出的，烛火轻微地闪了一下。侯爵面带微笑地站着，稳如泰山，左手伸开，放在了桌子上。大卫还站着，慢慢地转过头，看看他的妻子在哪里。然后，他就像一件从衣帽架上掉落的大衣一样倒在地上。

这个成了寡妇的妇人尖叫一声，充满了恐惧和绝望。她冲了过去，俯下身子。她找到了伤口，然后抬起头，眼中充满了哀伤，"你击中了他的心脏，"她小声说，"他的心脏。"

"好了！滚出去，赶紧上车，我要在天亮之前把你脱手。你今天晚上必须嫁给一个活人。我们遇到的下一个人，不管是强盗还是农民都无所谓。要是在路上遇不到人了，就嫁给给我开门的农民。滚出去，上车！"

侯爵要气疯了，高大威严；女士重新裹上了披风，恢复神秘。车夫把枪收好。所有人都回到了在外面等候的马车上。车轮滚动的声音在熟睡的村庄上空回响着。在银酒壶旅馆的大厅里，被吓得魂飞魄散的房东看诗人的尸体，不知所措地搓着手。桌子上的二十四根蜡烛发出的火苗随风摇摆。

右岔道

这条路一直延伸到三里格之外，就变成了一个谜。它成直角和另外一条更宽的路相交了。大卫在岔路口站住，不知道该往哪里走。经过一番犹豫，他选择了右边的那条路。

他不知道这条路通向哪里，但是他已经决定了，今天晚上一定要离开弗尔努瓦村。他走了一里格，就到了一座非常大的城堡。他能看出来，里面的人在进行狂欢。每一个窗户都透出灯光，巨大的石门里，宾客们的马车留下的凌乱的车辙随处可见。

大卫又往前走了三里格，觉得有些累了。他爬到路边的一棵松树上，把树枝当成床，短暂地休息了一会儿。一觉醒来，他又踏上了前往未知的命运之路。

于是，他一直沿着大路走了五天。困了就席地而卧，或者睡在农民的干草垛里，饿了就吃农夫们施舍的黑面包，渴了就喝溪水或者牧羊人递给他的清水。

最后，他终于通过了一座大桥，来到了那座笑盈盈的城市——没有任何地方比这里成就和埋没的诗人更多。说话声、脚步声和车轮声构成了一首交响曲，似乎是巴黎这座大城市为了欢迎他而唱的歌。他忍不住呼吸急促起来。

大卫来到康迪酒店街的一座老楼房前，在它高高的阁楼里订了一个房间。付完房租之后，他就坐在椅子上，收敛心神，开始构思新诗。以前在这里居住的都是上层人士，如今这里却挤满了穷人。

这里的房屋都非常高大，虽然有些损毁，但是从外面看起来还不失气派。但是走进房子内部才发现，里面只有厚厚的灰尘和蛛网。到了晚上，铁器的碰撞声此起彼伏。迷路的人在挨家挨户找自己的旅店，找不到就大声叫骂。以往高贵典雅的深宅大院，如今已经破败不堪，成了藏污纳垢的地方。可是，大卫认为这里的房租正适合他干瘪的腰包。不管是白天还是黑夜，大卫都在埋头写诗。

一天下午，他去贫民区买吃的，带回一些面包和乳酪，还有一瓶淡酒。走到楼梯上的时候，他遇到，或者说偶遇了——她正坐在楼梯上歇脚——一个年轻女人，她的美貌用诗人最美的语言都无法描述。她穿着一件宽松的黑色外衣，没有系纽扣，露出了里面华丽的睡袍。她的思维的细微变化，都会带动双眸带有灵光的闪动；有时候，她的眼睛又突然睁得大大的，就像坦率的小孩子，眨眼间又眯成一条缝，透出一丝狡黠，好像吉卜赛女郎。她的一只手提着睡袍的一角，露出一只精巧的鞋子，高跟的，没有系绑带。她是如此美丽，不适合向男人献媚，反而可以勾人心魂，让人对她俯首称臣。她是不是已经看到了走近的大卫，等着向他寻求帮助？

啊，先生，原谅我占用了楼道，可是您看我的鞋！——这鞋可真让人头疼，我怎么都系不上，能劳驾您帮帮我吗？

诗人在帮她系那复杂的鞋带时，手指不停地颤抖。在把鞋带系好之后，他原本应该快速抽身，远离这里的危险，可是她的眼睛变得那样狡黠，就像吉卜赛女人的眼神，死死地盯住了他。他倚靠在楼梯扶手上，手里还抓着那瓶酒。

"您真好，"她笑着说，"您也住在这里吗？"

"是的，夫人，我住在这里。"

"您是住在三楼吗？"

"不是，还要往上一点。"

女士的手指动了动，丝毫没有不耐烦。

"抱歉，我就是喜欢问东问西的。请您原谅，我实在不该打探您的住处。"

"夫人，您可别这么说，我住在……"

"不，您不用告诉我，我不该打探这些的。不过，我就是忍不住会对这所房子，以及住在里面的一切产生兴趣。这里以前是我的家。我经常会回到这里，什么都不做，只想重温昔日的美好时光。我不知道您能不能接受我的说辞？"

"我来告诉您，您不需要任何借口。"诗人说，"我住在最顶层，在楼梯拐角的那个小房间。"

"前屋？"女士把头偏向一侧。

"后屋，夫人。"

女士叹了一口气，神情变得轻松起来。

"那我就不耽误您的时间了，先生，"她把眼睛瞪得很大，"您可千万要好好照顾我的房子。这里的东西，也就只有那些回忆还属于我了。再会了先生，还有，非常感谢您的好意。"

她离开了，留下的只有一个微笑和一丝幽香。大卫神魂颠倒地趴到楼梯上，可是他很快就回过神来了，那如花的笑容和甜美的幽香一直萦绕在他身边，似乎永远都不会散去。和这位女士偶遇之后，他文思泉涌，他的脑海里全是描写眼睛的歌词，描述一见钟情的颂歌，描述秀发的小诗，以及赞美纤足上的凉鞋的十四行诗。

他一定是一个诗人，早就把伊凡娜忘到了九霄云外。看着眼前这个清新和优雅的美人，他的心被牢牢地攫住了。闻到她身上的暗香，他春心荡漾。

一天晚上，在同一个房子的三楼的一个房间里，三个人围在了一张桌子旁。房间里没有什么家具，只有三把椅子，一张桌子，以及桌子上的一根蜡烛。三个人中有一个身材壮硕，穿着一身黑衣服。他看起来十分高傲，略带一丝嘲讽。他那两撇小胡子上翘着，都快戳到他那充满嘲讽的眼睛了。还有一位年轻貌美的女士，眼睛睁得大大的，就像坦率的小孩子，眨眼间又眯成一条缝，透出一丝狡黠，好像吉卜赛女郎，眼神十分犀利。她充满了野心，跟她的同谋是一样的。还有一位实干家，他是一个战士，胆子很大，但是没什么耐心。他气喘吁吁的，似乎下一秒就会从他的嘴里喷出火焰和钢铁。他被另外两人称为戴斯霍勒斯队长。

这个男人狠狠地把拳头打在桌子上，压抑着自己的愤怒说：

"今晚。就选在今天半夜他去做弥撒的时候。我们只是密谋却毫无结果，我早就厌倦了，我对信号、密码和秘密会议已经厌烦了。既然要叛国，那就做得彻底一点。既然要替法兰西除掉他，就公开杀掉他好了，用不着搞那些陷阱圈套之类的。我说，今晚，就这么决定了。我会亲自去做。今晚。就选在今天半夜他去做弥撒的时候。"

女人热切地看着他。女人，不管多么心思缜密的女人，都会对这种匹夫之勇产生敬意。壮硕的黑衣人捋了捋自己的胡子。

"亲爱的队长，"他声音浑厚，又透露出一丝优雅，"我跟您的想法是一样的。等待只会一无所获。皇宫卫队里有我们的人，足够保障这次行动的成功。"

"那就今晚干吧。"戴斯霍勒斯队长又狠狠地把拳头打在桌子上，说，"您听见了，侯爵，我会亲自去做。"

"但是有一个问题。"黑衣男人低声说，"我们要把信送到皇宫里咱们自己人的手上，跟他们约好暗号。还有，我们最得力的人一定要跟随皇家马车出行。都已经这个时候了，该让谁把信送去南大门？现在希波耶正在那里执勤，只要可以把信送到他手里，就万事大吉了。"

"我去吧。"女士说。

"您，伯爵夫人？"侯爵抬起了眉毛，似乎非常惊讶，"我非常敬佩您的献身精神，这一点我们都是知道的，可是……"

"听我说！"女士尖叫道，把双手撑在桌上。"这栋房子的阁楼里住着一个从乡下来的年轻人，他和他放牧的羊羔一样，是那么诚实，那么温驯。我曾经在楼梯上遇到过他两三次。我试探过他，担心他住得离我们聚会的这个房间太近。只要我愿意，他什么都听我的。他在阁楼里写诗，也许早就对我朝思暮想了。他一定会按照我说的做，不如让他去皇宫送信好了。"

侯爵从椅子上站起来，鞠了一躬。"我的话还没说完呢，伯爵夫人，"他说，"我原本想说的是，我非常敬佩您的献身精神，但是您的智慧和魅力更是超出常人。"

这边叛国者们正在积极谋划，那边大卫还在给"楼梯美人"写的诗进行润色。突然，他听到有人敲门，敲门声非常矜持。他打开门，才发现是她站在门口。她像随风摇摆的花儿一样颤抖着，气喘吁吁的，眼睛睁得大大的，就像坦率的小孩子。

"先生，"她喘着粗气说，"我遇到了困难，实在没有办法了才来麻烦您。我相信您真实可靠，而且我也找不到可以求助的人了。我穿越了好几条街道，才从那些充满傲气的男人身边跑过，来到您这里。先生，我的母亲得了非常严重的病，我舅舅在皇宫里给国王当卫队队长，我得赶紧叫他回来才行，您可以不可以……"

"小姐！"大卫打断了她的话，眼睛闪闪发亮，看起来非常乐意为她效劳。"您的愿望将会成为我的翅膀，请您告诉我，我该怎么做才能联系到他？"

女士往他的手掌里塞了一封信。

"去皇宫的南大门，一定要记得是南大门，告诉那里的守卫：'猎鹰已经离巢。'他们就会让你进去的，让您走进皇宫南面的入口。然后重复这句口令，将这封信交给对您说'随时出击'的人。这是接头暗号，先生，我舅舅这么教我的。因为现在局势不稳，有人想要谋害国王，所以没有暗号的人晚上是无法进宫的。要是您愿意，先生，请帮我把这封信转交给他，好让我母亲能够见他最后一面。"

"把信给我！"大卫着急地说，"现在已经很晚了，我不放心让您一个人回去，不如……"

"不不！您快点去吧，现在的每一秒都非常珍贵，以后有机会的话，"女士顿住了，眼睛眯成一条缝，透出一丝狡黠，好像吉卜赛女郎，"我会找时间报答您的好意的。"

诗人把信塞到自己胸前的口袋里，三步并作两步地跑下了楼。女士看着他走远，然后回到了楼下的房间。

侯爵扬起眉毛，用目光询问她事情办得怎么样。

"他去了，"她说，"和他养的羊一样，跑得飞快，头脑愚蠢，飞跑着去帮我们送信了。"

戴斯霍勒斯队长狠狠地把拳头打在桌子上，桌子震动了一下。

"该死！"他大叫，"我把手枪落下了，我谁都信不过。"

"拿着，"侯爵说着，从披风下面掏出了一支锃亮的手枪，上面还有雕银装饰，"这把枪没有校准器，要小心一点。枪上有我的纹章和姓氏，我早就已经被怀疑到了。我今天晚上一定要离开巴黎，明天我得在自己的城堡现身。您先请吧，伯爵夫人。"

侯爵吹灭蜡烛。女士把自己全身上下都用披风包裹起来，两位绅士悄悄地走下楼梯，会入涌入康迪酒店街的人流之中。

大卫飞快地跑着。他来到了皇宫南大门，马上有人用一柄长戟指着他的胸膛。但是他只说了一句话，就让戟尖改变了方向："猎鹰已经离巢。"

"过去吧，兄弟，"守卫说，"赶紧。"

大卫跑到了南通道的台阶上，有几个守卫过来抓他，可是他又说出了密码，得以继续前行。其中一个人走到他面前，对他说："随时……"这时候，守卫中出现了一阵骚动，那人大吃一惊，闭上了嘴。一个目光犀利、很有军人风度的男人从人群里走出来，抢过了大卫手里的信。"随我来。"他一边说，一边带着大卫走进了大厅。"泰托队长，把南面入口和南大门的守卫全部抓起来，关到监狱，把所有的岗位都换上忠于皇室的人。"他又扭头对大卫说："跟我来。"

他带着大卫穿过了走廊和前室，来到了一个十分宽敞的房子中。房间里有一个衣着十分素净的人，正坐在一张宽大的皮椅上沉思，看起来有些忧郁。他对椅子上的人说："陛下，我以前就跟您说过，皇宫里充斥着叛贼和内奸，您一直觉得那是我的胡乱猜测。在他们的默许之下，这个男人才进了宫殿的大门。他带来了一封信，现在在我手上。我已经把他带到您面前了，现在您应该知道并非我多虑了。"

"我来问他。"国王在椅子里动了一下。他看着大卫，眼皮下垂，目光阴沉，就好像眼睛上有一层雾。诗人单膝下跪。

"你来自哪里?"国王问。

"我来自厄尔卢瓦省的弗尔努瓦村，陛下。"

"你来巴黎做什么?"

"我是一个诗人，陛下。"

"你在弗尔努瓦的时候是做什么的?"

"帮我的父亲照看羊群。"

国王又动了一下，眼里的雾散去了。

"是不是在田里?"

"没错，陛下。"

"你生活在田野里，早上趁着天气凉爽出门，躺在草地上的篱笆之间。羊群在山上找草吃，你在小溪中喝水，还在树荫下吃美味可口的黑面包，也应该听过画眉鸟的叫声。是不是这样的，牧羊人?"

"没错，陛下，"大卫说着，叹了口气，"有时候还有蜜蜂在花间采蜜的声音，有时候还能听到在山上采葡萄的人的歌声。"

"对，对，"国王似乎有些不耐烦，"也许能听到他们的歌声，可是你一定能听到画眉鸟的叫声，它们总是在树丛里歌唱，对不对?"

"陛下，这世界上任何地方的画眉都比不上厄尔卢瓦的画眉叫得甜。我总是会在我的诗歌里尽力描绘它们甜美的歌声。"

"给我背几段好吗?"国王迫不及待地说，"很久之前，我也听过画眉鸟的歌声，要是有人能够听懂它们唱的是什么，简直比拥有一个国家美妙多了。而且，每天晚上你都会把羊群赶到羊圈里，然后回到宁静祥和的小屋里，吃一些美味的面包。牧羊人，把你的诗背几段给我听一听。"

"我现在就给您背，陛下。"大卫满怀敬意和激情，开始朗诵。

"'懒惰的牧人，你看你的小羊欣喜若狂，在草地上跳跃着;

你看那冷杉在随风摇摆，听着潘神①吹奏芦笛的声音。'

"'我们在树梢上呼唤，看着我们冲向你的羊群；在枝丫上给羊……'"

"陛下！"一个严厉的声音打断了他，"要是您允许的话，我得先问这个打油诗人几个问题。眼下时间紧迫。要是我对于您安全的担心惹怒了您，还望您能宽恕我，陛下。"

"您的忠心，"国王说，"奥玛勒公爵的忠心是不会惹怒我的。"他缩进皮椅中，眼睛里又盖上了一层雾。

"首先，"公爵说，"我把他带来的信给您读一遍。

"'今晚是太子的忌辰。如果他按照习惯去进行午夜弥撒，为他死去的儿子祈福，猎鹰就要在海滨大道的转角处出击。在他动身去做弥撒之前，一定要在皇宫西南角的阁楼亮起一盏红灯，好让猎鹰做好准备。'"

"牧羊人！"公爵严厉地说，"你听到我念的内容了吗？是谁让你把这封信送来的？"

"公爵大人！"大卫的语气非常诚恳，"我跟您说实话，有一位女士让我来送信的。她说她的母亲得了重病，让我把信给她舅舅送来，好让他回去见最后一面。我不知道信上写的是什么，但是我可以发誓，这位女士非常美丽，非常善良。"

"说说那位女士长什么样子，"公爵命令道，"以及你是怎么落入她的圈套的。"

"她吗？"大卫温柔地笑着说，"您这是要让语言来创造奇

---

① 潘神：古希腊神话中司羊群和牧羊人的神。

迹。她是光明和黑暗的化身。她像赤杨木一样苗条，也像赤杨木一样婀娜。要是你看着她的眼睛，会发现她的眼睛非常多变，现在是圆溜溜的，一会儿就半眯起来，就像太阳在两朵云彩之间往外窥探。她来的地方，就是天堂；她离开之后，就是一片混乱，山楂花味弥漫。我和她是在康迪酒店街相遇的，门牌号二十九号。"

"正是我们监视已久的那栋房子。"公爵对国王说，"靠着诗人的三寸不烂之舌，我们才有了一幅臭名远扬的魁北多伯爵夫人的画像。"

"陛下，公爵大人，"大卫着急地说，"我希望我笨拙的言辞不会对她的美貌造成损伤。我曾经仔细端详过她的眼睛。我以我的性命担保，她就是一个天使，无论信上说了什么。"

公爵死死地看着他，"那我就给你一个实验的机会。"他慢慢地说，"你打扮成国王的样子，独自坐着他的马车去参加午夜弥撒，你敢不敢做这个实验？"

大卫笑着说："我曾经仔细端详过她的眼睛，"他说，"我已经从她的眼睛里得到了证明。您想怎么证明？请便吧！"

十一点半，奥玛勒公爵亲自到皇宫的西南角，在那里的阁楼亮起一盏红灯。十一点五十分，大卫被从头到脚打扮成国王的样子，头也被外套盖住了。他走出宫殿，慢慢地走向在外面等待的马车。公爵把他扶上车，把车门关好。车慢慢地驶向教堂。

在海滨大道转角处的一栋房子里，泰托队长亲自率领了二十个人在那里埋伏好，时刻准备着给叛国者迎头一击。

可是不知道由于什么原因，叛国者稍微修改了计划。皇家马车刚刚抵达海滨大道前一个街区的克里佛多斯大街，戴斯霍勒斯队长就冲了出来，他身后跟着一群想要杀死国王的兄弟，这些人一起进攻皇家马车。这样的袭击太过突然，马车上的卫队队员被吓了一跳，不过马上就回过神来，与叛国者进行搏斗。这时候，戴斯霍勒斯冲到了国王的马车前，踹开了车门，把枪对准那具被黑衣包裹得严严实实的躯体的胸口，扣动了扳机。

这时候，皇家的增援卫队赶来了，大街上充满了叫声和枪声，受惊的马匹四处逃散。在马车华丽的坐垫上，那个冒充国王的可怜诗人已经变成了一具尸体。他死于一颗子弹，那是从波佩尔第侯爵大人的手枪里射出来的。

主干道

这条路一直延伸到三里格之外，就变成了一个谜。它成直角和另外一条更宽的路相交了。大卫在岔路口站住，不知道该往哪里走。经过一番犹豫，他还是决定先在路边坐下休息一会儿。

他不知道这些路通向哪里。每一条似乎都会通向一个充满机会和危险的开阔天地。他正坐着，眼睛突然开始盯着一颗明亮的星星，这颗星星是他和伊凡娜以他们俩的名字命名的。他想起了伊凡娜，突然开始后悔自己的脾气太过暴躁。就因为情急之下说的那几句话，自己就要离她而去，离家出走吗？难道爱情就这么脆弱，甚至会被忌妒——爱情的证明——打败？早晨的到来总会在无意间安慰夜间的轻微心痛。现在天还没有亮，他可以迅速赶回去，弗尔努瓦村的村民们还都在甜蜜的梦乡之中，谁都不知道发生了什么。他的心属于伊凡娜，他可以永远在家乡安心地写诗，找到此生的幸福。

大卫站起来，抖掉身上的不安和诱惑他离家出走的疯狂感觉。他坚定地转过身，踏上了来时的路。等他原路返回弗尔努瓦村，他出去闯荡的愿望早就消失得一干二净。他经过羊圈的时候，脚步声惊醒了羊儿们，它们在羊圈里到处跑，发出像擂鼓一样的声音。这声音是如此熟悉，让他的内心觉得非常温暖。他悄悄地摸回自己的房间，躺在床上，十分庆幸自己的双脚让他脱离了走上陌生的道路带来的困境。

他对女人的心思了如指掌。第二天傍晚，伊凡娜来到了井旁，这是年轻人经常聚集的地方。看来，她是想看看自己的"良方"有没有效果。她看起来面无表情，嘴角抿得紧紧的，眼睛却在不停地搜寻大卫的影子。大卫看清楚了这张脸上所有的表情，勇敢地走到她面前，从她嘴里得到宽恕，之前说出的难听的话尽数收回。在两个人一起回家的路上，他还得到了一个吻。

过了三个月，他们俩就结婚了。大卫的父亲非常精明，也很有钱，为他们举办了一个在方圆三里格都数一数二的婚礼。这两个年轻人在村里十分惹人喜爱，人们在街上排着队为他们道贺，还在草地上举办了舞会。他们还从德勒镇请来了提线木偶戏班和杂技演员，为客人助兴。

一年后，大卫的父亲离开了人世，大卫继承了他的羊群和小屋。他已经有了整个村里最娇美的妻子。每天早上，伊凡娜都会把挤奶桶和铜水壶擦得干干净净，让它们在阳光下发出耀眼的光芒。——从它们旁边经过的人，都会觉得晃眼睛。还有她整理的院落，花儿整齐地开放着，看看它们，你的视力就会恢复。如果你走运，还能听到她的歌声，歌声传得很远，在佩雷·格朗尼尔铁匠铺顶上的双栗树上都能听到。

　　有一天，大卫从一个很久都没有打开的抽屉里拿出纸，又开始咬铅笔头了。春天重新来到，他的心又被触动了。他一定是一个诗人，早就把伊凡娜忘到了九霄云外。看着眼前这片清新和优雅的新生大地的美丽画卷，他的心被牢牢地攥住了。闻到树林和草地发出的清香，他春心荡漾。这么长时间以来，他都是每天早上去放羊，晚上把羊儿赶回圈里。可现在，他躺在篱笆下，舒展着四肢，在纸片上遣词造句。他为了想词而绞尽脑汁，饿狼却趁机出来偷走走散的羊，吃到鲜美的羊肉。

　　大卫的诗写得越来越多，羊儿却越来越少。伊凡娜鼻头通红，脾气越来越大，说话也越来越刻薄。她的锅和壶的颜色越来越暗淡，似乎那些光泽都化成了她眼睛里的犀利。她对诗人说，由于他的疏忽，羊儿已经越来越少了，他给家里带来了悲哀。于是，大卫就雇了一个男孩来替自己看守羊群，自己却在阁楼里埋头写出更多的诗。雇来的男孩具有做诗人的天分，可是无法通过写诗来发泄自己的情感，只好每天打呵欠，或者进入梦乡。饿狼发现，原来写诗和睡觉没什么区别，于是，羊依然越来越少。伊凡娜的脾气也越来越大。有时候她会站在院子中间，双手叉腰，指着大卫的窗户破口大骂。骂人的声音传得很远，在佩雷·格朗尼尔铁匠铺顶上的双栗树上都能听到。

帕皮诺是个心地善良、聪明睿智，还总是喜欢管闲事的老公证人，他把这一切尽收眼底。只要是他的鼻子所指之处，就没有能逃脱他的双眼的。他找到大卫，狠狠地吸了一撮鼻烟，组织好语言，才开始说：

"米格诺，我的朋友，当年你父亲结婚的时候，是我在他的结婚证上盖的章。如果有一天我不得不为他儿子的破产文件做公证，我一定会很痛苦的。作为你的朋友，我得跟你说几句话。我看出来了，你已经沉醉于诗歌的世界。德勒镇上有我的一个朋友，布里尔先生，就是乔治·布里尔。虽然他住的地方不大，但是井井有条，装满了各种书。他学富五车，每年都去巴黎，还撰写了很多书。他能告诉你地下墓穴是怎么挖出来的，人是怎么给星星定名的，以及啄木鸟为什么长着细长的嘴。他对诗的形式和意义了如指掌，就像你懂得羊的咩咩一样。我帮你写一封信，你带去给他，顺便把你的诗拿给他看看。然后他会告诉你，你应该继续写诗，还是将注意力转到你的妻子和正事上。"

"请您快点写信吧！"大卫迫不及待地说，"怎么不早点跟我说呢！"

第二天太阳刚刚升起，大卫就带着自己的宝贝诗歌，踏上了前往德勒镇的路。中午时分，他到达了布里尔先生家门口，拭去了脚上的尘埃。那位才华横溢的绅士拆开了帕皮诺写的信，透过他发着光的眼镜看完了信，那个样子就像阳光在吸收水分。

看完之后，他领着大卫进了书房，在书海中为大卫腾出了一个"小岛"，让他坐下。

布里尔先生非常善良。看着这一摞一指厚的书稿，他面无惧色，放在膝盖上认真阅读。他一个字一个字地看，如同一个蛀虫钻进果子里，努力找到精华。

被放逐在"小岛"上的大卫坐立不安，面对浩如烟海的书籍，他忍不住颤抖起来。他的耳边回响着文学的声音。在这个海里，他没有航海图，也没有指南针，只能随波逐流。他想，世界上有一半的人都在写书。

布里尔先生终于读完了整个诗集。他摘下眼镜，掏出手绢认真地擦拭。

"我的老朋友帕皮诺近况如何？"他问。

"非常不错。"大卫说。

"米格诺先生，您有多少羊？"

"我昨天数的时候是三百零九只。这些羊实在是太不走运了，原先有八百五十只，现在锐减到这些。"

"你已经成家立业，过得非常舒适。羊群给你带来的收入足够你支配。你带着它们去田野，呼吸新鲜的空气，想吃多少甜面包都可以。如果你足够警觉，就可以躺在自然的怀抱里，听着画眉写在树林里歌唱，对不对？"

"是的。"大卫说。

"我已经看完了你写的诗，"布里尔先生说，他的目光扫视着书海，就像驾驶着小船在大海里航行，"你往远处看，看看窗户外面，米格诺先生。请告诉我，你在树上看到了什么？"

"一只乌鸦。"大卫看着外面说。

"一只鸟。"布里尔先生说，"每当我想逃避职责，它就会帮助我。我想你应该认识这种鸟，米格诺先生，它是飞在空中的哲学家。它在自己的族群中，过着幸福的生活。它的眼睛里充满了奇思妙想，它的步子里充满了欢乐，过着快乐无比的生活，衣食无忧。它能够从田野里获得它需要的一切。虽然它的翅膀比不上黄鹂的美丽，可是它从不为此叹息。米格诺先生，你有没有听过自然赐予它的音符？你觉得夜莺会比它幸福吗？"

大卫站了起来。乌鸦在树上刺耳地叫着。

"非常感谢您，布里尔先生。"他缓缓地说，"那么，我的那些鸟里，就连一只夜莺都没有吗？"

"如果真的有，我是不可能漏掉的。"布里尔先生长叹一声，"我从头到尾都是字斟句酌的。去过你那富有诗意的生活吧，小伙子，以后不要再写诗了。"

"非常感谢您。"大卫说，"我现在就回去照料羊群。"

"如果你愿意留下来跟我共进一餐，"布里尔先生说，"暂时忘却失败的痛苦，我可以给你详细地讲一讲。"

"算了，"诗人说，"我现在要回到田野，对着我的羊群嘎嘎叫。"

大卫把自己的诗稿夹在胳膊下，回到了弗尔努瓦村，每一步都走得十分痛苦。进村之后，他就来到了赛格勒的小店。赛格勒是犹太人，从亚美尼亚逃难过来的，什么东西都敢卖。

"朋友，"大卫说，"最近总是有森林里的狼来骚扰我的羊群。我得买一把枪，才能保护小羊。你这里有没有合适的？"

"今天生意不好，米格诺兄弟，"赛格勒摊开双手，"我可以便宜卖给你一支，只收取平日价格的十分之一。这些是我上周从一个小贩那里进的货，都是从某个城堡清理出来的。原本它们都属于一个大人物——具体是什么头衔我就说不上来了——那个家伙叛变国王，被流放了。你可以从里面挑一挑。你看这把，给王子用都可以呢！我四十法郎卖给你。米格诺兄弟，我可少收了你十块钱呢。不然你看看这把鸟枪也行……"

"这一支就可以。"大卫掏出钱来扔在柜台上，"有没有上膛？"

"马上就上，"赛格勒说，"多给我十块钱，我送点火药和子弹给你。"

大卫把手枪藏进外套，回到了自己的小屋。伊凡娜不在家。最近一段时间，她总是喜欢去邻居家串门。不过，厨房的火炉里还生着火。大卫把厨房门推开，把所有诗稿扔进了煤堆里。火势很旺，噼里啪啦的，就像在唱歌。

"乌鸦的歌！"诗人说。

他回到阁楼上的小房间，把门关好。村子里非常安静，所以枪声发出的时候，有很多人都听到了。大家纷纷跑到了声音传来的地方，看到屋顶冒出的烟，就爬上了楼。

男人们把诗人的尸体平放在床上，略微收拾了一下，掩盖住黑乌鸦被撕裂的羽毛。女人们叽叽喳喳的，似乎非常怜悯他。还有几个人迅速去通知伊凡娜。

帕皮诺的鼻子知道出事了，他的鼻子把他第一个带到了现场。他捡起那把手枪，仔细看了看上面的字，脸上难掩对枪的欣赏和对死者的悲痛。

　　"这把枪，"他告诉身边的神父，"还有上面的雕银装饰，属于波佩尔第侯爵殿下。"

二十年后

　　街道上，一位威风十足的警察正沿着街道巡逻。他沉稳有力的步伐是习惯性的，并不是故意去拉风耍酷，因为这时已经是夜里快十点钟了，路上已经没有了多少行人，凛冽的寒风夹杂着雨丝几乎布满了每一条街道。

　　这位警察身材高大，气势逼人。他手里的警棍不停地舞动着，时不时还会转过头，戒备地看看平静的四周，那样子就像是一尊和平的保护神。这个街道的人们都习惯早些休息，除了卖烟的铺子和二十四小时的小饭馆还在营业以外，大部分的店面早早就关门歇业了。

　　警察巡视到街道中部的时候，步伐突然慢了下来。有一个人的身影靠在一间五金店黝黑的门边，他嘴里还含着一支未点火的香烟。警察朝他走了过去，还未来得及开口，男人就说话了。

"这儿没有什么事，警官。"他让警察放松，"我在这里等一个朋友。我们二十年前就约好了，这听起来很怪吧？如果你想弄清楚这件事，我就从头到尾给你讲一讲。二十年前，这家店所在的这个位置是一间饭馆——乔老大布雷迪饭馆。"

"饭馆五年前被拆掉了。"警察忍不住插了句话，"之前就是叫这个名字。"

这个男人擦了根火柴点燃了嘴里一直叼着的香烟。在香烟发出的微光的映衬下，出现了一张方正的、苍白的脸，眼睛炯炯有神，右边的眉毛末端有一块白色的伤疤。他的围脖打结处，别了一颗好大的钻石装饰，看起来有些奇怪。

"二十年前的这天夜里，"他说，"我和吉米·威尔斯一起在这家乔老大布雷迪饭馆吃晚饭。他是我最好的朋友，是这个世界上最好的人。我们俩从小一起在纽约长大，跟亲兄弟一样。那个时候，我十八岁，吉米大我两岁。第二天上午，我就要出发去西部淘金了。我劝吉米和我一起去，可是他认为纽约是最好的地方，说什么也不肯走。就在那天，我们约好，二十年后的这个时间，在这个地点，我们会重新相聚，不管自己的生活变成什么样，不管自己离得有多远，都要见一面。那个时候觉得二十年的时间足够让我们找到自己的人生方向，挣到自己的钱了。不管自己的路走向哪里，挣的钱有多少。"

"听起来很有趣。"警察说，"不过你们俩定的时间也有些太久了吧，这么多年来，你还有他的消息吗？"

"刚开始我们俩还会通信，"男人说，"大概过了一两年，我们就没有了对方的消息。您也知道，西部很大，我一直在忙碌、打拼。不过我知道,只要吉米还活在这个世界上,他一定不会忘记我。我不远千里赶回来,就是为了今天晚上能在这个地方等他,只要他出现,那就值得了。"

等候着的这个男人从怀里掏出了一块精致的怀表,表盖上镶满了小钻石。

"还有三分钟就到十点了,"他说,"那天我们在饭馆分手的时间是十点整。"

"你在西部地区混得很好吧?"警察问。

"您说得对,希望吉米的生活能抵得上我的一半。他是一个好人,人太老实了,就会埋头苦干。我为了挣钱,整天得思考着如何竞争得过那些精明的人。如果总是待在纽约,人就会变得得过且过,贪图舒适。只有在西部,人才能不停地经受磨炼,变得更强。"

警察挥了挥手里的警棍,走开了几步。

"我要接着巡逻了。希望你的朋友会来。如果他十点还没到的话,你会走吗?"

"我不会走!"男人说,"至少我得等他半个小时。只要吉米还活着,半小时内他就一定会赶到。再见,警官。"

"晚安,先生。"警察说完,就继续执行他的工作了,对每家每户都查看一番。

这时候,雨开始淅淅沥沥地下了起来,风也开始呼啸而来。大街上偶尔会出现几个行色匆匆的路人,大衣的领口高高翻起,双手插在衣兜里,沉默而严肃。而这个站在五金店门口,为了履行和朋友这个不靠谱的二十年前的约会,赶了这么远的路而来的男人，一边抽着烟，一边等待着。

差不多等了有二十分钟，一个个子高高的男子穿过街道，径直走了过来。他穿着长长的外套，衣领高高竖起，遮住了耳朵。

"鲍勃，是你吗？"他的声音有些不确定。

"吉米·威尔斯？是你吗？"门前的男人喊道。

"上帝啊！"刚刚赶来的这个男人发出一声惊叫，快步走上前，一把抓住男人的双手，"真的是你，鲍勃，我就知道，只要你还活着，我们就一定会再见面。天啊，天啊，天啊！——二十年了！那家饭馆已经不在了，鲍勃，我真希望它还在，这样我们就能进去大吃一顿了。你在西部生活得好吗？兄弟？"

"我很好。我想要的我都得到了。你看起来变了很多，吉米，我印象中你好像没有这么高呢，现在好像高了两三英寸呢。"

"呵，二十岁之后，我突然又长高了一些。"

"你过得怎么样？吉米？"

"还可以吧，我在市政府谋了个职位。鲍勃，走，咱们找个地方好好聊聊。"

两个朋友亲密地手挽着手，顺着街往前走。从西部回来的那个男人一路上滔滔不绝，骄傲地说着自己是如何发展自己的事业的。而另外的那个人则用衣服把自己裹得严严实实的，兴致勃勃地听着。

很快，他们就走到了街角处的一间药店，那里的灯光很明亮。走到门口，两个人相互对视，打量起对方的面容。

西部回来的那个人突然站住了，从另外一个人手里抽出了自己的手。

　　"你不是吉米·威尔斯！"他大声吼道，"二十年时间很长，但是绝对不会让一个人的高挺鼻子变成塌鼻梁。"

　　"有的时候，二十年还可以让一个好人变成坏人，"高个子的男人说，"你已经被捕十分钟了，'狡猾的'鲍勃。芝加哥的警方早就算到你会逃到我们这里来，早和我们联系说要你去好好聊一聊。你是想悄悄地来，悄悄地走吧？你倒是很聪明。对了，去警察局之前，我得给你看样东西，这是一个人托我亲手交给你的便条。你就在这儿看吧，这是巡逻的威尔斯警官给你的。"

　　西部回来的这个男人把警察递过来的小纸条打开。刚开始看的时候，他的手还是很稳，可是当他读完之后，手已经在不住地颤抖了。纸条上只有短短的几行字：

鲍勃：

　　我如约来到了我们之前约定的地点。当你擦亮火柴点燃香烟的时候，我就看到了一张芝加哥通缉令上的脸。我实在是无法亲自去抓捕你，我只能走开，找了自己的同事来做这件事。

吉米

女巫的面包

　　街角有一家很小的烘焙屋（就是店铺门口有三级台阶，你一推开门，门上的铃铛就会响起来的那家），它的主人是玛莎·米查姆小姐。

　　玛莎小姐今年四十岁了，她有一个有两千元存款的存折、两颗假牙，以及一颗多情的心。有很多女人已经嫁作人妇，可是和玛莎小姐比起来，她们的条件就差多了。

　　有一个顾客每周都光顾两三次，玛莎小姐慢慢对他心生好感。他是一个中年人，戴着一副眼镜，棕色的胡子总是修剪得非常整齐。

　　他说的是带有很重的德国口音的英语。他的衣服已经非常旧了，有的地方已经经过了织补，还有的地方有了褶皱，看起来非常松散。不过他的外表非常整洁，人也很有礼貌。

　　他每次来都会买两个隔夜面包。新鲜面包的售价是五分钱一条，而隔夜面包就是五分钱两条。他每次来都只买隔夜面包，从来没有买过别的东西。

有一次他来的时候，玛莎小姐注意到他的手指上有一点红褐色的污迹。她马上在心里做出了判断：他是一个落魄的艺术家。无疑，他住在阁楼里，一会儿吃一口隔夜面包，一会儿画点画，偶尔还要想起玛莎小姐烘焙屋里那些可口的点心。

玛莎小姐坐在桌子旁吃肉排、面包卷、果酱和红茶的时候，总是会无端叹气，希望那位斯文的艺术家可以与她分享这些美食，而不是在四处透风的阁楼里啃干面包。前面已经说过了，玛莎小姐有一颗多情的心。

为了证实自己对这个顾客的职业猜得是否正确，她把以前在打折季买下的一幅画从闺房里拿出来，放在了柜台后面的架子上。

这幅画上画的是威尼斯风景。一座雄伟的大理石宫殿（画上就是这么写的）在画面的前景中伫立着——确切地说是前面的水景。画里还有几条贡多拉（坐在船上的一位女士把手伸进水里，在水面上划起了波痕），有白云和天空，还有许多明暗烘托的笔触。只要是位艺术家，绝对不会忽视这幅画。

两天之后，那位顾客又来了。

"两条隔夜面包，打包带走，谢谢。"

在她打包的时候，他说："夫人，您这幅画真不戳（错）。"

"是吗?"玛莎小姐高兴地说，她看到自己的计谋得逞了，"没错，我确实非常崇拜艺术和……（不，这么快就说出'艺术家'三个字不太妥当）……和绘画。"她改口说，"这幅画还不赖吧?"

"宫癫（殿）画得不好，"顾客说，"透诗（视）不真实，再见，夫人。"

他拿起包好的面包，欠了欠身，就快速离开了。

是啊，他一定是个艺术家。玛莎小姐把画收回了自己的房间。

他真是气度不凡！他隐藏在眼镜片后面的目光是多么和善啊！他的前额那么宽阔！只看了一眼，就看出了透视的好坏——可是他却只能靠隔夜面包填饱肚子。不过一个人在凭借才华赢得别人的瞩目之前，都要经历一段艰苦的岁月。

假如这位天才能够有一个有两千元存款的存折和一个烘焙屋作为后盾，还能得到一颗多情的心的爱情——不过，这只是你的白日梦罢了，玛莎小姐。

最近他每次来到店里，都会隔着柜台和玛莎小姐交谈一阵子。他似乎非常乐意逗她开心。

可是他一直都只买隔夜面包，那些蛋糕和馅饼，他连看都没有看过，更别说关注她店里最美味的萨利伦了。

玛莎小姐觉得他越来越瘦了，情绪也不太高昂。这实在太让人心疼了，她很想在他的隔夜面包里夹上一些好东西，可是每次她刚刚把手伸出去就缩回来了。她不敢冒失，因为她知道艺术家都是非常高傲的。

玛莎小姐转到柜台后面，换上了自己那件蓝点子的丝绸背心。她在里屋熬了一锅神秘的加了木瓜籽和硼砂的混合物，有很多人都用这个配方美容。

一天，客人又像平常一样过来了，把硬币搁在柜台上，要买两条隔夜面包。玛莎小姐正忙着为他拿面包，门外突然响起了嘈杂的喇叭声和叮叮当当的响声，一辆救火车呼啸着开过去了。

客人自然难以免俗，跑到门口东张西望。玛莎小姐突然灵机一动，抓住了这个机会。

柜台后面架子的最后一层放着一磅鲜黄油，是乳品师傅十分钟前剩下的。玛莎小姐迅速拿起面包刀，在每个隔夜面包上都拉出一条很深的大口子，在里面结结实实地塞满了黄油，再把面包按得紧紧的。

等客人看完热闹回来，她已经在系包装纸上的绳子了。

他们又愉快地交谈了几句，客人就拿着面包离开了。玛莎小姐非常开心，但是还是有一丝慌乱。

她的胆子是不是太大了？会不会冒犯到他的自尊？应该不会吧，食物又不代表语言，难道给一点儿黄油就是冒失的行为了吗？

那一天，她的心思都集中在这件事情上。她在脑海中幻想了无数次，他发现这个小把戏的时候会有怎样的反应。

他会放下画笔和调色盘。他把作品放在画架上，他用的透视绝对是非常完美的。

他站起身来，把午餐端过来，又是面包和白开水。他会切开一个面包——啊！

玛莎小姐的脸颊变成了红色。在他吃面包的时候，会不会想到那只将黄油塞进面包的小手呢？他会不会……

门口的铃铛剧烈地响了起来，似乎有人吵闹着进来了。

玛莎小姐迅速赶到前台，那里有两位男士。年轻的那位嘴里叼着一个烟斗，是她从来没有见过的，而另外一位，就是他的艺术家。

他满脸通红，帽子推到脑后，头发乱糟糟的。他紧紧地握着拳头，朝着玛莎小姐比画着。是的，他的拳头朝着玛莎小姐比画着。

"Dummkopf①！"他愤怒地嚷道，接着又喊了一声"Tausen-donfer②"之类的德国话。

年轻人努力想把他拉开。

"我不走！"他愤怒地说，"我一定要跟她把话将（讲）明白！"

他像擂鼓一样，使劲地敲着玛莎小姐的柜台。

"你毁掉了我！"他怒吼道，镜片后面的蓝眼睛里简直要喷出火来了，"我告诉你，你这个自以为是的老女人，讨厌！"

玛莎小姐无力地靠在面包架上，一只手按住了自己的蓝点子丝绸背心。年轻人一把抓住了艺术家的衣领。

"走吧，"他劝说道，"你该骂的都骂了。"他把那个气疯了的家伙拖到门外的人行道上，自己又回到了店里。

"我得跟您说说他为什么这么生气，夫人。"他说，"他叫布伦伯格，是一名建筑制图员，我是他的同事。

---

① 德语，意思是"蠢货，笨蛋"。
② 德语，意思是"天打五雷轰"。

"三个月来，他一直在忙着给新市政厅画平面图。他还准备拿它参加有奖竞赛。昨天，他完成了上墨的步骤。您应该知道，制图员通常都是先用铅笔打底稿，等画好之后，他就用隔夜面包把铅笔的痕迹擦掉，效果可比用橡皮好多了。

"布伦伯格一直都在您这里买面包。嗯，今天，今天……您应该知道，里面的黄油实在是……现在布伦伯格的平面图除了能裁开包三明治，实在是没有别的用处了。"

玛莎小姐回到里屋，脱下了自己身上的蓝点子丝绸背心，换回了之前穿的那件棕色哔叽旧背心。然后，她端起木瓜籽硼砂汤，一股脑儿倒进了垃圾桶。

感恩节的两位绅士

有一天是归属我们的。那一天到来的时候，所有无法自食其力的美国人都会回到自己的老家，嘴里嚼着苏打饼干，边看着那台破抽水机边感慨它们又离门口近了很多。祝福这一天吧，这么美好的节日是罗斯福总统送给我们的。我们听说过清教徒的故事，但别总是记着他们以前做过什么事。我肯定，假如他们有胆子再上岸来，一定会被我们揍得狼狈不堪。普利茅斯岩石①？这个名

---

① 普利茅斯岩石：在 1620 年的时候，英国的清教徒为了躲避宗教的压迫，乘船逃往了美洲新大陆——马萨诸塞州的普利茅斯岩。他们上岸后得到了印第安人的帮助，从而定居在此。第二年的时候，这些清教徒就和印第安人一起庆祝了这个节日，并称之为"感恩节"。1941 年，以罗斯福为首的美国国会批准并通过了这项法案，把每年 11 月的最后一个周四定为国家的感恩节。

字听起来有些熟悉。自从火鸡基金会①把市场垄断了之后，我们就只有母鸡可以吃了。不过华盛顿那边有人走漏了消息，提前把感恩节通告泄露了出来。

在蔓越莓沼泽往东方向的纽约这个大城市，感恩节已经演变成了一种规范和风俗。在每年十一月的最后一周的周四，渡口以外的美国人才被纽约的人民所承认，只有这天才真正是美国人的节日，属于美国全国人民庆祝的节日。

现在有个故事可以证实，在大洋的这一边也有着这些古老的风俗，而且因为我们的努力和积极，这些风俗的形成速度要远远超过英国那些古老传统的形成速度。

斯达非·皮特坐在联合广场东面入口处正对着喷泉的第三条长椅上。九年了，一到感恩节这天的一点钟，他都会准时坐在这里。他每次坐在这里，都会遇到一些意外的事情——这些事仿佛像是查尔斯·狄更斯的作品中出现过的事，他的肚子胀得让自己的马甲都紧紧地贴在自己的前胸和后背上。

但是今天的斯达非·皮特在这个一年一度都会来的地方出现，好像不是因为饥饿，似乎更多是因为习惯——慈善家们都有这样的看法，在一年之中，贫穷的人们应该只有这一次才会感受到饥饿的痛苦。

当然了，现在斯达非一点也不觉得饿。他刚饱饱地吃了一顿，胀得只剩下呼吸和移动的力量了。他的双眼像两颗灰暗的

---

① 火鸡基金会：乔治亚州沃伦县的农民在 1904 年 11 月 16 日成立的，当时他们在《芝加哥活禽天地》报纸上刊登公告，宣布感恩节前夕就提高火鸡的价格。从这天开始，每年火鸡的价格波动都由火鸡基金会所控制了。

醋栗，紧紧地镶嵌在一张伴随着浮肿与油光的假面上，上面还留有肉汁的痕迹。他急促地喘着粗气，肥厚的脖子上的脂肪顶得他的衣服都变了形。善良的救济站义工在一周之前刚刚帮他缝好的衣扣现在一个个迸裂开来，像是爆米花爆开，撒了一地。就这一会儿时间，他又变得衣不蔽体，衬衫的前襟被撕裂，一直到锁骨。就算是这个吹着夹杂着雪花的冷风的十一月份，也只是够让他感激这一点的凉爽。因为那份丰盛的午餐所产生的热量实在是太大了，使得斯达非·皮特的肚子胀得不行。那顿午餐是从生蚝开始的，餐后又吃了甜点——葡萄干布丁，更别说午餐过程中的烤火鸡、煮土豆、鸡肉沙拉、冰激凌和南瓜饼了。于是，他大吃大喝之后，只能坐在那儿，带着大餐之后的满足眯着眼看着周围的一切。

这顿饭真是出乎他的预料。那时候，他正好经过第五大道附近的一所砖红色的豪华房子，这里住了两位年纪很大的女士，她们都出身于封建的古老家族，对传统非常重视。她们甚至不承认纽约的存在，并且坚持认为感恩节的设立完全是为了华盛顿广场①。她们有一个传统的习惯，就是在中午十二点钟的钟声敲响之后，就让家里的仆役把第一个经过她们家门口的饥饿的流浪汉领进家门，让他大吃一顿，直到吃饱为止。刚巧斯达非·皮特在去公园的途中路过这里，就被这里的仆役拉进房子，

---

① 华盛顿广场：英语中称纽约市为"新约克"。它曾经是英国的殖民地，所以取名就以英国的约克郡命名，英国重新掌控这个地区的过程非常艰辛，最后英国无奈承认美国独立，从而放弃了把它当作自己的殖民城市，不过很多年纪大一些的英国人并不承认纽约这座城市。

成全了这栋豪华房子的传统。

斯达非·皮特呆呆地望着前方，足足有十分钟之久。他觉得自己需要变换一下视野，于是费了好大的劲慢慢地把头转到了左边，突然间，他屏住了呼吸，瞪大了眼珠子，那双穿着旧皮鞋的短腿不住地哆嗦，伴随着地上的沙砾发出簌簌的响声。

那位老先生正走过第四大道，朝着他所坐的长椅走来。

这九年间，这位老先生总会在感恩节的这天来到这儿，找到坐在长椅上的斯达非·皮特。估计这件事在老先生那儿也成了一个传统。这九年的每一个感恩节，他都来到这儿找到斯达非·皮特，然后带他去餐馆，看着他饱餐一顿。这类事情在英国可能不足为奇，人们做这些好事也是习以为常的。可是在美国这个年轻的国家，连续九年坚持做这件事已经是非常了不起了。这位老先生是非常忠实的爱国者，他称自己是创立美国传统的先行者。为了建立这个独树一帜的传统，就必须长期坚持去做一件事，一刻都不能放松，比如每周去收集工人的保险费，或者上街进行大扫除。

老先生严肃地朝着他自己制定的"传统"大步向前。说实话，每年请斯达非·皮特去饱餐一顿并不是很有意义的事，和英国的《大宪章》或早餐果酱完全没有可比性。但是至少它往前迈出了一步，就算是有些封建的感觉。它至少可以证明在纽——哦不对——在美国建立一种传统，是完全可能的。

这位老先生身材高高瘦瘦，大概有六十多岁。他穿着一身黑色衣裤，鼻子上架着一副马上要掉下来的老式眼镜。他的头发比去年更少，看起来也更白了，走路的时候好像比去年更要依附那根有着弯弯扶手的拐杖。

眼看着自己的恩人走过来，斯达非·皮特的呼吸开始变得急促起来，身体也开始颤抖。看着就像是某位夫人的胖哈巴狗被一条野狗吓坏了似的。他很想快速逃走，可是就算是桑托斯·杜蒙①竭尽全力也无法让他的屁股远离这把长椅。那两位老年女士的奴仆把任务完成得十分完美。

"你好，"老先生说。"很高兴看到你又经历了这一年的时事变迁，你仍然健健康康地生活在这个美好的世界上。即使只有这一点点的庇佑，我们俩也该好好地来庆祝今天这个值得感恩的节日。请随我一起来吧，我的朋友，我会请你吃一顿饭，让你的身体和你的心脏一样地健壮。"

连续九年，每一年老先生都是用这段话作为开场白，内容几乎一样的。这几句话本身几乎形成了一种固定的制度，除了《独立宣言》以外，没有任何的文字能与它相比。对以前的斯达非·皮特来说，听到这几句话仿佛像听到了美妙的乐章一样。可是现如今，他仰头看着老先生的脸，满面愁容，眼含热泪。小小的雪花洒落在斯达非被汗水浸湿了的眉毛上，仿佛能听到嘶嘶的声音，就像是热水沸腾了一般。老先生却在微微地打着冷战，背过身去，用背挡着风。

―――――――――

① 桑托斯·杜蒙：他的全名叫阿尔贝托·桑托斯－杜蒙（1873—1932）。他建造了欧洲第一部可以转弯的飞行飞艇，并且是第一位驾驶飞艇绕埃菲尔铁塔绕行一周，他是第一位在欧洲实现了动力飞机飞行的人，建造了世界上第一架超轻飞机。

一直以来，斯达非都觉得非常奇怪，为什么老先生说这番话的时候，言语中总是有一些悲伤。他不明白，那是因为老先生一直都想要有一个儿子来继承他的这个传统。他希望自己长眠之后，还能有个人在每年的这一天，挺直了胸膛站在斯达非这一类人面前说："为了纪念我的父亲。"只有那样，才真正成了一种"制度"。

　　可惜的是，老先生并没有亲属。他住在公园最东面的一栋出租屋里，那里都是些褐色的老旧宅子，非常寂静。冬天的时候，他会在一个只比衣箱大一点点的温室里种上些倒挂金钟；春天的时候，他会去参加复活节的大型游行活动；夏天到来了，避暑之地新泽西州的农舍又成了他常去的地方。他经常坐在柳条做的扶椅上，嘴里念叨着要找到一种叫乌翼巨凤蝶的蝴蝶；秋天一到，他就会请斯达非去吃上一顿丰富的饭食。老先生每年所做的事情就是这些。

　　斯达非抬起头，看了他半天，心底里泛起了一丝自艾自怜的无奈与烦恼。老先生的双眼因为助人为乐而闪耀出最亮的光彩。他脸上的皱纹一年多过一年，但是衣服上的小黑领结却又非常神气。他的衬衣非常洁白，两撇胡子都经过精心的修饰，角度都恰到好处。斯达非的喉咙里发出一声响动，就像是豌豆在锅里沸腾一样——他张嘴准备说话了。这种声音老先生已经听过九次了，他想当然地认为这是斯达非接受自己好意时要说的感激的话。

　　"非常感谢您，先生。我非常愿意和您一起去，事实上我饿极了，先生。"

饮食过饱所造成的晕晕乎乎的感觉，并没有让斯达非脑子里的那个信念有一丝晃动：自己就是某种制度的基石。感恩节这天，他的胃口不再由自己掌握，而是被一切现有习俗的神圣权利所控制。起码也得由这位善良的占有优先权的老先生来决定他该什么时候饿，要饿多久。确实，美国是个自由的国家，但是为了把传统建立起来，就必须有人去充当循环小数。英雄们并不是由黄金和钢铁所塑就的。看，这里就有位英雄，手里拿着的武器也只是含不了多少银的铁器和锡器。

　　受惠者斯达非跟着老先生来到了他们每年都会去的一家城南的餐厅，还是坐在之前都会坐的那张桌子旁。很快，他们就被餐厅的人认出来了。

　　"这位老人又来了，"一个餐厅服务员说，"每年的感恩节这天，他都会带这个流浪汉来这儿吃一顿。"

　　老先生坐在斯达非的对面，他热切地看着这个马上要成为他古老传统基石的人，脸上散发着钻石般亮眼的光芒。一道接一道的美食被服务员端上了桌子，而斯达非无奈的叹气也被别人解释为过度饥饿。他还是举起了刀叉，为自己刻了一项不朽的王冠。

　　没有人像他一样勇敢，在敌人的万千兵马中奋勇杀出一条血路！火鸡、排骨、青菜、肉饼……被他一扫而尽。走进饭馆的时候，他肚子已经胀得不行，但是一坐下，食物的气味让他几乎失去了一个绅士该有的风度，他像一位真正的骑士一样振奋！他看见老先生脸上因为行善而散发的微笑——把倒挂金钟和乌翼巨凤蝶所给他带来的快乐都比下去了——他真的不想让老人家失望。

一小时过去了，斯达非胜利了，他往后一靠。"谢谢你，先生。"他呼哧呼哧地喘着粗气，像一根漏气的蒸汽管一样。说完，他咬了咬牙，费劲地站起身来，眼神迷茫地朝着厨房的方向走去。服务员推着他像陀螺似的转了一圈，让他朝向了门口的方向。老先生从兜里仔细地拿出了一块三毛钱的小银币，又另外掏出了三枚镍币给服务生做小费。

如往年一般，他们在门口分别。老先生朝南走，斯达非往北走。

刚走过第一个拐角处，斯达非就站住了，他呆呆地站立了足有一分钟之久，然后，他的破旧衣服突然像猫头鹰耸立的羽毛一样崩裂了，随后，他就像一匹中暑的马一样，摔在了人行道上。

救护车到了，年轻的大夫和司机忍不住抱怨起他的体重，他身上一点酒味都没有，因此警察也不会管。就这样，斯达非和他肚子里的两份午饭一起被带到了医院。医护人员把他放在医院的床上，给他做一系列的检查，排除各种的疾病，希望能找出这块沉重的铁球到底是得了什么怪病。

瞧！一个小时之后，另一辆救护车载着老先生也驶进了医院。他们把他放在了另一张病床上，讨论着他是不是得了阑尾炎，因为老先生看起来一点也不像是付不起手术费的人。

没过多久，年轻的医生碰到一位护士经过这里——他感觉这个护士的眼睛很好看，就停了下来与护士聊起了这两个人的病症。

"那个穿着很体面的老先生"，他抬起下巴说，"你也许怎样也无法猜到，他竟然是饿晕的。也许以前他出自名门世家吧，他告诉我，他已经整整三天没有吃任何东西了。"

公车等待时

黄昏降临，一位穿着灰色衣服的姑娘出现在小公园一处寂静的角落里。她在一个长凳上坐着看书，距离太阳落山还有半个小时的时间，余晖足以让她看清楚书上的文字。

重新强调一次：她的连衣裙是灰色的，样式普通，剪裁和尺寸都非常完美。她的无边帽上罩着一层大网眼的头纱，使恬静的脸颊忽隐忽现，毫无察觉地衬托出她的美。昨天，她在同一时间来到这里，前天同样如此，有一个人最了解这件事情。

了解事情的青年，此刻正在小心翼翼地走过来，盼望着自己的祈祷可以得到幸运女神的眷顾。他的真诚得到了回应——姑娘在翻书时，书从她的手上掉落下来，正好磕在了长凳腿上，被弹到了一码远的地方。

青年迅速走过去把书捡起来，还给了它的主人。他脸上的表情与公园和公共场所里的人一样——那是一种殷勤和期待的表情，但是又夹杂着顾虑，因为附近有警察在巡逻。他清了一下喉咙，鼓足勇气，将声音放到最柔，用动听的语调说着与天气有关的开场白——对，这个话题就是引发许多世间不幸的话题——然后又悄无声息地站到一边，期待他接下来的命运。

姑娘淡定自若地上下扫视着他，看了看他平凡又干净的装束和一张面无表情的脸。

"如果你乐意，可以坐下来，"她的嗓音低沉动听，"说实话，我期望你可以坐一会儿。现在的光线太昏暗，不太适合读书，我愿意聊聊天。"

走运的臣子受宠若惊地在她身边坐下。

"您了解吗？"他拿出一副公园演讲家的架势说道，"我很久都没有见到过像您这样让人惊为天人的姑娘了！您昨天就引起了我的注意。您应该还没意识到，已经有人被您这双美丽的大眼睛迷住了，漂亮的金银花儿？"

"无论你是什么样的人，"姑娘冷冷地说，"请记住我是淑女。我可以原谅你刚刚说的话，因为发生这样的错误很寻常——你这种阶级的人最容易发生。是我主动让你坐下来的，但如果因为这样，我莫名其妙地成了你的金银花儿，那麻烦你还是站着吧。"

"我由衷地希望你不要怪罪我，"青年恳求。他刚刚一脸得意的表情现在完全消失了，留下的只有悔恨和羞耻，"这是我的不对，您明白……我是说，公园里常常会见到一些姑娘，您明白……当然，您可能不知道，可是……"

"如果可以，不要再说这个话题了。我当然明白。行了，我们还是聊聊熙熙攘攘的人流吧，就是来来回回在路上走着的人。他们打算去什么地方呢？为什么都急匆匆的？他们过得好吗？"

青年立刻改掉了他轻浮的作风。姑娘所说的话让他有些迟疑，他不知道自己应该扮演什么样的角色。

"这样看他们，确实很有趣。"他琢磨着她的想法，顺着她的心情说，"这就是好看的生活戏剧。有的人打算出去吃饭，有的人打算去……呃……其他地方。他们每个人都有自己的故事，这很吸引人。"

"吸引不了我，"姑娘说，"我才没有那么无聊。我到这里来是因为我只能在这里与强大、共有、跳动的人类心脏有近距离接触。由于身份原因，在平时的生活中我根本没有机会体会到这种跳动。你想知道我为什么想跟你聊天吗——你姓什么？"

"帕肯斯塔克。"青年立刻回答，脸上浮现出急切和期盼的神情。

"想不到吧，"姑娘举起一根纤细的手指，露出微笑，"我还是告诉你吧。想要彻底瞒住姓名是完全不可能的事情，就算是画像也不会永远不让人发现。幸亏有我家女佣的这个面纱还有帽子，这样我才有机会暂且做一会儿普通人。真应该让你看看我的司机是怎么盯着它看的，他还觉得我没有发现呢。我之所以愿意和你聊聊，斯塔肯帕……"

"是帕肯斯塔克。"青年细心地更正说。

"……帕肯斯塔克先生，原因是我迫切希望与一个真实的人，一个没有沾染铜臭气和虚伪的社会地位低的人聊聊，只要聊一会儿就好。唉！你猜不到我备受折磨，生活有多么痛苦——金钱，金钱，金钱！还有那些在我身边围着我转的人们，他们的舞蹈就好像是一个模子做出来的傀儡一样。我讨厌享受，讨厌珠光宝气，讨厌旅游、人际交往，还有世界上一切奢靡。"

"我其实觉得，"青年小心翼翼地说，"金钱应该是一样好东西。"

"人之所以会有满足感，是因为有欲望。但是，如果你已经拥有了千万的财富，甚至……"她用一个无可奈何的手势来结束这句话，"那种一成不变的乏味生活，"她继续说，"会让你觉得生活没有乐趣。开车兜风、宴会、看戏、舞会、晚宴，这所有的一切都好像被财富镀金了一样。有时，我听见香槟酒里面的冰块互相碰撞后发出的声响，我简直要发疯了。"

帕肯斯塔克先生表现出很好奇的样子。

"我特别希望可以知道时尚的富人们平时都过什么样的生活，"他说，"也许我有些虚荣，可是我还是想多知道一些。以前，我听闻香槟酒在喝之前需要放在酒瓶里冰镇一下，而不是直接把冰块放在杯子里？"

姑娘觉得他的话有些好笑，于是发出一阵犹如银铃一般的笑声。

"你应该知道，"她理解地说，"像我们这种阶级的人，每天都闲得发慌，只有靠标新立异才能找到生活的乐趣。现在最流行把冰块直接放在香槟里，这是一位来自鞑靼的王子去华尔道夫饭店吃晚饭的时候发明出来的。不过，用不了多久还会有新流行的东西来取代这个。例如，这个星期，在麦迪逊大道举办的宴会上，在场的所有嘉宾的盘子里都放着一只绿颜色的羊皮手套，这是专门为吃橄榄设计的。"

"我知道了。"青年虚心地说。

"在这个圈子里的一些与众不同的娱乐项目，普通人是完全不会知道的。"

"有时候，"姑娘微微欠了个身，表示接受了他的认错，才接着往下说，"我难免幻想，假设我爱上了一个人，那个人一定会是地位低下的人。他一定是一个敬业的人，绝对不是游手好闲的浪荡公子。可遗憾的是，我的家室和财富要求我必须找一个条件和我差不多的，我的意愿在这些因素面前太渺小了。最近两天，有两个人一直追求我。其中一位是日耳曼的大公爵。我觉得他应该是有妻子的，也许之前娶过妻，藏了起来，让他的嗜酒如命和残忍无情折腾得发了疯。另外一位是英格兰的侯爵，他的性格高傲冷酷，而且是爱财如命的人。两个人做比较的话，我觉得大公爵更好一些。哎呀，我为什么要跟你说这些，派肯斯塔克先生？"

"是帕肯斯塔克。"青年倒吸了一口气，"说实话，您大概不知道，您对我说了这么多真心话，让我觉得多么荣幸。"

"你是做什么工作的，帕肯……斯塔克先生？"她问道。

"我的工作微不足道。可是我想在这个社会中混出个人样来。您之前说可能会爱上一个社会底层的人，是真的吗？"

"是的。但我刚才只是说'有可能'。因为大公爵和侯爵都在追求我，你了解的。对，假设能够找到一个我真正喜欢的男人，不管他是什么职业我都不介意。"

"我在一家饭馆工作。"帕肯斯塔克坦诚地说。

姑娘不自觉地缩了缩身子。

"你该不是服务员吧?"她诚实地说,"劳动很高尚,但是服侍人,你明白吧……仆人之类的……"

"我不是服务员。我是出纳员,就在……"他们面前,位于公园对面的街道上,有一块奢华的灯光招牌,上面有两个很大的"餐厅"字样——"您现在看见的那家饭店就是我工作的地方,我在里面做出纳员。"

姑娘看了看戴在她左手手腕上一只做工复杂、设计烦琐的小手表,然后立刻站了起来。她的腰上带着一个闪闪发光的手提袋,她打算把一本体积远远超过手提袋的书用力塞进去。

"你为什么不上班?"她问。

"我上夜班,"青年回答,"一个小时后我才工作。我以后还能见到您吗?"

"不好说。或许……或许我以后不会再心血来潮来到这里。我必须要赶快离开了,一会儿我还要参加一个宴会,接着去戏院的包厢里看戏……之后,唉!都是老一套。你过来的时候或许留意到在公园北面的角落里停着一辆汽车吧?一辆白色车身……"

"是红色车轮的那辆吗?"青年率先提问,眉头紧锁在一起。

"是的。就是那辆车载我过来的。皮耶尔还在车里等我。他以为我去逛广场那边的商场了。你看看我的生活多悲惨,竟然需要说谎骗自己的司机。再见。"

"天已经黑了,"帕肯斯塔克先生焦急地说,"公园里有很多粗鲁的人,我可不可以送您过去……"

"假设你尊重我的话，"姑娘斩钉截铁地说，"我希望在我走后十分钟里，你一直都在这条长凳上坐着。我没有责备你的意思，但你应该知道，汽车上面都会印有家族标志。再见吧。"

她迅速又不失优雅地走进了夜色中。青年眼睁睁看着她曼妙的身影离去，看着她去到公园角落的人行道上，走向停着车子的拐角。这个时候，他不顾姑娘的叮嘱，毫不迟疑地站起身来。他压低身子用公园的树丛和灌木林作为掩护，一直与她保持着平行路线，眼睛死死地盯着她。

只见她来到拐角处，转过头瞅了一眼那辆车，然后直接越过它，朝着街道对面继续走。青年藏在一辆停在路边的出租车后面，眼睛一直死死地盯着她。她来到公园对面的人行道上，走进那家有着耀眼招牌的饭馆。这家饭馆涂的是白色油漆，从玻璃门往里看，饭馆里面一览无余，里面的顾客在大庭广众之下吃着便宜的饭菜。姑娘进入饭馆后，径直走向饭馆的一个里屋，过了一会儿再出来时，帽子和面纱都被摘下来了。

出纳员的柜台位于大门附近。高脚凳上一名红头发的姑娘爬了下来，她一边爬，一边意味无穷地看着挂在墙上的时钟，穿着灰色裙子的姑娘坐在了高脚凳上。

青年将双手插入了口袋，沿着人行道慢慢往回走。在拐角处，他的脚好像踢到了什么，他低下头看了一眼，踢中的恰巧是路中央的一本平装书，他一下子将它踢向了草坪边。通过封面鲜艳的颜色，他知道这本书就是那位姑娘每天看的那本。他心不在焉地把书捡起来，看了一眼书名——《新天方夜谭》①，作者是史蒂文斯。他又把它丢到了草地上，无所事事地游荡了一分钟。然后，青年淡定自若地坐在了那辆汽车里，身子倚靠在坐垫上，对司机说道：

"到俱乐部，亨利。"

---

① 《新天方夜谭》：一部具有异国情调的惊险浪漫故事集。

公主和美洲狮

　　既然要讲故事，故事里自然少不了皇帝和皇后。这个皇帝是一个非常可怕的老头儿，随身佩带着一把有六发子弹的手枪，他的靴子上有马刺，嗓门出奇地大，要是草原上的响尾蛇听到他的声音，也会吓得迅速钻到霸王树下的蛇洞里。在他建立皇室之前，大家都叫他"悄悄话本恩"；等他拥有了五万亩土地和不计其数的牛群时，他就变成了"牛王"奥唐纳。

　　皇后本来是得克萨斯州拉雷多①的一个墨西哥姑娘。她温柔善良，是一个非常合格的科罗拉多主妇。在她的劝说下，本恩学会了在家里小声说话，以免震破碗盘。本恩刚当上皇帝的时候，她还在埃斯皮诺萨牧场上织苇席。可是当数不清的财富滚

---

　　① 拉雷多：得克萨斯州南端的一个城市，在格兰德河畔，河对岸就是墨西哥。

滚而来，用马车送圣安东尼奥拉回软垫椅子和大餐桌之后，她就低下了满头乌发，过着像达那厄①一样的日子。

为了避免大逆不道，我们先把皇帝和皇后介绍一下。不过在这个故事中，他们并不是主角。其实，这个故事的名字也可以叫"公主、想入非非的男人和煞风景的狮子"。

皇帝只有一个女儿，叫约瑟芬·奥唐纳，她是公主。她继承了母亲的善良和漂亮的亚热带黑皮肤，从本·奥唐纳皇帝那里继承了气魄、判断力和统治才能。一个集这么多特点于一身的人，值得一个人翻越千山万水去一睹为快。约瑟芬可以一边骑马疾驰，一边朝着树梢上挂着的番茄铁罐开枪，六枪可以中五枪。她可以连续几个小时跟她的小白猫一起玩，给它换上各种可笑的小衣服。她不用铅笔，只靠心算就可以告诉你：一千五百五十五头两岁大的牛，每头卖八块五，一共能卖多少钱。大致说来，埃斯皮诺萨的面积大概有四十英里长、三十英里宽——不过其中大部分土地是租来的。约瑟芬骑着小马，已经踏遍了这片牧场上的每一个角落。牧场上的每一个牛仔都认识她，都对她忠心耿耿。有一天，埃斯皮诺萨的卫队长雷普利·吉文斯见到了她，便萌生了与皇室联姻的念头。你说他是痴人说梦？未必吧！当时，得州的每个男子汉都是顶天立地的大丈夫。而且"牛王"这个名号也不是说明皇家血统，多半是用来说明这位"皇帝"在偷牛的技巧方面高人一等。

---

① 达那厄：希腊神话中阿尔戈斯王的女儿，被幽禁在高塔里。在《达那厄与黄金雨这幅画》中，她被描绘成了一个日日等待黄金雨落下的女子。

一天，雷普利·吉文斯骑着马到了双榆牧场，看看有没有一批牲口的下落，它们刚满周岁就走丢了。他回程的时候动身晚了，抵达白马渡口的时候，太阳已经落山了。此处距离他的营地还有十六英里，距离埃斯皮诺萨牧场也有十二英里。吉文斯觉得十分疲惫，就决定在渡口过夜。

河床上有一个水池，里面的水干净透明。水池两岸长满了茂密的大树，大树下面长着蓊蓊郁郁的灌木丛。距离池塘五十码的地方，有一小片草坪，上面长满了牧豆草。这下他的马可以填饱肚子，自己也有地方睡觉了。吉文斯把马儿拴好，取下马鞍上的坐毯伸展开，把它晾干。他靠着树坐下，卷了一支烟。突然，河边的密林里传出了一阵充满气势、震撼人心的吼叫。拴着的马儿忍不住腾跃起来，恐惧地喷着响鼻。吉文斯抽着烟，不紧不慢地伸手去拿草地上的枪套，并试着转动了一下弹匣。一条大雀鳝鱼从池塘里蹦起来又落下去，溅起巨大的水花。一只灰色的兔子绕过一丛猫爪草，然后坐在草地上，抖着胡子，歪着脑袋，滑稽地看着吉文斯。马儿继续吃草了。

夕阳西下的时候，如果一头美洲狮在河边唱起女高音，那一定要加倍小心。也许它是在用歌声表达这样的意思：我已经很长时间没有吃到那牛肉和小肥羊啦，真想尝尝人类的肉。

草丛里扔着一只空了的水果罐头瓶，应该是以前的路人顺手扔掉的。看到它之后，吉文斯非常满意。他的外套绑在马鞍后面，口袋里有一把咖啡粉！有了黑咖啡和卷烟，牧人就什么都不用发愁啦！

两分钟后，他就生起了一个燃烧着明快火焰的小火堆。他拿起罐头瓶，走向池塘边。在距离水池十五码的时候，他透过灌木看到了一匹小马，它身上装的是女士侧鞍。小马正在他左手边不远的地方吃草，缰绳耷拉在地上。一位少女在池塘边，一边甩手，一边直起身子——她是约瑟芬·奥唐纳。她刚刚在水池里喝了一点水，洗了洗手上的泥沙。在她右边十几码的荆棘丛里，吉文斯看到有一头美洲狮蜷缩在那里。从它琥珀色的瞳仁里，吉文斯看出了"饥饿"两个字。它的眼睛后面六英尺，就是它的尾巴尖，正像猎狗准备蹿出的时候一样直立着。它微微挪动了后腿，这是猫科动物在跳跃之前经常做的动作。

此时，吉文斯的六发左轮手枪正在三十五码以外的草地上。吉文斯做了力所能及的事，他大喊一声，冲到了狮子和公主之间。

吉文斯在描述这场"格斗"的时候，用时十分短暂，而且让人十分困惑。他刚冲上战场，就看到头顶有一道模糊的影子掠过，随后就听到了几声隐约的枪响。之后，一头百来磅重的美洲狮落到了他身上，把他压倒在地。他还记得自己喊了一声："起来！这不公平！"然后，他就像一条虫子一样从狮子肚子底下爬了出来，还吃了一嘴泥土，脑袋上也被水榆树的根撞起了一个大包。狮子一动不动地躺在地上。吉文斯一面觉得气愤，一面觉得自己丢人了，就冲着狮子晃了晃拳头，不甘心地嚷嚷着："我还要再跟你打……"然后他就回过神来了。

约瑟芬还在远处站着，给她那把银色的点三八口径手枪填充子弹，似乎什么都没有发生过。刚才那一枪打得实在是太容易了，比起挂在树上的番茄罐头，狮子头这个目标可大多了。

她挤出了一丝微笑，圆圆的大眼睛里透出了挑衅、嘲弄和让人恼火的笑意。吉文斯原本是想英雄救美的，没想到反倒被人救了，这让他觉得十分耻辱。这本来是他的好机会，做梦都想得到的机会，可是没想到成全他的不是爱神丘比特，而是嘲弄之神莫墨斯。不用说，树林里的精灵们都在一旁捧腹大笑呢！这简直就是一幕滑稽戏——名字叫"吉文斯先生和狮子布偶一起演出的闹剧"。

"吉文斯先生，是你吗？"约瑟芬的语速很慢，声音很甜，"你喊的那一嗓子差点让我脱靶。你有没有伤到头？"

"哦，没有。"吉文斯非常平静地说，"摔得不重。"他屈辱地弯下腰，想要把被狮子压住的牛仔帽拽出来，这可是他最好的一顶帽子。帽子已经被压成了一张大饼，看起来十分可笑。然后他跪在地上，轻轻抚摸着死狮子那个张着大嘴、十分吓人的脑袋。

"可怜的老比尔！"他十分伤心地说。

"什么？"约瑟芬迅速问道。

"您当然不知道，约瑟芬小姐，"吉文斯忍着悲伤，故作宽容地说，"谁也不能怪您。我本来是想救它的，可惜没法及时让您知道。"

"救谁？"

"比尔。我今天一天都在找它。您不知道，它在我们的营地当宠物已经两年了。唉，这个可怜的老伙计连白尾小灰兔都不会伤害。要是小伙子们知道它死了，一定会悲痛欲绝。当然，您原本并不知道它只是想跟您闹着玩。"

约瑟芬的黑眸子一直看着他。雷普利·吉文斯算是混过了这一关。他忧郁地揉着自己黄褐色的头发，从地上站了起来。他的眼神看起来十分悲痛，还有一丝愧疚，脸上的表情显得十分哀伤。约瑟芬有点拿不准了。

"你们的宠物怎么会跑到这里来呢？"她不愿意就这么相信他的话，"白马渡口附近并没有营地啊！"

"这个淘气的家伙昨天逃离了营地，"吉文斯并不词穷，"它居然没有被郊狼吓死，也是一个奇迹。您不知道，在队里放马的吉姆·韦伯斯特上周带来了一条小狗，都快把比尔折磨疯了。它对比尔穷追不舍，一直咬着它的腿不松口。晚上休息的时候，比尔都得藏到兄弟们的毯子里，才能避免被小狗发现。我想，它之所以要逃跑，一定是因为太焦虑了。要知道，它对于离开营地可是充满了恐惧。"

听了他的话，约瑟芬看了看那头猛兽的尸体。吉文斯轻轻地拍了拍狮子一只可怕的爪子，它只要随便拍一爪，就能拍死一只小牛。于是，姑娘那深橄榄色的脸悄悄变红了。这是不是说明她害羞了？她是不是因为打到了不该打的猎物而愧疚？她的目光变得柔和，眼角下垂，刚才的嘲弄也都消失不见了。

"很抱歉，"她十分歉疚地说，"可是它的个头实在太大了，还跳得那么高，所以我……"

"可怜的老比尔肯定是饿坏了。"吉文斯打断了她，开始为死狮子辩护，"在营地的时候，我们总是让它跳起来叼走食物。为了得到一块肉，它还会在地上打滚。它刚才看到您的时候，一定是觉得您会给它吃的。"

约瑟芬瞪大了眼睛。

"刚才我差点打中您!"她尖叫道,"为了救下您的宠物,您居然冒着生命危险冲到它前面。吉文斯先生,您真好,我就喜欢对动物仁慈的人。"

没错,她的眼睛里出现了一丝爱慕。总之就是在一片失败者之间终于站起了一个英雄。以吉文斯的表情,完全可以在动物保护组织获得一个很高的职位了。

"我向来都很喜欢动物,"他说,"马啊,狗啊,美洲狮啊,牛啊,鳄鱼啊……"

"我很讨厌鳄鱼!"约瑟芬说,"它太脏了,让人觉得恶心。"

"我说的是鳄鱼吗?"吉文斯面不改色地说,"我想说的一定是羚羊。"

受到良心的驱使,约瑟芬觉得应该再做点什么来挽回一下。她忏悔似的伸出手,眼睛里含着晶莹的泪珠。

"吉文斯先生,您原谅我好吗?我只是个小姑娘而已,您要知道,我一开始真的是吓坏了。对于打死比尔,我非常抱歉。我现在的羞愧是你无法体会的。如果可以重来一次,说什么我都不会开枪的。"

吉文斯把她的小手握住了。他久久地握着,好像是用自己的宽容来战胜失去比尔的悲伤。终于,他原谅了她。

"好了,不要再提这件事了,约瑟芬小姐,任何一个看到比尔的年轻女士都会被他吓坏的。回去之后,我会好好和小伙子们解释的。"

"您真的不会恨我吗?"约瑟芬非常激动,向前走了一步,眼神十分温柔。那里面不但有温柔，还有恳切和忏悔。"换成是我，如果有人杀了我的猫咪，我一定会恨死他的！您刚才可是冒着生命危险去救它呀！您真是一个勇敢善良的人，能做到这一点的人可不多。"你看，转败为胜，滑稽戏变成了正剧，雷普利·吉文斯，你做得不错！

天快亮了。他肯定不能让约瑟芬小姐一个人骑马回家。虽然他的坐骑看起来非常不情愿，可是他还是装上马鞍，准备把她送回去。一个公主，一个爱护动物的人，他们肩并着肩在柔软的草地上驰骋。草地上弥漫着泥土的芳香，不远处的野花开得正热烈。郊狼在不远处的小山包上号叫，别害怕，别慌。看——

约瑟芬悄悄地靠近了他，试探着伸出一只小手。吉文斯的大手准确地找到了它。马儿肩并着肩，两人手牵着手。一只手的主人说：

"我以前从来都不知道什么叫害怕，可是你想想看，遇到一头真正的狮子是多么可怕！可怜的比尔！真的很高兴你可以送我回家。"

此时，奥唐纳正在家里的回廊上坐着。

"嘿，雷普利！"他嚷嚷着，"是你吗？"

"是他送我回家的。"约瑟芬说，"我迷路了，天也黑了。"

"真感谢你！"奥唐纳又嚷嚷道，"到家里休息休息吧，雷普利，明天早上再回营地。"

不过吉文斯执意要走。他今天夜里必须回到营地，明天早上有一批小公牛要上路。他跟这父女俩说了晚安，就骑着马飞快地走了。

过了一个小时，牧场主家熄灯了。约瑟芬穿着睡衣走到卧室门口，隔着门跟爸爸说话——爸爸就住在对面的主人房里。

"爸爸，那头叫'缺耳恶魔'的美洲狮，你还记得吧！它不但咬死了马丁先生的牧羊人冈萨雷斯，还杀死了萨拉多牛圈里的五十多只小牛。今天下午，我在白马渡口把它打死了。它刚要扑过来，就被我用点三八手枪连开两枪打中了脑袋。我看到它左耳的残缺，马上认出了它，那还是冈萨雷斯用弯刀削掉的。就算是你，也不一定有我的准头呢，爸爸！"

"干得好！"悄悄话本恩在熄了灯的卧室里像打雷一样说道。

财神和爱神

　　老安东尼·罗克沃尔退休以前是罗克沃尔尤里卡肥皂的智商和专利人，现在在家安享晚年。这一天，他坐在位于第五大道的私宅的书房里，看着窗外，咧开嘴笑了一下。住在他右边的邻居是贵族交际家乔·范·舒莱特·萨福克琼斯，此时正从家里走出来，走向正在门口等着的小轿车。他跟往常一样，朝着这座肥皂大厦正面的文艺复兴式建筑傲慢而又轻蔑地扇了扇鼻翼，表达自己的不屑。

　　"你这个无事可做的倔老头，我看你还要端多久的架子。"前肥皂大王更加不屑，"你这个老小子，还是留点神吧，别被冻成什锦果脯送去伊甸园博物馆①！明年夏天，我就把房子漆成红

---

　　①　伊甸园博物馆：1884 年在纽约曼哈顿开放的蜡像展览馆。

白蓝三色，看看他的荷兰鼻子会不会翘到天上去！"①

然后，一向不喜欢用摇铃召唤佣人的安东尼·罗克沃尔走到书房门口，大喊一声："迈克！"他的大嗓门曾经震破了堪萨斯大草原的上空，今天这一嗓子比起当年也毫不逊色。

"去告诉我儿子，"安东尼对前来伺候的佣人说，"让他出门之前过来找我。"

小罗克沃尔走进书房的时候，老头子放下手里的报纸，满面红光的宽阔脸盘上透出了慈祥又严肃的神情，眯缝着眼打量着儿子。他伸出一只手揉自己花白的头发，把头发弄得乱糟糟的；另一只手伸进口袋，把里面的钥匙弄得哗哗作响。

"理查德，"安东尼·罗克沃尔说，"你用的肥皂是花了多少钱买的？"

理查德从学校放假回来只有小半年，突然听到爸爸问到这个问题，暗自吃惊。他还没有来得及摸清父亲到底是什么脾气，这个老爷子说话就像一个初入社交界的大姑娘，问的问题也是让人意想不到的。

"大概六块钱一打，爸。"

"你的衣服呢？"

"通常都是六十块钱左右。"

"你可是上流人士，"安东尼坚定地说，"我听说，那些公子哥儿用的都是二十四块一打的肥皂，衣服一般都是一百多块一

---

① 荷兰国旗是红白蓝三色构成的，老安东尼想通过这个办法羞辱身为荷兰人的萨福克琼斯。

件。你手里有很多钱，也能跟他们一样奢侈，可是你花钱还是很有分寸的。现在我用的也是老牌尤里卡肥皂，念旧是一方面，另一方面是它是最纯粹的肥皂。一块肥皂的成本只有一毛钱，多花钱只是花在了劣质香料和商标包装上。像你这种年纪、地位和家世的人，用五毛钱一块的肥皂就非常不错了。我刚才已经说了，你是上流人士。他们说，三代才能造就一个真正的绅士，这种说法并不正确。只要有钱，要办到这一点很容易，只要有钱就行。有了钱，办起事来就像肥皂的油脂一样顺滑。你就是个很好的例子，连我都差点成了上流人士。你看看咱们左边和右边的邻居，那两个荷兰佬粗鲁无礼、态度蛮横，因为我在他们的中间买了房子，他们晚上都睡不着觉了。"

"有的事情就算有钱也没法办到。"小罗克沃尔的语气十分抑郁。

"你这是说的什么话！"老安东尼大吃一惊，"钱能通神。我查遍了百科全书，已经翻到了字母 Y，还没有发现用钱买不到的东西。下个星期我要看附录，我估计还是不会有什么发现。我这一辈子就信奉一个理论：金钱至上。你告诉我，有什么东西是用钱无法买到的？"

"例如，"理查德愤愤不平地说，"有钱也进不了上流社会的圈子里。"

"啊？是这样吗？"金钱这个万恶之源的忠实拥护者说，"你倒是说说，如果阿斯特家①的祖先当初没有钱买到船票来到英国，你那个所谓的上流社会的圈子会在哪里？"

理查德叹了一口气。

"说到这里，"老头子又回到了正常的音量，"我把你叫来就是为了这个。儿子，我发现你最近有点不对劲。你肯定是有什么心事，两个星期前我就开始观察你了。你说出来吧，你老爸我用不了二十四小时就能调来一千万美金，还不算房地产。要是你的肝病复发了，'漫步者'号现在就停泊在港口，上足了煤，只需要两天就能送你去巴哈马群岛。"

"你猜得不错，爸，猜得差不多了"。

"啊？"安东尼马上充满了热情，"她叫什么？"

理查德有点站不住了，就开始在书房里踱步。他这一向粗枝大叶的老爸突然这么关注他，让他说实话的信心大大增强。

"你直接开口多好啊？"老安东尼十分坚定，"她肯定会扑进你的怀抱。你有钱，长得也不错，还是个正经人。你随时随地都保持干净，没有留下一点儿肥皂沫。你还上过大学，不过她应该不会在意吧？"

"可是我一直没有机会。"理查德抱怨道。

"你可以制造机会嘛！"安东尼说，"带她去公园散步，要么开车去兜风，要么就做完礼拜之后陪她回家。机会，哼！"

"爸，您对现在的社交圈子的情况不了解。她在社交界是有

---

① 阿斯特家族曾经显赫一时，祖先约翰·雅各布·阿斯特一世是最早来到美国的移民之一，是美国有名的富豪。但是其继承人四世在泰坦尼克号事件中不幸罹难，家族也不复昔日辉煌。

头有脸的人物，她的每一个小时、每一分钟，都是提前几天就已经安排妥当了的。我非要把她追到手不可，爸，不然，这个城市就是个臭沼泽，让我永远遗憾。可是我又不能给她写信表白，我做不到这一点。"

"呸！"老头儿气呼呼地说，"你的意思是，我有这么多钱都不能让她陪你一两个小时？"

"怪我开始得太晚了。后天中午，她就要出发去欧洲了，会在那里待两年。我只能在明天傍晚和她待上几分钟。现在她住在拉奇蒙特的姑妈家，我没法直接这么去找她。不过，她已经同意我明天晚上坐着出租马车去中央车站接她。我们一起坐马车沿着百老汇赶到南面的沃雷克剧院，她母亲会跟一位包厢贵宾先到，在大厅等我们。这条路只需要六到八分钟就能走完，在这样的情形下，她哪有心思听我表白呢？不可能。到了剧院，我们就看戏，看完戏之后，我也没有什么机会。爸，就算您有钱，也解决不了这个难题。就算有钱，也连一分钟的时间都买不到，否则富人们就能长生不老了。在蓝特利小姐起航前往欧洲之前，我是没有跟她交谈的希望了。"

"好了，理查德，我的孩子，"老安东尼高兴地说，"你去俱乐部玩去吧。既然你不是肝病复发，我就放心了。你别忘了多去寺院几趟，给财神爷上香。你说钱买不到时间？当然，我们不能出一笔钱，让别人把永恒包好送到家里来。不过我倒是见过，时间之神在穿过金矿时，被金块弄得膝盖上伤痕累累的。"

当天晚上，艾伦姑妈来到了书房里。这是一位性情温和、多愁善感、皱纹满面、被财富压得都快喘不过气的贵妇。此时，她的老弟弟安东尼正在阅读晚报。他们谈起了情侣的烦恼这个话题。

"他全都告诉我啦！"安东尼一边说一边打了一个呵欠，"我跟他说，他可以任意支配我在银行的钱，可是他却贬低金钱，说钱根本毫无用处，还说就算把十个百万富翁加到一起，也不会让社会规律有丝毫改变。"

"唉，安东尼，"艾伦姑妈叹息着说，"我希望你不要一门心思只想着钱。在真爱面前，金钱根本不值一提。爱情的力量是强大的，没有什么是爱情办不到的。可是，要是理查德能早点开口该有多好！我觉得她肯定不会拒绝我们的理查德的。可是现在，说什么都太迟了。他连表白的机会都没有了。虽然你有很多钱，可是根本无法给儿子带来幸福。"

第二天晚上八点钟，艾伦姑妈拿出了一个被虫子蛀了的古老的匣子，从里面拿出一枚古典雅致的金戒指，递给理查德。

"我的侄子，你今晚把它戴上，"她央求道，"它是你母亲给我的。你母亲曾经告诉我，它可以给爱情带来好运。她拜托我在你遇到意中人时，把它交给你。"

小罗克沃尔庄重地接过戒指，戴到自己的小指上，可是卡在了第二个关节上。于是，他摘下戒指，按照男人的习惯放进了马甲的口袋，然后打电话把马车叫来。

八点三十二分，他在火车站的人流中接到了蓝特利小姐。

"不能让妈妈和别人等我们太久。"她说。

"去沃雷克剧院，以最快的速度。"理查德把她的意思转述给车夫。

马车一路疾驰驶向百老汇，飞一般地驶过四十二街，然后穿过了一条灯火辉煌的小路，把静谧的西区甩在身后，驶向遍地高楼的东区。

经过三十四街时，理查德突然推开车窗，让车夫停车。

"我的戒指掉下去了！"他一边道歉，一边下了马车，"那是我母亲留给我的，我不想丢掉它。给我一分钟就可以，我看到它掉落的地方了。"

过了不到一分钟，他就拿着戒指回到了马车里。

可是就在这一分钟里，有一辆四轮马车在马车的前头停住了。车夫刚要从左边绕过去，就被一辆快运大货车抢先了一步。他想从右边绕过去，又被一辆从天而降的家具搬运车挡住了，没办法，他只能后退。他想，既然这样，不如直接退出去好了，可是又没拿住缰绳。他没办法，只好咒骂起来。他发现，他的马车已经被许多车辆和马匹包围了。

这种交通堵塞在大城市里是见怪不怪的，不管朝哪个方向都无法突围。

"怎么停住了？"蓝特利小姐的耐心似乎耗尽了，"我们要迟到了。"

理查德把身子探出车顶，环顾四周，他看到原本十分空阔的百老汇大道、第六大道和三十四街的交叉路口，此刻已经堆满了各种货车、卡车、马车、搬运车和轿车，如同一个腰围二十六英寸的姑娘非要把自己塞进二十二英寸的束腰里。更加糟糕的是，现在已经十分混乱了，而所有交叉街道上还有源源不断的车辆涌过来，让原本就成了一团乱麻的车马阵更加混乱。

在原本的喧闹中，又加上了车夫们的破口大骂。看起来，曼哈顿所有的车辆都赶到这里来了。人行道上足有几千人在看热闹，就连资格最老的人都说不上上次看到这个规模的塞车是在什么时候。

"抱歉！"理查德重新坐下来，"看样子我们被困在这里了。以目前的形势来看，我们至少要一个小时才能脱身。都怪我，要不是我把戒指弄掉了……"

"把戒指给我看看吧！"蓝特利小姐打断了他的话，"要是没有别的办法，其实我也不是很在意，看戏也不是什么有趣的事情。"

夜里十一点，安东尼·罗克沃尔的房门被敲响了。

"进来！"安东尼大声说道。他此时穿着红色睡袍，正在读一本海盗小说。

艾伦姑妈走了进来。她的样子就好像一位灰发天使不小心落到了人间。

"安东尼，他们俩订婚了。"她柔声说道，"她已经同意了我们理查德的求婚。在去戏院的路上，他们遇到了交通堵塞，整整在马车上困了两个小时。

"安东尼，我亲爱的弟弟，以后你可别再吹嘘金钱是万能的了。我们的理查德之所以能获得幸福，完全是由于一枚代表着无尽爱意的戒指——它象征着真爱。他在路上不小心把戒指掉到了地上，只好下车去找，交通堵塞就在这时发生了，他们就被困住了。趁着马车动弹不得的时间，他表白了，还赢得了她的爱。比起真爱，金钱就是尘埃，安东尼。"

"好吧，"老安东尼说，"孩子得偿所愿了，我真为他高兴。我早就跟他说过了，我愿意为这件事付出任何代价……"

　　"得了，安东尼，在这件事上，你的钱起到什么用处了？"

　　"姐姐，"安东尼·罗克沃尔说，"现在我的海盗情势危急。他的船底被凿出了洞，他又是个有钱又看重钱的，肯定不会淹死。你让我把这一章读完可以吗？"

　　到这里，故事已经接近了尾声。我和诸位一样，都盼望这样。可是，我们还要刨根问底，一探究竟。

　　第二天，一个双手通红、系着蓝圆点领带的人来拜会安东尼·罗克沃尔，他自称凯利。罗克沃尔马上在书房接见了他。

　　"嗯，"安东尼一边说，一边伸手去拿支票簿，"这一锅肥皂熬得真不错，你看，你已经拿走了五千块现金。"

　　"我自己还垫付了三百。"凯利说，"预算有点超标了。快运四轮和马车大部分是五块，大卡车和两匹马的车队是十块。电车司机也要十块，搬运队还有人跟我开出了二十的价格。要说最狠的，还是警察，其中有两个五十的，还有一个二十的和一个二十五的。不过，表演是真的很精彩，罗克沃尔先生。威廉·阿·布雷迪①要是见到了这么精彩的外景场面，一定会忌妒得心碎。而且，咱们可没有提前彩排过。大家都是准时到场，一秒都不差，而且堵得水泄不通，那两个小时里，就连一条蛇都别想从格里利塑像下钻过去。"

　　————————————

　　①　威廉·阿·布雷迪：美国著名喜剧演员，还参与制作了电影史上首部宽银幕纪录片。

"一千三，给你，"安东尼撕下一张支票，"其中一千是你的辛苦费，三百是你垫付的。凯利，你应该不会看不起钱吧?"

　　"我?"凯利撇着嘴说，"要是知道是谁发明了贫穷，我一定好好揍他一顿。"

　　凯利刚走到门口，安东尼又把他叫住了。

　　"你有没有在堵车现场看到一个光着屁股的小胖子①，手里拿着弓箭对着人群乱射?"

　　"怎么了? 没有啊!"凯利一头雾水，"我没看见。如果真的有您说的这样一个胖子，警察肯定会在我赶到之前收拾他。"

　　"我猜，这个小流氓才不会到场呢!"安东尼笑着说，"凯利，再见了!"

----

　　① 指爱神丘比特。

警察与赞歌

苏比躺在麦迪逊广场上的一把长凳上，翻来覆去很不自在。当夜里的野鹅大声尖叫，当没有海豹皮大衣的女人们对丈夫更加温柔，当苏比在公园的长凳上翻来覆去时，你们可以意识到，冬天即将到来。

苏比的大腿上落了一片落叶，这便是杰克冻人①送来的名片。生活在麦迪逊广场上的人们常常受到杰克的照顾，他每年来之前都会提前告诉大家。他在十字路口的地方，将"冻人来了"的名片递到"北风"手里，那是"露宿大厦"的邮差，提醒"大厦"里的住户们要准备好。

苏比心里很明白：想要对抗马上来临的严寒，自己应该组

---

① 杰克冻人：英国民间传说中的雪精灵。杰克冻人的出现表明冬天就要来了。

建个人"应急委员会"。他为了此事，在长凳上心绪不宁。

对于过冬这种事，苏比没有什么雄心。他没有想过要坐游艇去地中海，没有想过要去位于南方有沉沉欲睡的日光的维苏威海湾。

他唯一的想法是在岛上度过三个月。三个月里有饭吃、有住处、有朋友，再也不需要为呼啸的北风和穿制服的警察们的叨扰而烦心——对于苏比，这是他唯一的愿望。

这几年，苏比是布莱克韦尔岛监牢的常客，他一直在那里过冬。每年冬天，幸运的纽约人都会买票去棕榈滩和里维埃拉躲避寒冷。苏比也模仿他们，提早做出每年一次的前往小岛的计划。今年已经是时候去小岛了。前一天晚上，他躺在古老的广场喷泉边的长凳上时，在衣服下放上厚厚的三份周日的报纸，还将脚踝包裹住，并把大腿盖好，可是这样还是无法抵御一波波寒风的侵袭。于是，他脑子里逐渐浮出了小岛清楚的样子。苏比很鄙视以慈善的名义为流浪汉和困难户所提供的施舍。他认为，法律和慈善相比更仁慈，城市中有无数的市政机构和慈善机构让他免费吃住，可以让他勉强度日。可苏比却是一个傲娇的人，他觉得接受慈善的施舍是一种压力。虽然一切都是免费的，可想从慈善家手上获取恩惠，精神上必定会受到屈辱。犹如有恺撒的地方就有布鲁图①一样，施舍给你床睡，就必须要先洗个澡；想吃到施舍的面包，就必须要说出自己的秘密。这

---

① 布鲁图：指马尔库斯·尤尼乌斯·布鲁图，晚期罗马共和国的元老院议员，他组织了对恺撒的谋杀，并参与了行动。

样看来，倒不如让法律来"招呼"自己更好，既可以照章办事，又不会涉及个人隐私。

苏比一心想去岛上，于是立刻为实现这个愿望做准备。去岛上的方法有很多，最痛快的莫过于找一家档次高的饭店美美地吃上一顿大餐，再表示自己没钱结账，然后就会被警察悄悄带走。接下来的事，一定会由识趣的法官来办理。

苏比从长凳上一跃而起，迈着方步从广场走了出来，从百老汇和第五大道的交叉路口穿过，然后来到百老汇大道，在一家灯火耀眼的饭店门口停下。每天晚上都有人在这里推杯换盏，他们衣着考究，进进出出都是有钱有势的人。

他对马甲最底下的一个纽扣以上部分的衣着非常自信。他刚把胡子刮干净，上半身的打扮还算体面。教会里的一个女传教士曾在感恩节的时候赠给他一个黑色的活扣领结，现在依旧很整洁。他只要不引起怀疑混入饭店，找到一张桌子，那就成功了——服务员看见他露在桌面以上的上半身，是完全不会怀疑他的。苏比打算，点一只烤野鸭应该就够了——再点一杯夏布利酒，甜点就选一份卡芒贝尔奶酪，最后再点一小杯咖啡和一根雪茄。雪茄就选一美元一根的就可以了。这顿晚饭的餐费应该不会让饭店老板凶狠地报复他，而他自己既可以美美地享受一顿饱餐，去过冬的小岛时，满肚子的肉也会让他心情愉悦。

只可惜苏比刚刚迈进饭店的门，饭店的领班就注意到了他那条起了毛的裤子和穿烂的鞋子。一双强而有力的大手快速地把他的身体扭转过来，悄无声息地把他推到了人行道上，救了那只差一点就牺牲在烤炉里的野鸭。

苏比只能离开百老汇。看来，想要享受一番再前往向往的小岛这一条路行不通，必须要再想一个进入监狱的办法才行。

在第六大街的街角处，一家商店的橱窗特别引人注目，里面装饰着耀眼的霓虹灯，摆放着几件精致漂亮的物品。苏比拿起一块鹅卵石，朝着橱窗猛力一砸。人们纷纷朝着声音的源头赶来，一位警察率先赶到。苏比站在原地没动，双手放在了裤袋里，看着警察衣服上的铜纽扣痴痴地笑着。

"是谁做的？"警察怒吼着。

"您认为我与这件事情能脱得了干系吗？"苏比的语气里带着嘲讽，可态度却很友好，就好像是即将走运一样。

警察却对苏比置之不理。打碎橱窗玻璃的人一定会赶快逃跑，才不会留在原地等着跟执法者聊天。此时，警察的眼睛扫到在半个街区开外的地方，有个男子正在追着一辆车跑，他立刻拿起警棍开始追赶。苏比气得咬牙切齿，又只能沿着马路继续游荡。两次都没有成功。

街道对面有一家不引人注目的小饭馆，专门接待那些没有什么钱，又很能吃的客人。店里的杯子和盘子质地粗糙，环境也不好，汤水寡淡无味，就连餐巾纸都很薄。苏比那双让人丢脸的破烂鞋子和暴露身份的裤子，这次却让他蒙混过关成功进入饭馆。他来到一张桌子前坐下，点了牛排、煎饼、甜甜圈和馅饼。全部吃光之后，他对服务员说自己很长时间没有见过钱的样子了，他一分钱都没有。

"就这样吧，赶快去叫警察吧，"苏比说，"别让我等太长时间。"

"你这样的问题不用警察来解决。"服务员回答，嗓音犹如黄油蛋糕一样黏腻，眼睛红得好像曼哈顿鸡尾酒里面的樱桃，"嗨！阿康！"

两名服务员狠狠地将苏比丢到马路上，他的左耳贴着地面。他好像木匠使用的折叠尺一样，一个关节接着一个关节爬起来，站起来之后还没有忘记拍打一下身上的尘土。被拘捕起来仿佛变成了一场玫瑰梦，小岛也好像离他更加遥远。在距离两个铺位以外的药店门口站着一名警察，他忍不住笑出了声，之后又继续在街道上巡查。

苏比穿过了五个街区，才逐渐恢复了被逮捕的勇气。这一次，他扬扬得意地认为一定成功。一名打扮朴实却很可爱的少妇此刻站在橱窗前，她的眼睛清澈，正全神贯注地看着摆放在里面的刮胡子用的罐子和墨水台，这些东西距离她大概两码远，一个人高马大的警察倚靠在消防栓上，用犀利的目光来回打量着。

苏比想要假扮一个卑鄙下流的流氓。他的被害人的样子多么端庄高贵，而那个敬业的警察就在不远处，所有条件都让他相信，自己的手腕马上就会被手铐铐紧，确保他能够顺利去那个人多的小岛，他可以在那里安安心心地过冬。

苏比整理了一下女传教士赠给他的领结，扯了扯起褶的袖子，将帽子调整到了一个迷人的角度，侧着身子靠近少妇。他朝着她抛了几个媚眼，清了清喉咙，露出一脸坏笑的赖皮相，做足了下流无耻的流氓样子，眼睛的余光还瞄着那个正紧紧盯着他看的警察。少妇往后踱了几步，然后又全神贯注地看着种类繁多的刮胡子用的罐子。苏比立刻跟了上去，鼓足勇气来到她身旁，抬起帽子说：

"嗨，美女！要不要跟我一起出去玩玩？"

警察依旧没有动弹。被骚扰的少妇这时只要动动小拇指，苏比差不多就可以去令他心驰神往的小岛过冬了。他甚至开始畅想未来，他甚至觉得已经感受到了警察局里的令人舒服的暖意了……少妇转身过来，把手伸了出来，一把拉住了苏比的袖子。

"可以，美男，"她高兴地说，"如果你可以带我喝杯啤酒就最好了。如果不是那个警察一直盯着我，我早就想和你搭讪了。"

他像一棵橡树，而少妇犹如一根藤蔓一样缠着他，苏比无可奈何地带着她越过警察。他好像被下了魔咒一样，似乎永远要和自由在一起，无法摆脱自由。

走过一个街角，他总算把缠着他的少妇甩掉，头也不回地逃走了。他停下脚步时，已经来到了夜晚最亮的街区，这里到处都是最愉悦的心情、最轻薄的誓言及最动听的歌声。

穿着裘皮大衣的女人和穿着大衣的男人冒着严冬欢快地走着。一种可怕的念头涌上心头，让苏比打了个寒战：会不会有一种恐怖的魔法控制着他，让他无法顺利被逮捕？这个想法让他有些慌乱。这时，一所灯火通明的剧场门前，一名警察正迈着方步来回巡逻，他的脑子突然冒出一个想法，"扰乱治安"这个办法绝对是根救命稻草。

苏比站在大街上，用尽全力，大声呼喊，他嘴里胡说八道。

他一边蹦跳着，一边嚷嚷着，想尽一切办法想要把这里搅得鸡犬不宁。

警察摇晃着手里的警棍，背对苏比站着，面朝着来来往往的路人说道："他是耶鲁的一个学生，他们和哈特福德踢球时零封了对方，正在为此庆祝，不会伤害大家的。我们已经得到了通知，随他折腾，不用管他。"

苏比快郁闷死了！他只能无奈地停止叫喊，继续喊下去也是浪费力气。该不是每个警察都不会逮捕他吧？他觉得，那个可以让他过冬的小岛，现在已经成了阿卡迪亚①，再也不可能抵达了。他扣好单薄的外套扣子，想以此来抵挡刺骨的冷风。

在一间雪茄店门口，他见到一个衣着考究的男人正对着摇曳的火苗点着一根雪茄。那个人在进门之前，将手中的绸伞放在了门边。苏比走到门口，拿起了绸伞，优哉游哉地漫步在大街上。抽雪茄的男人连忙追了上来。

"这是我的伞！"他怒斥道。

"啊？是吗？"苏比一脸讥笑，除了小偷小摸之外，应该还有一项侮辱罪，"那你怎么不找警察？我手里的伞就是你的，怎么了？怎么不叫警察来呢？街角的地方不就站着一个吗？"

伞主人放慢了脚步。苏比并不想逃走，他感觉命运一直在和他开玩笑。街角的警察注意到他们，好奇地往这边看。

"当然，"伞主人回答，"话说……嗯，你应该理解，有些事情就是误会……那个……我……如果是我拿错了你的伞，那请

---

① 阿卡迪亚：也叫乌托邦，是传说中的世外桃源。

你谅解……这把伞是我今天早晨在一间饭馆里捡到的……如果你认为它是你的，那么……希望你可以……"

"就是我的！"苏比恶狠狠地说。

伞主人撤退了。警察急匆匆地朝一个穿着晚礼服的高挑金发美女走去，扶着她走过马路，防止两条马路开外的一辆车撞到她。

苏比朝着东面走去，路过一条正在修建的街道，街道被挖得全是坑。他愤愤不平地将伞丢进一个土坑中，嘴里还一直骂骂咧咧地说着那个身穿制服、头戴头盔、手持警棍的人。为什么？他只不过是想要犯在他们手里，可是在他们看来，他怎么就好像是国王一样，做什么都是对的呢？

最后，苏比来到通往东区的街道上，周围灯光昏暗，比较安静。他面对麦迪逊广场，虽然他的家只是那里的一个长凳，可是对家的思念还是在他心中悄然而生。

但是，苏比在一个特别寂静的角落里停下脚步。这里屹立着一所古老的教堂，教堂古典雅致，结构参差不齐，还堆砌出一道山墙。在柔和的紫色玻璃窗中，投射出一道柔和的光束来，窗户另一侧的教堂中，有一位风琴师正在努力练习周末的歌颂诗曲。悦耳动听的琴声传进了苏比的耳朵里，他好像被牢牢地·粘在了卷曲的铁栅栏上。

明月高悬，皎洁宁静，街上的车辆和行人寥寥无几，屋檐下的麻雀也带着睡意地喳喳叫——有一瞬间，仿佛有种身处农村坟地的感觉。风琴师演奏出的乐曲把苏比钉在了铁栅栏上，他以前对这个乐曲很熟悉——那时，在他的生活里还有母亲、玫瑰、理想、伙伴、单纯的思想和一尘不染的衣领。

就在此时，苏比敏感的内心似乎被古老的教堂影响到了，他的心灵出现了神奇的转变。他对自己水深火热的生活产生了恐惧，开始厌恶这样堕落的日子、可耻的欲望、无尽的绝望、枯槁的能力和自己的生活动机。

刹那间，这种感觉让他的内心受到了冲击。一股突如其来的冲动，驱使他决定与濒临绝望的命运做斗争。他要逃出这个泥坑，他要痛改前非，从头开始，他要把占据自己身心的恶魔驱赶出去。现在还不算晚，他的年龄还小，他还可以重新振作起来，朝着自己的目标迈进。那些庄严又美妙的乐曲在他的身体里闹了一场革命。明天，他打算去闹市找工作。曾经有个做皮毛生意的商人想请他做司机，他明天就去找他要工作。他一定会在世上活出个人样来，成为令人羡慕的人，他会……

苏比感觉他的胳膊上有一只手。转过身来，警察的一张大脸出现在他的眼前。

"你站在这里做什么？"警察问。

"没做什么。"苏比回答。

"跟我走吧。"警察说。

第二天一早，管理治安的法官在法庭上说："送到布莱维尔岛关三个月。"

爱的牺牲

当你深爱着你的艺术，就会觉得没有什么牺牲是忍受不了的。

这是一个前提。这个故事就根据这个前提得出结论，以此来证明这个前提并不正确。也许从逻辑学的观点来说，这是一件新鲜事。可是从讲故事的观点来说，它的历史悠久，也许比万里长城的历史还要久远。

乔·拉腊比来自中西部，在那里的老橡木滩上长大，具有很高的绘画天赋。六岁的时候，他就画了一幅镇上的水泵的画，旁边还有一位疾步走过的当地居民。这幅画被裱上镜框，挂在药房的橱窗里，旁边还挂着几条玉米穗作为装饰。二十岁时他离开故土，来到了纽约，他戴着一条领带，领带结非常紧，但是他手头的资金比领带结更紧。

迪莉娅·卡拉瑟斯来自南方，老家在松树小镇，她在那里学琴的时候，把六个八度的曲子弹得十分出色。亲戚们见状，大吃一惊，纷纷为她凑钱，让她到北方"深造"，这样，他们也就见不着她……我们还是继续看故事吧。

在一个工作室里，乔和迪莉娅相遇了。在这里，他们遇到了很多学艺术和音乐的学生，他们一起讨论明暗对比、瓦格纳①、音乐、伦勃朗②、瓦特斐尔③、壁纸、肖邦和乌龙茶。

慢慢地，乔和迪莉娅都对对方产生了好感——或者说一见钟情，随便你怎么说——他们很快就结婚了。就像我们在这个故事的开头说的：当你深爱着你的艺术，就会觉得没有什么牺牲是忍受不了的。

拉腊比夫妇租下了一间小公寓，把家安在这里。这间公寓很偏僻，就像钢琴键盘左端的升 A 键。但是他们俩过得很幸福，因为他们不但有自己喜欢的艺术，也有了对方的爱。在这里，我要建议所有有钱的年轻人——为了能够和艺术、和迪莉娅一起生活，不如变卖你所有的财产，送给穷苦的看门人。

我想，任何一个蜗居在小公寓里的人都会赞同我这个论断：自己的幸福才是真的幸福。只要家庭幸福，房间再小也没有关系——把梳妆台翻倒，就能当桌球台用。把壁炉改造一下，就能变成划船机。写字台可以当成备用的客房，脸盆架就是竖式钢琴。要是能把四面的墙壁再拉得紧一些就更好了，那就可以紧紧包裹住你和迪莉娅。可是，如果家庭不幸福，那房子当然

---

① 瓦格纳：德国作曲家。
② 伦勃朗：荷兰画家。
③ 瓦特斐尔：法国作曲家。

就越大越好了——从西海岸的金门①进去，把帽子挂在东海岸的哈特拉斯角②，把披肩挂在南美洲最南的合恩角③，出去的时候，就从北美洲北面的拉布拉多④半岛吧！

乔跟随大师玛吉斯特学画——你应该知道他的名气有多大。他收取很高的学费，课程却非常轻松——这样的对比更是让他远近闻名。迪莉娅跟随罗森斯托克学习，我觉得你对这位"钢琴键捣乱分子"的名号应该不会陌生吧！

只要他们手里还有钱，日子就是美满的。每家每户都是这样——算了吧！我不想说一些愤世嫉俗的话。这对夫妻的目标非常明确。乔很快就能画出佳作，那些鬓角稀疏、口袋里揣着厚厚的书的老先生们奋不顾身地抢购。迪莉娅的演奏技术也会越来越娴熟，迟早会有那么一天，如果她看到音乐会上的座位没坐满，她就会借口自己嗓子不舒服，拒绝登台，在专属的餐室里享用龙虾。

但是我觉得，还是小公寓里的家庭生活最为舒适——两个人结束了一天的学习，说着情话；舒适的晚餐和新鲜清淡的早餐；关于志向的交流——这种交流对双方都是有益的，也很有启发性。除了关心自己的志向，他们还会关心对方的，要不然就显得太自私了。到了夜里十一点，他们还要吃一些酿橄榄和乳酪三明治——这么说似乎有点破坏了艺术氛围，请原谅。

---

① 金门：美国旧金山湾口的海峡。
② 哈特拉斯角：北卡罗来纳州海岸的海峡，发音类似于英文中的"帽架"。
③ 合恩角：南美智利的海峡，发音类似于"衣架"。
④ 拉布拉多：赫德森湾和大西洋之间的半岛，发音类似于"边门"。

可是过了不久，艺术的气息就渐渐散去了。就算没有人记录它到底是什么时候发生的，这也是避免不了的。俗话说，坐吃山空。现在，这个小家庭已经没有钱给玛吉斯特先生和罗森斯托克先生支付学费了。当你深爱着你的艺术，就会觉得没有什么牺牲是忍受不了的。于是迪莉娅提出，她要去给别人教授音乐来贴补家用。

迪莉娅在外面奔走了两三天，到处招揽学生。一天晚上，她喜笑颜开地回到了家。

"乔，亲爱的，"她高兴地说，"我找到了一个学生，那家人真的太棒了！一位将军——平克尼将军的小姐，住在七十一号大街。那房子看起来特别气派，乔，你真的应该去看看那扇大门。我想应该就是拜占庭风格的，还有屋子里面！乔，这是我见过的最华丽的房间了。

"就是他的女儿，克莱门蒂娜要跟我学习钢琴。我一见到这个姑娘就很喜欢，她看起来就像个洋娃娃一样。她穿着一身白衣服，态度朴实，非常可爱。我每个星期去给她上三次课，我单是想一想就兴奋不已。乔！每节课五块钱，可是我对钱并不在意。等我再找两三个学生，就能继续跟着罗森斯托克先生学习了。亲爱的，不要愁眉不展了，我们好好吃一顿晚饭吧！"

"对你来说确实不错，迪莉娅，"乔手里拿着餐刀和短柄斧，正在用力地凿开一个青豆罐头，"可是我呢？你觉得我可以让你到处奔波赚钱，我却在艺术领域遨游吗？我以本韦努托·切利尼①的骨头发誓，我可做不出这样的事情。我可以去卖报纸，也可以去铺鹅卵石，怎么也能赚一两个子儿。"

迪莉娅走过去，双手勾住他的脖子。

"乔，亲爱的，你怎么这么傻呢？你绝对不能放弃学习。我又不是放弃了音乐去做别的，我在教课的同时也可以学习，我会永远和我的音乐在一起。而且，我们每个星期都能拿到十五块钱，就能像百万富翁那样快乐了。你绝对不可以不去上玛吉斯特先生的课。"

"好吧。"乔一边说，一边拿起了蓝色的贝壳形菜碟，"但是我不想让你去教课，那根本不是艺术。可是你做出这么大的牺牲，真是太伟大了。"

"当你深爱着你的艺术，就会觉得没有什么牺牲是忍受不了的。"迪莉娅说。

"我在公园里画的那张速写，得到了玛吉斯特的表扬，他说天空画得不错。"乔说，"丁克尔答应可以在他的橱窗里挂上我的两幅画。要是能碰上一个有钱的傻瓜，也许可以卖出去一幅。"

"肯定能卖出去的。"迪莉娅说，"好了，我们该对平克尼将军和这顿烤小牛肉表示感谢了。"

下一个星期的每一天，拉腊比夫妇每天都会早早地吃早餐。

---

① 本韦努托·切利尼（1500—1571），意大利文艺复兴时期的金匠、画家、雕塑家、战士和音乐家。

乔热情高涨，准备去中央公园写生。而迪莉娅会给他准备好早餐，还会给他一个热烈的拥抱，不停地赞美他，还要送上热吻，七点钟的时候，就送他出门。艺术是个迷人的小姐，需要拿出很多时间来伺候，乔每天晚上回家的时候已经快七点钟了。

周末，自豪而又疲惫的迪莉娅回到家里，豪放地掏出十五美元，放在七平方米多一点公寓客厅里的那张七十多平方厘米的小桌子上。

"有时候，"她的声音里有一丝疲倦，"克莱门蒂娜是对我的耐心的极大挑战。我觉得她应该是缺乏练习，我得把同一件事情反复讲给她听。而且，她总是穿一身白色的衣服，看起来太单调了。不过，平克尼将军倒是一个非常亲切的老头儿，我多希望你可以认识他啊！我在教克莱门蒂娜的时候，他隔三岔五会进来看看——他的妻子去世了，你知道——他就站在那里捋他的白胡子。还总是问："十六分音符和三十二分音符练得如何？"

"要是你能看看他们家客厅的护墙板该有多好啊，乔！对了，还有俄罗斯羔羊皮门帘，克莱门蒂娜咳嗽的时候很好玩，我希望她能够变得强壮一些。喔，我对她越来越有好感，她性格温柔，出身高贵。平克尼将军的弟弟还当过驻玻利维亚的公使。"

这时候，乔带着基督山伯爵的做派，掏出了几张钞票——一张十块，一张五块，一张两块，还有一张一块，放在迪莉娅赚回来的钱旁边。这些都是合法的纸币。

"那幅方尖碑的水彩卖给了一个来自皮奥里亚①的人。"他兴高采烈地说。

"你可不要跟我开玩笑，"迪莉娅说，"皮奥里亚？"

"确实是从那个遥远的地方过来的。我觉得你应该见一见他，迪莉娅。他身材粗壮，围着羊毛围巾，叼着一根鹅毛牙签。他在丁克尔的橱窗里看到了那幅速写，一开始还以为我画的是风车。他出手阔绰，毫不犹豫地就出钱买下了。之后他还预订了一幅拉克万纳货运码头的油画，准备带回家。我的画，和你的音乐课，我们还在追求艺术的道路上。"

"你坚持下来了，真是让我无比高兴。"迪莉娅发自肺腑地说，"你一定会成功的！亲爱的，有三十三块钱！我们还是第一次有这么多钱花！今晚我们吃牡蛎好了！"

"再加上菲力牛排配香菇，"乔说，"肉叉在哪里？"

下一个星期六的晚上，乔先到了家。他把赚回来的十八块钱平摊在客厅的桌子上之后，才去把自己手上沾染的深色油墨洗掉。过了半个小时，迪莉娅回来了，她的右手被厚厚的纱布和绷带缠绕着。

"发生什么事了？"乔把她迎进来，问她。迪莉娅挤出了一个笑容。

"是克莱门蒂娜，"他说，"我们下课之后，她吵着要吃威尔士干酪吐司。这个小姑娘真奇怪，居然在下午五点提出吃威尔士干酪。在一旁的将军听到了，你真应该亲眼看看他奔去拿烘

---

① 皮奥里亚：美国伊利诺伊州中部城市。

锅是什么样子。乔，就好像那么大的宅子里一个仆人都没有似的。克莱门蒂娜的身体不太好，又十分紧张。她在往吐司上倒奶酪的时候，不小心洒出了一些，溅到了我的手和手腕上。真的很痛，乔。小姑娘非常难过，平克尼将军急坏了，迅速冲到楼下去叫人——他们说是锅炉工，或者地下室里的下人——去药店买了烫伤膏和纱布。我现在已经好多了。"

"这是什么？"乔轻轻地握住迪莉娅那只受伤的手，扯下了绷带上的几根白色线头。

"是涂了烫伤膏的纱布。"迪莉娅说，"乔，你是不是又卖出去一幅画？"她看着桌上的钱问。

"到底是不是呢？"乔说，"只需要问问那个皮奥里亚人。他今天把预订的码头风景画拿走了，但是还有意向买一幅公园风景和一幅哈德逊河景，不过还没最终确定。迪莉娅，你刚才说是下午什么时间把手烫到的？"

"五点左右吧！"迪莉娅可怜兮兮地说，"熨斗——我是说奶酪，几乎就是那个时间烧好的。你真应该看看平克尼将军的样子，乔，他……"

"先过来坐一会儿，迪莉娅。"乔说。他把她带到沙发上坐下，自己坐到她身边，把胳膊搭在她的肩膀上。

"这两个星期以来你都在做什么，迪莉娅？"他问。

她的眼睛睁得大大的，饱含着爱意和固执，她思考了一会儿这个问题，才又含混地说着平克尼将军。可是最后她终于低下了头，一边流泪一边说了实话。

"我招不到什么学生，"她哭着说，"可是我不忍心看你放弃绘画，就去二十四街那家大洗衣店找了一个活儿，帮他们熨衬衫。我原本以为我那个平克尼将军和克莱门蒂娜的故事编得天衣无缝，是不是啊，乔？今天下午，洗衣店的姑娘用热熨斗烫到了我的手，在回家的路上，我就想出了这个威尔士干酪的故事。乔，你应该不会生气吧？可是要是我不去做这份工作，也许你也没有机会将画卖给那个来自皮奥里亚的人。"

"他并不是来自皮奥里亚。"乔慢吞吞地说。

"他来自哪里都无所谓。你真棒！乔，吻我一下，可是你是怎么对我给克莱门蒂娜上课这件事产生怀疑的呢？"

"在今晚之前，我并没有产生怀疑。"乔说，"今天下午的时候，我拿了锅炉房的一些废棉花和油膏送到楼上，给一个被熨斗烫伤了的姑娘包扎伤口。要不是因为这件事，我也不会起疑。两个星期以来，我都在那家洗衣店的锅炉房烧锅炉。"

"所以你没有……"

"来自皮奥里亚的买主，和你的平克尼将军，都是艺术创造的产物，只不过这种艺术不是绘画，也不是音乐。"

他们两个都笑了。乔又说：

"当你深爱着你的艺术，就会觉得没有什么牺牲是忍受不了的……"

迪莉娅伸出手堵住了他的嘴。"不，"他说，"你只说到'当你深爱着'就可以了。"

心和手

一拨乘客从丹佛车站登上了东去的 B&M 列快车。一位长相
出众的年轻姑娘也在这列火车的车厢中坐着，她的打扮优雅，
周围放满了各式各样的旅行奢侈品，看得出来她的旅行经验很
丰富。车上的新乘客是两位男青年。他们其中一位长得很帅，
看上去很坦诚，举止有风度；另外一位阴阳怪气，身材高大，
打扮很普通。两个人的手用手铐连接在一起。

他们在过道上一前一后地走着。整个车厢中只有两个空位
置，这两个空位置就在漂亮姑娘的对面，是刻意留下来的。两
个人来到座位前坐下来。姑娘不在意地瞄了一眼后，脸上立刻
绽露出迷人的微笑，圆圆的小脸上也浮现出一抹红晕，她将戴
着灰色手套的小手伸了过去。她的声音很甜美，从一开口发出
字正腔圆的语调就能够猜出，能够发出这种声音的人，一定是
一个喜欢发表个人见解，并且渴望被人倾听的人。

"伊斯顿先生，您既然希望我能够先说话，那我不妨就自觉点好了。难道您来到西部之后就忘记老友了吗？"

看上去年纪比较小的男人听了她的话之后，先吃了一惊，尴尬过后便将左手伸出去接她的手指。

"菲尔柴尔德小姐，原来是您啊，"他笑着说道，"不好意思，我现在有些不方便，所以请谅解我不能用双手。"

他将右手微微抬起，将他与同伴紧紧相连的闪闪发亮的"手镯"展示给她看。原本还很兴奋的姑娘一下子不知所措，她有些惊慌，脸颊上的红晕也瞬间消失。因为事发突然，所以她的双唇不自觉地微张。伊斯顿好像开玩笑似的轻笑起来，他正要开口说话时，他的同伴却抢先一步开了口——他身边坐着的那位阴阳怪气的男人，从坐下的那一刻便开始仔细观察眼前的姑娘，他的眼神很敏锐。

"不好意思，我想说一句，小姐，看样子你与这位警官很熟悉。如果当时你能够劝他在我审判的时候帮我美言几句，我过得一定会比现在好一些。他现在正准备送我去莱文沃斯监狱服刑，我犯了伪造罪，被判了七年。"

"哦！"姑娘用力吸了一口气，脸色才逐渐恢复正常，"您原来正在办公事？您是位警察啊！"

"亲爱的菲尔柴尔德小姐，"伊斯顿淡定地说，"我也必须要工作呀。金钱好像长了翅膀一样，经常飞走。想在华盛顿继续我们那样的生活，需要大笔金钱，我想你对这件事最清楚。西部现在正好有机会，所以……法警虽然不如大使的职位高，但是……"

"什么大使，"姑娘好奇地插话，"他早已经不打电话给我了。您应该清楚，他早就不联系我了。现在的您是一位骑马、打枪样样精通，英勇果敢的西部英雄啦！在华盛顿生活的时候，与现在大不相同。您的老朋友一直都很想念您。"

姑娘犹如做梦似的把话说完后，眼光又再一次回到那副有些晃眼的手铐上，她的眼睛再一次睁大。

"小姐，别紧张，"旁边的男人开口说，"犯人必须要和法警铐在一起，这样可以防止逃跑。伊斯顿先生是一个很敬业的人。"

"你近期还打算去华盛顿吗?"姑娘问。

"大概不会去，"伊斯顿回答，"我自由的日子已经过到头了。"

"我喜欢西部这里。"姑娘故意岔开话题，眼睛里泛着泪光。她将头转向车窗外，一改造作的姿态，用真挚平和的语气说道："我和妈妈在丹佛过了一个夏天。我的父亲身体不适，所以她上个星期一个人先回去了。我觉得西部很适合我，我一个人也能快乐地生活。金钱并不是一切。但是世人却都对金钱有所误解，而且很多人一直都很愚昧地……"

"法警先生，我想说，"阴阳怪气的男人突然大声喊了起来，"我觉得不公平，我必须要喝一杯才行，今天一整天我连半支烟都没有抽过。您聊的时间也够长了吧? 可以和我一起去吸烟室吗? 我的烟瘾发作了。"

两名被手铐连在一起的乘客不得不一起起身，伊斯顿的脸上依旧挂着略显尴尬的笑容。

"他的请求我必须答应，"他小声说，"对于这位不走运的兄弟来说，吸烟会让他得到慰藉。菲尔柴尔德小姐，再见。我的使命在此，所以还请您谅解。"他将一只手伸出来与她告别。

　　"您不能回到东部有些遗憾，"她一边说着，一边重新找回了上流社会的淑女风范，"我想，您一定要去莱文沃斯是吗？"

　　"是的，"伊斯顿回答，"我必须得坐到莱文沃斯下车。"

　　两个男人侧身沿着过道径直走向吸烟室。

　　附近座位上的两位乘客听了他们的对话后，大概明白了他们在说什么。乘客甲说道："法警看上去是个好人。西部人也不一定都是坏人。"

　　"他这么年轻就能做法警？"另一个乘客说。

　　"你说他年轻？！"乘客甲一脸惊讶地说，"你没有搞错吧？你难道见过有警察会在自己的右手上铐罪犯的吗？"

配备家具的出租屋

　　下西区的房子都是用红砖堆砌的，生活在这里的房客们总是来去匆匆，就像永不停止的时间一样。他们好像是一群无家可归的人，可实际上他们有上百个可以栖身的地方。他们已经习惯从一个有家具的房间，搬到另一个有家具的房间。这种频繁搬家的感觉让他们变得茫然，并且产生了一种无家可归的感觉。他们最喜欢的音乐是《甜蜜的家》，每次唱这首歌时，他们都会配上拉格泰姆①爵士乐调子。走路时喜欢在手中拎着装着传家宝的纸箱，他们喜欢在帽子上缠上一圈葡萄藤，喜欢用无花果树制成仿真盆栽。②

　　这条街道上居住着成千上万的居民，他们每个人身上都有

---

　　①　拉格泰姆：早期爵士乐的一种，也叫繁音拍子，在 19 世纪末 20 世纪初的美国非常流行。

　　②　葡萄藤和无花果都是安定家庭的一种象征。

一个故事，但并不是每个人的故事都很精彩。这么多在外漂泊的人当中，发生一些灵异的事情也算不得什么奇闻。

一天，天色刚刚暗下来，一名男青年来往于各个红色的楼房间，他将路过的每一栋楼房的门铃按了个遍。最后，他在十二栋楼门口停了下来，将手中的行李包随手放在一旁的楼梯上，然后摘下头上的帽子，顺手擦了擦帽子和额头上的灰尘。一阵微弱的门铃声再次在街道中响起，门铃声好像从街道深处传出来，显得那么空洞。

这已经是他按的第十二次门铃了。过了一会儿，一位胖乎乎的房东大妈来到门口。看到她的样子，他不禁联想到一只刚刚吃饱喝足的大肉虫，现在正打算吃下眼前这位新来的房客。

男青年询问还有没有空房出租。

"跟我来。"房东从嗓子眼儿里挤出这样一句话，她说话的声音，好像是舌头堵住了嗓子眼儿一样。"在三楼最后面还有一间屋子，这间屋子大概空了有一个星期了，你要不要看一看？"

男青年跟随着房东来到楼上。也不知道打哪里射出一道光亮，让原本阴暗的走廊明亮了起来。两个人一路上都没有开口说话。楼梯上虽然铺着地毯，但是那地毯已经变得破败不堪，根本看不出来地毯原本的样子。与其说是铺在地上的地毯，倒不如说是长在地上的植被，散发着一股腐败的恶臭，上面还长出一层厚厚的苔藓。整个楼梯上都布满了苔藓，脚踩上去有一种湿滑黏腻的感觉。在每一个楼梯的拐角处，都设有一个壁龛。此时，壁龛里空荡荡的，但是这里似乎摆放过一些植物。想必那些植物过去也一直忍受着这里污浊的空气。但也许这里曾经摆放过某个神像，可即便是神，也一定会被生活在这里的恶魔拉进黑暗当中，又或者被拖进下面某一间肮脏的房间里，推进无底深渊之中。

"就在这里，"房东的声音依旧混沌不清，就好像嗓子被什么东西卡住了一样，"这间屋子非常不错，也难得能闲下来。去年夏天时住在这里的房客的层次可不低，而且从来不惹是生非，房租也按时缴清，从来没有差过一分钱。自来水在走廊的尽头。这间屋子的上一任房客是斯普劳斯和穆尼，他们是表演歌舞杂耍的演员，他们曾在这里住过三个月的时间。哎，你听说过布列塔·斯普劳斯小姐的名字吗？这个名字可能是她的艺名，她的结婚证放在相框中，就摆放在梳妆台的上面。这里不仅有煤气灶，而且还有很大的储藏空间。这间屋子最抢手，过不了多久一定会被其他人租去的。"

"住在您这里的租客一般都是从事戏剧的吗？"男青年问。

"他们每隔一段时间会离开这里，再过一段时间又会再回来，我的租客当中，绝大多数都是从事戏剧的。先生，我们这里属于剧院区，演员通常不会在一个地方住很久，我这里只不过是他们的一个落脚地而已。是啊，他们总是来来回回折腾。"

男青年决定租这个屋子，还预付了一周的房租。他告诉房东自己非常疲惫，想马上住进来，然后将数好的钱递给房东。房东告诉他，房间内生活用品样样齐全，还有毛巾和水。房东交代完后便打算离开，男青年忍不住问了个自己早就想问的问题。

"您还记得她吗？她的名字叫瓦什娜——爱洛伊斯·瓦什娜

小姐，您见过这个年轻的女孩吗？我估计她曾经在大舞台唱过歌，她的皮肤白皙，她有一头闪着红光的金发，个头不高，身材比较瘦弱，她的左边眉毛那里还长着一颗黑痣。"

"我对这个名字没有印象。要知道演员们换名字是家常便饭，就好像他们换房子一样，来来回回的。嗯，我真的记不起来这个名字了。"

没有。还是没有。一直都没有。他已经花了五个月的时间到处打听她的下落，可是始终都没有找到。白天时他去打听学校、中介、合唱队和经纪人，花了不少时间，晚上时还要到各个戏院去向观众打听。无论是明星云集的音乐会还是无名小卒们组织的戏班，他都询问过，他害怕在一些档次低的地方见到她。他是这个世界上最爱她的人，他无时无刻不在找她。他认为，她离家出走的原因一定与这个坐落在水边的大城市有关，她一定在这座城市的某个角落里游荡。这座城市好像流沙一般，流沙中心的沙砾不断翻动，今天还在顶端的沙砾，明天就可能跌落到底部。

带家具出租的房间就好像是一个混迹欢场的老女人，它虚情假意地迎接着第一次来到这里的新房客。看着满屋破旧的家具，有谁能够将眼前的场景与"舒适"两个字联系在一起呢？屋子中的沙发和两把扶手椅上的锦缎已经破得不成样子，一块大约一尺宽的廉价穿衣镜被摆放在两扇窗户之间；墙角上方挂着几个描金的画框，下面摆放着一张铜床架。

青年房客直挺挺地躺在椅子里，他听着这间巴别塔①上的房间对他述说这里曾经都住过什么样的房客。

地上还铺着一块颜色缭乱的地毯，与周围污秽不堪的环境很不搭，就好似一座被汹涌的海浪困住的长满鲜花的小岛。墙壁上贴着颜色鲜艳的墙纸，上面还挂着《胡格诺恋人》《第一次争吵》《婚礼的早餐》及《泉边的赛姬》，这几幅画想必每一位在这里住过的房客都曾见过。在一堆破烂的帷帐后面，还藏着一个模样古板的壁炉台，上面的帘子破旧不堪，就好像是跳土风舞的舞者腰上缠的布条一样。壁炉台上摆放着很多杂物，有几个不值钱的花瓶，几张女演员的画像、一只药瓶，还有几张残缺不全的扑克牌，这些杂物想必都是上一任房客离开时留下来的。

根据房间里上一任房客留下的线索，不难推测出上一任房客的身份。在梳妆台前的地面上有一块地毯，地毯的一角破损格外严重，这证明曾经有一个爱美的女人经常站在这里。墙壁上有很多小孩子的手印，这说明曾经有孩子被困在房间里，他们希望能够早日离开这个房间，到外边呼吸新鲜的空气，晒温暖的阳光。另外一边的墙上，有一块犹如炸弹爆炸而形成的放射状污渍，这一定是用装着液体的杯子用力摔在墙上形成的。有人还在穿衣镜上用金刚石刻了两个大大的字——"玛丽"。或许生活在这里会让人感觉到特别压抑，所有的房客似乎都因为

①　巴别塔：又名通天塔。《圣经·旧约·创世记》第十一章说，人类想要联合起来建造一座高塔通到天堂，上帝为了阻止人类，就让人类说不同的语言，彼此之间无法沟通，就无法建造高塔了。

忍受不了这样的环境，脾气变得异常暴躁。环顾四周，屋子里的每一件家具都千疮百孔，没有一件家具是完整的。原本应该在沙发里待着的弹簧也已经跳了出来，变了形的家具看上去犹如是被人们虐杀后，全身痉挛死相极其难看的妖怪一般。壁炉台是用大理石制成的，大理石表面裂开了一道口子，看样子是有人曾经用力撞击过它。地上的木板变形严重，每块木板都翘了起来，样子千奇百怪，人站在上面还会发出吱吱呀呀的怪声，好像它们在为自己悲惨的命运而哭泣。也许你很难想象，曾经居住在这里的房客们，都将这里视为"家"，可他们竟然能够毫无顾忌地破坏房间来宣泄满腔愤怒，真是让人不敢相信。能够让他们发那么大火的事情，估计与他们内心对家的眷恋，但是又得不到满足有关，所以他们才会将愤怒发泄在这个冒牌货身上。如果他们有属于自己的家，即使是一个很破旧的茅草屋，相信他们也一定会将房间收拾得干干净净、整整齐齐，从心底里爱护它。

青年房客躺在扶手椅里，脑子里不断想着各种事情。从其他房间中飘出来的声音和味道一直围绕在他的身边。他听见从一间房间中传出来的放荡的低笑声；其他的房间里有人骂不绝口，有人在玩色子，有人在轻声吟唱摇篮曲，还有人在嘤嘤哭泣；楼上有房客欢快地弹奏班卓琴。门被"砰"的一声关上了；高架铁路上火车呼啸而去；楼后的篱笆墙上还站着一只小猫，小猫发出凄凉的叫声。他的鼻腔里全是这个房间里面的味道，确切地说是屋子里散发着一股阴冷的潮气，一股浓重的发霉味道，就好像从地下室冒出来的一样，空气中弥漫着一股油布散发的哈喇味和腐朽的木制品散发的腐烂味。

他就那样一直瘫坐在椅子上，忽然，房间里飘来一股木樨草的甜香味。这股味道好像是随着风飘进屋子里的，浓郁而强烈，闻着那么真切，让人心驰神往，像一个大活人一样。它似乎听见了某个人的召唤，男青年大声叫着："亲爱的，发生什么事啦？"随后，他一下子从椅子上弹了起来，环顾四周。浓郁的香气依旧围绕着他，他想要用手臂抓住，所有的感官就在此时都混淆在了一起。如果只是气味的话，又怎么可能会说话呢？他一定是听见了声音。这个声音不就是能够触动他内心，抚慰他灵魂的声音吗？

"她在这个房间住过！"他跳起来大喊一声，脑海中浮现出她曾经用过的物品，曾经碰过的物体，他知道自己一定能够认出，即便是很细微的事物都没有问题。他身边充斥着木樨草香，这是她最爱的气味，而且是她独有的，这味道究竟是从哪里来的呢？

房间里乱糟糟的。做工粗糙的梳妆台上摆放着一些发卡，发卡的款式很普通，几乎所有的女人都用过这种发卡，用语法来举个例子，这就好像是阴性，既不代表语气也不代表形态变化的词语，根本查不出任何线索。他不打算研究这些发卡，因为这些发卡太过普通了。他将梳妆台的每个抽屉都检查了一遍，只找到了一块被人丢弃的破旧手绢。他将手绢盖在脸上，随之而来的是一股刺鼻的洋茉莉的味道，这股味道冲得他立刻将手绢丢在地上。另外一个抽屉里有几颗扣子、一张节目单、一张当铺掌柜的名片、两颗忘记带走的水果味软糖，还有一本关于解梦的书。他在最后一个抽屉里发现了一个黑缎子制成的蝴蝶结发卡，他看到后惊呆了，整个人就好像置身在冰与火之间，他体会着激动和失望。黑色的蝴蝶结其实也很常见，戴上它可以让女人们显得端庄，所以说这也算不上线索。

紧接着，他好像化身为一条嗅觉敏锐的猎犬，趴在地上将整个房间扫视了一遍，就连墙面和拐角这样的小地方都没有放过，他将壁炉、餐桌、窗帘、挂在墙上的画，以及房间角落里的小酒柜都翻了个遍，他寻找一切线索，期盼着能够找到她曾经在这里出现过的证据，在他的身边、对面、头顶及他现在所站的位置，祈求他，人喊着他的名字……他的感知器官虽然已经失灵了，但是他依旧可以感觉到她的呼喊声。他再一次大喊："亲爱的，发生什么事情啦？"他转过身子拼命睁大眼睛查看四周，可是他还是什么都没有看见，他现在已经让这木樨草的香味熏得没有办法分辨出形状、颜色、爱情及展开的双臂。上帝，这香味究竟是从哪里来的？从什么时候开始，气味也能够说话了？他不停地想要找到问题的答案。

他翻遍了房间内每一个缝隙，不放过任何一个角落，可是却只找到几个瓶盖和烟头，他看了一眼便丢掉了。他又在地垫的缝隙里找到了一根只抽了半截的香烟，他用鞋跟用力地踩了几脚，口中还狠狠地骂了一句。他把整间屋子都找了个遍，只找到一些以往住在这里的房客留下来的乱七八糟的东西。但是他一直寻找的那个她，那个可能曾经住在这里的她，那个灵魂好像还在这里逗留的她，却什么都没有留下。

他想到了房东。

他立刻从好像闹鬼的房间里跑出来，来到一扇有一丝亮光的门前。房东听见敲门声走了出来。他拼命想要掩饰此刻激动的心情。

他恳切地问："夫人，请您告诉我，在我来之前，谁在那个房间里住过？"

"先生，我当然可以再告诉你一遍。在你之前曾在那个房间里住过的是斯普劳斯和穆尼，我之前也告诉过你。布列塔·斯普劳斯小姐是一名演员，后来她嫁给了穆尼。我的房子可都是正规的。他们的结婚证还被镶在镜框里，并且用钉子……"

"斯普劳斯小姐的人怎么样？我的意思是说她的长相如何？"

"原来你要问这个呀！她有一头黑色的短发，身材丰满，脸比较有趣。他们是上个周二从这里离开的。"

"在他们之前谁在这里住过？"

"是一个做货运生意的单身汉，他走时还拖欠了我一个星期的房租钱呢。在他之前住在那个房间里的人是克劳德太太，她还带着两个孩子，在这里住了四个星期；在她之前是老道儿先生，他的房租是他儿子出的。他在我这里一共住了六个月。这些事都过去一年了，先生，再往前我真的记不清了。"

男青年谢过房东后，踉踉跄跄地回到房间。屋子里静悄悄的。刚才令他激动的香气也不见了。木樨草香早已经消散，房间里充斥着腐败发霉的气味，让人产生了一种置身于仓库的错觉。

他的信心受到了前所未有的沉重打击，唯一支持他的希望也破灭了。他呆坐在那里，眼睛直勾勾地盯着发出昏暗光亮的煤气灯。过了片刻，他来到床边，将床单撕成一条条布条，然后用小刀将布条塞进每一条窗户和房门的缝隙当中。做好这些事后，他关掉灯，将煤气开到最大，然后欣然躺在床上。

今天晚上轮到麦库尔太太请大家喝啤酒。她带着啤酒和珀迪太太一起来到她们的秘密基地里，那里是房东们聚会的地方，房东喜欢聚在那里闲聊。

"今天晚上，三楼后面的那个房间被我租出去了。"珀迪太太手里的啤酒杯中有大量泡沫，"租给了一个男青年，他早在两个小时之前就睡了。"

"珀迪太太，这是真的吗？珀迪夫人呀！"麦库尔太太用崇拜的语气说，"您真的太厉害了，那种房间都能租出去！那您跟他说实话了吗？"最后一句话是她压低声音，故作神秘地问出来的。

珀迪太太用犹如长了毛一样的嗓音回答，"给房间配上家具不就是为了出租吗？我没对他说实话，麦库尔太太。"

"您这话说得太对了，夫人，我们不就是靠着租房过日子嘛。您太有生意头脑了，夫人。要是有人知道那个房间的床上曾经有人自杀身亡，我估计没人肯租。"

"您说的话太有道理了，我们也需要赚钱生活啊。"珀迪太太说。

"就是呀，夫人，您说得没错。我记得上个星期的今天，是我帮着你收拾好三楼后面的那个房间。开煤气自杀的那个姑娘可是个美人呢，那张小脸长得招人喜欢，是不是，珀迪太太？"

"您说得对，她的长相确实很漂亮，"珀迪太太赞同了这个说法，但不忘挑刺地说了一句，"只可惜她左边的眉毛上长了一颗痣。麦库尔太太，赶快把酒倒满吧。"

一扇绿色的门

　　有一天，吃过晚餐后的你顺着百老汇大街闲逛，你有十分钟时间一边静静地享受着美味的雪茄，一边思考着一会儿究竟是看一部搞笑的悲剧，还是看一场严肃的杂耍戏。突然，你的胳膊上放上了一只手。在你转身的那一刹那，一双惊悚的大眼睛径直穿进你的眼底，但当你冷静下来时，你才发现，原来那双美丽的大眼睛的主人公是一个穿着俄罗斯貂皮大衣，浑身散发着珠光宝气的绝世美人。那位美人先是在你毫无准备的情况下把手中的奶油卷饼塞给你，然后又迅速地用不知从哪里掏出来的一把精美剪刀把你大衣上的第二颗纽扣剪了下来，随后还含情脉脉地冲你喊道："平行四边形！"随即立刻向十字路口跑去，跑的过程中还略带一丝慌张，并时不时地回头望望你。

　　我想这应该算得上是一场历险记了吧！面对这样的冒险挑战，你有没有勇气接受？哈哈，算了吧。恐怕你也只会特别尴尬地红了脸，又或者直接因为过度害羞而把头低下，悄悄把卷饼扔掉，沿着百老汇街继续前行，手忙脚乱地寻找那颗早已被拿走的扣子，最后只能是白费时间。你的出息也就这么大啦，除非你心中还残存着一些纯粹的冒险精神，恐怕只有极少老天保佑的少数幸运儿才会拥有吧！

真正的冒险家屈指可数。我们经常在书籍和报纸上看到的那些大名鼎鼎的冒险家，事实上都是一些掌握了新技能的生意人。他们四处奔波，目的就是获得自己心仪的东西——金羊毛、圣杯、心爱的女人、宝藏、皇冠、名气之类。真正的冒险家在迎接充满未知的命运的时候，绝对不会掺杂任何目的和算计的成分。记得《圣经》中记录的那个后来历经沧桑而回头的浪子吗？我想，从他开始回家的日子算起，大概就是我们所说的真正探险家的典型吧！

可是那些半吊子冒险家——那些看起来高大威猛的大人物们，也是数不胜数的。从十字军东征到帕利塞德地带，他们的经历不仅扩充了历史，还丰富了小说的艺术内容，从而把古代小说的销量提高到一个新的层次。可是他们中的每一个人都有要赢得的奖项，要踢进的球，要磨的斧头，要参加的比赛，要耍出新的击剑招式，要有地方刻上名字，要捡起撬棍——换言之，他们都不是真正的冒险家。

在大城市里，浪漫和冒险这对孪生兄弟总会在大街上寻觅值得追求的人物。当我们穿梭于人山人海时，它们就在一旁窥探，用种类多样的伪装来激发我们的冒险精神。有时候我们偶然抬头的那一刻，会看见某一扇窗户里露出一张长时间放在我们心灵画廊里的脸；深夜走在寂静的马路上，明明路边的屋子早已经关闭门窗并且无人居住，可是却突然发出一阵阵的，令人毛骨悚然的抽泣声；再者，乘坐了一路的出租车后，到达了目的地，下车后却发现这不是自己家，而是在一扇陌生的门前，大门打开，有个人微笑着请我们进去；从圣坛高高的格子窗外飞来一张写满了字的纸条恰巧落到了你的脚下；在喧哗的大街上，偶然与路人眼神相撞，却一不小心发现了对方眼里面的情感交织变化；也许，是一场突如其来的大雨，在你的伞下避雨的竟是月神的宝贝女儿和恒星系的大表妹；在生活的每一处转角，每一条掉落的手绢，每一根示意的手指，每一个充满心事的眼神，甚至还有那些手足无措、孤独寂寞的人，那些每天都神采奕奕的，又或者是那些闷不作声的人，都是危险的冒险因素，这些就在我们的身边悄然划过。可惜的是，几乎没有人捉住这些因素，从而让自己体验一次真正的冒险。现在的我们早已经安于现状，变得麻木呆板，就好像生活有一把无形的指挥棒，一步一步地指导你接下来需要做什么。我们丢失了许多美好的机会，而当生命走到尽头的那一刻，当我们开始回味人生时才发现，人生中能够让自己回忆起的大事也不过是那几次惨白无望的婚姻，是珍藏在保险柜里的那枚缎面玫瑰胸章，又或者因为一台蒸汽散热器而发生争吵的情景，就这样，一吵就是一生，一生就这样结束了。

鲁道夫·斯坦纳是一个真真正正的冒险家，每天晚上他都会离开自己位于走廊旁边的小房间，去外面寻找一些能让自己兴奋的事情。用他的话来说，人生中最有趣的事情很有可能就发生在下一个街角。他喜欢接受命运的考验，所以即使有时会因此而受到伤害，他也不会懊悔。他曾经被警察拘留过两次，被那个到处骗人的魔术师坑了一次又一次，甚至因为某些虚假的诱惑而被骗去了手表和所有的钱。可是即使是这样，他也仍然不会放弃最初的想法，而是把这些作为自己的冒险经历，当作宝贝收藏起来。

一天晚上，鲁道夫顺着老中心城的一条穿越大道闲逛起来。人行路上，下班匆忙往家赶的人和忙着各种约会的人形成两股明显的人流。

鲁道夫步履轻快地走起来，心情也格外美好，静静地却又不失警觉地走着。白天的他，是一个钢琴行的导购员。心细的他，自己用一只白玉指环套住领带来代替别针。他曾经写信对杂志社透露，对他影响最大的一本书是《朱妮的爱情测试》，作者是利比小姐①。

就这样走着，他突然发现，路边玻璃箱子里面的一套牙齿正发出咔嚓咔嚓的张合声，慌张的他此刻也注意到玻璃箱子后面竟然有个小餐馆，冷静之后才发现，原来在小餐馆旁边的门上的高处挂着一个牙医诊所的电光招牌。一个驼背、腰特别粗、皮肤黝黑的人，穿着一件特别搞笑的深红色绣花大衣，一条明黄色的长裤子，戴着一顶军人的帽子，卑微地向来往的行人发放卡片。

鲁道夫见多识广，所以对他来说，这种通过发放卡片吸引

---

① 利比小姐，全名为劳拉·简·利比，美国小说家。

顾客的事情也不算是新鲜事。一般在这种情况下，他都是连看都不看，直接略过发放卡片的人径直往前走去。可是今天，那个黑人完全不给鲁道夫拒绝接受卡片的机会，他动作特别快地把卡片送到鲁道夫手里，让鲁道夫本能地冲他微笑说着谢谢。

走出几码后，鲁道夫随意地翻转卡片，这一随意却提起了他的兴趣——他发现卡片的一面什么也没有，另一面只有用墨水写的"绿门"两个大字。鲁道夫刚一抬头，恰巧看到前面有个人把刚刚那人给他的卡片扔掉。鲁道夫上前把那张卡片捡起来，卡片前面印有牙医的姓名和地址，以及牙床处理、镶牙服务的日常时间安排，并且还专门标注手术是不痛的。

超级喜欢探险的鲁道夫在街角停下，仔细思考起来。不久，他便穿过一条街道，然后又过了一个街口，再穿过一条街道，走向刚刚来时的路，假装过往的路人向那个非洲人走去。走到非洲人身边，他顺手接过非洲人递过来的卡片。走出来好远后，他翻看卡片，却发现眼前的这张卡片和之前的那一张一模一样，可是观察其他人扔掉的卡片，明明都是没有字的一面朝上，另一面都标有牙科信息的内容，从来都没有单纯印有"绿门"的卡片。

冒险这个淘气的小精灵今天竟然呼唤了它真正的追随者——鲁道夫·斯坦纳——两次，这可是前所未有的。可今天也着实奇怪了些，似乎在提醒着我们，冒险马上就要开始了。

鲁道夫一脸谨慎地走到黑人和那个有牙齿发出咔嚓咔嚓声音的玻璃箱子旁边，这一次，黑人并没有给他发放卡片。鲁道夫仔细地观察他，总觉得这个打扮特别搞笑并且妖艳的埃塞俄比亚人身上散发出一种气质，让人忍不住开始对他恭敬起来。温文尔雅的他现在正在发放卡片，并且让过往的路人丝毫体会不到异样感，从而继续走自己的路。大概每30秒，这个黑人便会自己嘀咕一些令人难以听懂的话，声音像交通指挥员和大歌剧表演时发出的。这次，没有收到卡片的鲁道夫怎么都感觉这个非洲人黑得发亮的脸上对他透露出一种无情的歧视。

感觉到这个表情的鲁道夫震惊了。他感觉到黑人在用表情无情地责骂他，责骂他把一个冒险家的基本素质都给扔掉了。不管那张卡片上面特有的字究竟是什么意思，鲁道夫都已经被这个黑人选中了两次，可是鲁道夫依旧还是不懂。他的这种呆滞的反应，怕是已经被黑人斥责了好久了吧。也对，作为一个真正的冒险家，鲁道夫真的缺少揭开谜底的精神。

这个年轻的冒险家站在人群中仔细打量着黑人和他身后的这个高高的楼层，直觉告诉他，此次的冒险一定会发生在这个高楼里面。这个高楼有五层，并且负一层还开了一家小饭店。

鲁道夫走进高楼，发现一楼关着门，里面大概是一个卖毛皮女帽的商店，走到二楼，亮闪闪的电光招牌，就是那个牙医诊所了。再往上看就看到一堆杂乱的牌子，像巴比伦塔一样什么语言都有，在牌子上能看到手相大师、裁缝、音乐家和医生等字样。透过更高处的窗户，可以看到低垂的窗帘褶和窗台上的牛奶瓶，可见，楼上只是普通百姓的住处。

完成了初步调查之后，鲁道夫没有停留，大踏步地跳上石阶，走进了楼里。他先走过的两段楼梯上铺有地毯，然后继续向里走；走到楼梯的尽头，他顿住了。眼前的廊道昏暗不清，走廊里一共有两盏苍白的汽灯亮着——右手边的那盏灯在远处，另外的一盏就是左手边这盏了。他看向左边这盏，看到一扇绿色的门就隐藏在苍白的灯光后。他犹豫了一会儿，脑海里好像又出现了非洲人那带着不屑的嘲笑；然后他直接向前，轻轻叩响了那扇绿门。

当他在等着来人开门的这段时间里，每一秒都随着这真正的冒险家紧促的呼吸在起伏。在这扇绿门的后面他将会发现什么？会是正在聚众赌博的赌徒；正在以精湛的技术谋划着陷阱的阴险大盗；等待着英雄来找寻的陷入爱情的勇敢美女；危机，死亡，爱情，沮丧，嘲弄——刚才那莽撞的敲门可能会招来其中的任何一个。

一阵轻微的摩挲声从门的那边传来，门被缓缓地打开。一个脸色苍白、几欲摔倒的大约不足二十岁的女孩出现在门口。她松开门把手，摇摇晃晃地倒了下去，一只手在半空中摇晃着，好像在求救。鲁道夫一下拽住她，把她扶到屋子里的旧沙发上，自己站在墙边。他缓过神来后，就径直去把门关好，并借着微弱的汽灯光迅速地打量了一下这间屋子。就这一眼，他读到了故事的关键部分：虽然贫穷但非常干净。

那姑娘好像昏了过去，躺在那儿没有一点动静。鲁道夫在房间里急切地寻找着木桶，是不是该让人在木桶上滚——不，这样是不对的，落水的人才这样处理。他用他的帽子给她扇风，帽檐不小心打到了她的鼻子，显然这个方式还是挺有效的，竟让她睁开了眼睛。然后，鲁道夫清楚地看到了她的脸庞，心神一紧——这张熟悉的面庞不正是长时间放在他心灵画廊里的那张脸吗？看那双耿直的灰色大眼睛、可爱挺翘的鼻子、像豌豆藤蔓一样弯曲着的栗色长发，好像诉说着他全部神奇的经历都会在这里有个好的结局和奖励。可是这张病态的脸却也让人充满了怜惜。

姑娘淡然地看了他很长时间，然后露出一张笑脸。

她虚弱地说："我是不是昏过去了？我一个人饿了三天一粒饭也没吃，肯定会饿晕的。"

"天啊！"鲁道夫一脸惊恐，快速跳起，"我一会儿就回来。"

他向绿门外跑去，径直下了楼。二十分钟后，他回来了，用脚踢踢门示意她开门。他的怀里抱着一堆吃的，堆成了小山，这些都是从商店和餐厅弄来的。进门后，他把面包和黄油、冻肉、蛋糕派、酱菜、牡蛎、一整只烤鸡、一瓶牛奶和一杯热红茶等全都摆在了桌子上。

"实在太可笑了！"鲁道夫生气地说，"不吃东西怎么可以呢！以后不能再干这种蠢事了。吃饭吧。"他把她扶到餐桌边上的椅子上坐下，然后问："有茶杯吗？"她回答说："在窗户那边的架子上。"等到他拿起杯子回过身，看到她已经凭借女性精准的第六感，拿着根从纸袋里找出的大的莳萝酱菜，开心地吃了起来。他忍不住笑了三声并迅速抢过莳萝，把一杯牛奶拿到她面前，并以命令的口吻说道："喝口牛奶，再喝口热茶，然后吃个鸡翅，等你恢复一些，明天才能吃酱菜。现在如果你不厌恶我是不请自来的，就让我们一起吃晚饭吧。"

他从旁边拿过一把椅子。热热的茶让女孩眼里泛光，也让她苍白的脸色好看了一些。她犹如一只饿到极点的小动物，带着一种挑剔的凶猛狼吞虎咽起来，就好像她感觉鲁道夫的到来和帮助是理所当然的一样——并不是她不注重仪态；给她特权的是她所遇到的强大的压迫，让她可以短暂地忽略人与人之间的虚伪。然后她开始慢慢地恢复，也逐渐地舒服起来，她的脑海里又浮现出了该有的礼仪；她给他讲关于她自己的事情。在每座城市里，每天都会有许多事情重复发生——售货员的工资本来就很少，店主为了盈利还要克扣她的工资，所以收入就少得可怜；又因为生病导致工作时间减少了；然后丢掉了工作，就更没有指望了，之后——冒险家就敲响了那扇绿门。

可是鲁道夫却觉得，这件事情的盛大可以堪比《伊利亚特》，细节的变化甚至毫不逊色于《朱妮的爱情测试》里的多重危机。

"难以想到你会有这样糟糕的遭遇！"他惊讶地说。

"确实是挺糟糕的。"女孩的内心也很悲痛。

"难道你在这座城市就没有个亲人伙伴什么的？"

"一个都没有。"

"……在这世间我也是孤独的一个人。"鲁道夫思虑了一会儿说。

"那我还算有点安慰了。"女孩立刻说道。不知为什么，鲁道夫看到女孩对于他独身一人的情况表现出的态度时，内心竟有些小激动。

下一秒，她的眼皮忽然耷下来，长叹一声。

"我为什么这么想睡觉，"她说，"但是这种感受真好。"

年轻人听到她的话，马上站起来戴上帽子。"这样我就必须跟你说晚安了，睡一个好觉对你的身体有好处。"

她抓住他伸出去的手，道了句"晚安"。但是在她的眼睛里可以看到疑问，是那样复杂，那样率真，那样纯洁却又楚楚可怜。他立刻补充说："这样，我明天还要继续过来看望你。想要摆脱我可是没有那么简单的。"

等他走到了门口，姑娘才想起要问一问："你为什么会来敲我的门啊？"——好像"他来到了"这个问题比"他怎么来的"这个问题更加重要。

他看了她一会儿，想起了那堆卡片，感觉心脏骤然被妒忌填满。如果有跟他一样有探险心理的人得到了那张卡片呢？可以说是立刻的，他做出了永远隐藏真相的决断。他不可能让她明白，他早已看透了她因为强烈的生活压迫而以这种方式向人求助的小手段。

他说："我们有一个钢琴调音师恰好住在这里，我是一不小心敲错了你的门。"

在绿门最后关上之前，他看到的是她的笑容。

到了楼梯口后，他顿住了脚步，好奇地朝周围看了看，向楼道的另一端走去；然后又走了回去，继续上楼，进行他的神秘探测。他发现这栋楼里所有的门都是绿色的。

带着一肚子的困惑，他回到了楼下的人行道上。那个神秘的非洲人还在那里。鲁道夫拿着手里的卡片去跟那非洲人摊牌。

"请你告诉我给我这两张卡片的原因，还有它们代表的意思。"他提出问题。

黑人毫不吝啬地露出一个善意的笑容，专业地给他雇主打了一个超赞的广告。"老板，往那儿看，"他指向街尾，"不过以我的估计您看不到第一幕了。"

他看向那个方向，看到了一个剧院，在入口顶上那电光牌子上亮着新剧的名字："绿门。"

"老爷，我听闻这场戏是超级棒啊。"黑人说，"票务管理给了我一块钱，让我在发医生卡片的时候顺便发几张他的。也给您张医生的卡片吧，老爷？"

鲁道夫走到自己住的那个街区拐角时，停下来买了杯啤酒，要了一支雪茄。嘴里叼着点燃的雪茄离开饭馆，他把褂子的纽扣扣上，整了整帽檐，对着拐角的路灯坚定地说："不管怎么样，我遇到她一定是命运的安排。"

得到这个总结，鲁道夫·斯坦纳给自己做出了正面的评价——他确实是一个不失浪漫和激情的追求者。

精准计算婚姻学

　　"我曾经对你说过吧，"杰夫·彼得斯说，"我对女人做欺骗的行当，从头到尾都不看好。即使是一个非常小的骗局，不管女人做你的帮手还是伙伴，都是不可信的。"

　　"这话说得没错，"我说，"我觉得她们的性别骨子里就是诚实的。"

　　"当然，"杰夫说，"因为总会有男人会为了她们赴汤蹈火。她们本来做事情也很不错，但只要与感情牵扯在一起，又或者受到虚荣心的影响，她们就完蛋了。每当这时，你宁愿找一个脚板平的、黄胡子、嘴巴里还散发着臭味，且带有五个孩子，甚至还有一大笔买房贷款要还的男人。打个比方说，在开罗的时候，我和安迪·塔克曾经找到一位寡妇帮忙实施一桩骗局。"

　　"只要你有一笔足够在报纸上登广告的钱——大概就像车辕头一样粗细的一卷钞票就够了——有那么多钱就可以创建一家

婚介公司。当时，我们俩的钱合在一起也只有大概六千块，希望两个月以后这些钱可以翻一番。因为我们没有办理新泽西州的营业执照，所以我们这笔买卖顶多可以开两个月而已。

"我们刊登了一则广告，以下是广告内容：

漂亮迷人的寡妇，今年三十二岁，懂得勤俭持家。现手中有三千元现金，在乡下还有一些值钱的物业，想要再婚。希望找一位性格温柔善良的男士，无论贫富贵贱，因为她知道，越是出身卑微的人，品德越好。如果性格忠厚，为人可靠，而且擅长理财和投资的话，无论年龄还是相貌都不要紧。有意者可以来信详谈。

伊利诺伊州开罗市

彼得斯和塔克事务所收转

寂寞人

"'编得还不赖，'弄出这么一段话以后，我唏嘘地说，'一个新的问题又出现了，要去哪里找一位寡妇？'

"安迪给了我一个大大的白眼，他的眼神淡定又不屑，这种眼神除了他没人能够做到。

"'杰夫，'他说，'我一直认为你工作这么长时间以来，应该已经不相信现实主义了，咱们难道真的要去寻找一位寡妇吗？华尔街在兜售掺水股票的时候，你难道还巴望着能够在里面捞到一条美人鱼吗？征婚广告和寡妇之间一点关系都没有。'

"'我跟你说，'我打算跟他说清楚，'我想你应该知道我做事情的原则，安迪，我所操纵的违法生意当中，所有出售的生意都是有实物的，可以拿得出来，也可以看得见。我一直坚守这个原则，平时还会认真研究市政法令及火车时刻表，我的这些好习惯，让我能够在警察的眼皮子底下安然无恙——你要清楚，如果让警察盯上，想解决这件事就不是五块十块或者一根雪茄就能摆平的。我们如果打算要完成这个骗局，首先要找到一位真正的漂亮寡妇——如果找不到，起码也要找到一个看得过眼的女人，至于她的长相和价格不菲的家产，这些问题都可以蒙混过关，要不然治安官一定不会放过我们。'

"'同意，'安迪说，'一旦我们的婚介所被邮局和治安机关的人调查，你刚刚提出的办法，可以让我们史安全一些。但是，你要去什么地方找来一位肯花时间的寡妇来协助我们的婚介骗局呢？'

"我对安迪讲，我早就物色到了一个最适合的人。我以前结识了一个名叫齐克·特罗特的朋友，他曾经在大篷车剧院里面销售苏打水，平时还会兼职牙医。他去年放弃了一直使用的，可以让自己醉生梦死的药剂，听信一位老医生的话，喝了一种治疗消化的药水，后来就死了，他老婆也就这样做了寡妇。我平时总去他家，或许可以说服她来帮这个忙。

"她家就住在六十英里开外的小镇上，我赶下一列火车去她家。她没有搬家，依旧住在一座木头小屋里，屋子的外边还长着几棵向日葵，公鸡站在洗衣盆上。特罗特太太与我们广告上描述的人太像了——即使她在长相、年纪和家产方面与广告不符，但是她的样子也算得上漂亮。而且，现在让她做这份工作，算是对得起死去的齐克。

"'你们的生意合法吗，彼得斯先生?'我对她说完我们的计划后，她问道。

"'特罗特太太，'我说，'我已经和安迪·塔克计算过了，在我们这个不平等的大国中，看到这则广告的男人当中，最少会有三千人希望得到您的青睐，并希望得到那些捏造出来的巨额家产。在这群人当中，又会有至少三百人想和您交往，如果在这些人当中，有一个可以博得您的好感，您能够找到的也只不过是一个好吃懒做、不求上进的躯壳，一个生活中的失败者，一个满嘴谎话的大骗子或者一个不知廉耻的淘金者。'

"'我与安迪，'我接着往下说，'只不过想要教训一下这些社会渣滓。我们俩其实一开始想要开一间名叫"道德福音与千载孽缘"的婚介公司。我这样说你能够赞同吗?'

"'赞同，彼得斯先生，'她答道，'我坚信你不会做缺德的事情。但是我能够做什么呢?是把您说的三千名流氓全部拒绝掉，还是将他们全部赶走呢?'

"'特罗特太太，您主要负责，'我说，'在那里装装样子。您找一家安静的旅店住着，什么事情都不用做。所有信件和生意上的事情，都由我和安迪来解决。'

"'但是，'我接着说，'有些感情热烈，能买得起到开罗车票的征婚者，可能过来当面追求您，或许他们还有其他企图。如果遇见这种情况，就必须要劳烦您亲自将他们赶走了。我们会提供给您免费的住宿，每周还会支付二十五元钱作为酬劳。'

"'等我五分钟，'特罗特夫人说，'我带上粉扑，然后把家

门钥匙寄存在邻居家，接下来你们就可以付给我酬劳了。'

"特罗特太太就这样随着我来到开罗，我将她安排在一所家庭旅店中，与我和安迪的居住地距离正好，这样就不会让人起疑，而且还不会影响我们互通消息。随后，我跟安迪讲了新进度。

"'太好了，'安迪说，'现在你手上有了真真正正的诱饵，你就不会觉得心慌了，现在我们可以不用管其他事情，准备动手让大鱼上钩了。'

"就这样，我们把那条征婚启事刊登在全国的各大报纸上。我们只刊登过一次——如果话太多，还得找办事员或者女秘书来协助，他们嚼口香糖的声音很大，弄不好还会让邮政局长发现。

"我们去银行在特罗特太太的名下存了两千块钱，然后把存款单放在她那儿，防止有人怀疑这条征婚信息的真假。我很了解特罗特太太的人品，所以把钱存在她的名下没有任何问题。

"就这么一条征婚启事，每天我和安迪都需要耗费十二个小时的时间来回复信件。

"每天大概有一百来封信。我真没有料到，我们国家里竟然有这么多心地宽厚又贫穷的男人，他们舍得花精力去追求一个漂亮的寡妇，并且愿意帮她承担投资的责任。

"绝大多数的应征者认为自己是年龄大的失业者，他们是社会的无名小卒，但却都认为自己是一个有男人味，而且深情的男人。这位寡妇如果嫁给自己，一定会享一辈子福。

"彼得斯和塔克事务所给所有的应征者回了信，均表示寡妇太太深深地被他信中表现的坦诚和幽默打动，期待可以用文字继续沟通，更加深入地聊聊彼此的身世。如果可以的话，最好能够寄一张照片来。彼得斯和塔克事务所还通知所有的应征者，他们帮助这位漂亮的客户代收信件，每次需要收取两元的费用，请把钱和信件一起寄来。

"这回你明白这个计划多么简单巧妙了吧。有百分之九十以上的国内外的绅士都把钱和信一起寄来了。这个骗局多么简单——只不过拆开信封把钱取出来比较麻烦，我和安迪为此发了不少牢骚。

"也有一些应征者亲自前来。我们将他们打发到了特罗特太太那里，她快速地将那些人赶走——其中有三四个人找我们索要车费。当一些从免邮资的偏远山区寄来的信陆续抵达时，每天安迪和我都可以赚到两百块钱。

"一天午后，我们俩忙得不亦乐乎，安迪将一张张一块两块的钱放入烟盒里，吹起了《她才不结婚》中的电影插曲。一个个头不高的男人贼眉鼠眼地走进来，他环顾四周，好像在查找庚斯博罗①遗留的画作一样诡秘小心。看到他时，我的心中有一种自豪感，因为我们做的可是正经生意，你来检查也不怕。

"'今天两位收到了不少信啊。'男人开口说。

"我用手拿着帽子。'跟我来，'我对他讲，'我们正恭候您的大驾，您跟我去看看货。您从华盛顿离开时泰迪②怎么样了？'

---

① 庚斯博罗：全名托马斯·庚斯博罗，英国画家，擅长画肖像画和风景画。
② 泰迪：指的是当时的美国总统西奥多·罗斯福，泰迪是他的昵称。

"我把他带到合景旅店，他和特罗特太太握了握手，然后又让他看了一下她那张有两千块钱存款的存款单。

"'听上去还不错。'私家侦探说。

"'那是，'我回答，'如果您也是单身人士，我愿意让您和这位女士好好聊聊，而且不收您的两元钱。'

"'谢谢。'他说，'如果没有结婚，我还真想去聊一会儿。再会，彼得斯先生。'

"时间一转眼过去快三个月了，我们一共赚了大概五千块钱，我认为是时候收手了。有很多人投诉我们，特罗特太太也已经厌倦了这样的生活。有很多追求者主动上门希望见见她，可是她都拒绝了。

"我们俩决定收场。我来到特罗特太太居住的旅店，支付最后一周的酬金，和她道别后再要回之前放在她那里的两千块钱的存款单。

"来到旅店后，我看到她好像一个不愿意去上学的孩子般哭着。

"'怎么回事？'我问，'究竟发生了什么？有人非礼你吗？还是你想要回家了？'

"'都不是，彼得斯先生，'她一边哭一边说，'我实话跟你说吧。齐克和你是多年的好友，所以我不想对你隐瞒这件事。彼得斯先生，我喜欢上了一个人。我太喜欢他了，如果不能和他一起生活，我也活不下去了。他就是我一直想要找的人。'

"'那你可以嫁给他呀，'我说，'如果你们俩是两情相悦的话，您跟他表白之后，他回复你了吗？'

"'回复了。'她说,'但是他是看到了那条征婚启事后才找到我的,如果我没有这两千块钱的话,他肯定不会娶我。他的名字叫威廉·威尔金森。'话音刚落,想到自己的感情,她又控制不住情绪放声大哭。

"'特罗特太太,'我安抚她,'我算得上是男人中最懂女人感情的人了。况且您曾经还是我好友的伴侣。如果我能够拿主意的话,就可以让你拿走这两千块钱,然后和自己心仪的人结婚,过幸福的生活。'

"'这两千块钱我和我的拍档能够拿得出来,因为我们俩在那些疯狂追求你的痴情男人身上赚到了五千多块钱。但是,'我停了一下,'这件事情我还要回去和安迪·塔克好好商量商量。'

"'他的心地善良,同时也是一位精明的买卖人。在钱的方面,我们俩的权力一样大。我必须要跟他商量一下,想想应该怎么处理。'

"我回去后,将这件事情对安迪复述了一遍。

"'我一直都很担心会发生这样的事情,'安迪说,'一切计划中,只要有人沾染上个人情感或者喜好,你就别认为女人还会帮着你。'

"'可是,每当我们想到一位寡妇会因此伤心不已,而我们就是使她伤心的罪魁祸首时,'我说,'我的心情很不好,安迪。'

"'我也一样。'安迪赞同地说,'我打算告诉你我是怎么想的,杰夫。你是一个心地善良、心胸开阔感性的人,或许我的心肠太硬,为人太世故,而且也很多疑。我决定这次退让。去

特罗特太太那里看看吧，带她去银行取出那两千块钱给她，让她嫁给那个令她爱慕的男人，高高兴兴地过日子。'

"我高兴地跳起来，紧紧拉着安迪的手足有五分钟，紧接着我来到特罗特太太的住处，将我们的决定告诉了她。她激动地大哭，这喜极而泣的眼泪可一点都不比她伤心时掉得少。

"两天之后，我和安迪把行李收拾好打算离开。

"'临走时，你不和特罗特太太道别吗？'我问他，'她应该很期待认识你，并且当着你的面赞扬你，表达她的谢意。'

"'还是不了，'安迪说，'我们还是赶快去火车站坐车吧。'

"我们像平时一样，将钱拴在自己的裤带上。这个时候，安迪从口袋中拿出了一大把钱，吩咐我一起放进去。"

"'这钱是哪里来的？'我问。

"'这是特罗特太太的两千块钱。'安迪说。

"'这钱什么时候跑到你的手上了？'我问。

"'是她送给我的。'安迪说，'在这一个多月期间，我每个星期都会抽出三天时间去陪她。'

"'难道你就是威廉·威尔金森？'我问。

"没错。"安迪答。

钟摆

　　"到八十一大街了——请他们下去吧！"穿着蓝色衣裳的牧羊人大喊着。

　　一批市民小羊互相推搡着走下去，另一批又推搡着挤上来。铛铛！曼哈顿铁路公司的畜生车呼嚓呼嚓地开走了，约翰·珀金斯跟着释放出来的羊群恍恍惚惚地走下车站台阶。

　　约翰不慌不忙地向自己公寓的方向走去。他为什么那么慢呢？原因是在他每天的生活字典当中，根本没有"也许"两个字，对一个已经结婚两年却还住在公寓里的男人，没有任何意外的好事会降临在他身上。约翰·珀金斯心情郁闷地走着，但是心里却也在想着事情，他想着每天过的千篇一律的日子。

　　凯蒂会在门口等他回家，然后送给他一个香吻——吻的味道还是化妆品混合奶油糖的味道。他把外套脱掉之后，会坐在硬邦邦的椅子上看晚报，报纸上写着俄国人和日本人惨遭排字

机的屠杀。晚饭吃炖肉，还有蔬菜色拉，色拉的蘸料上标明
"不会让皮肤皲裂"，还有煮熟的大黄菜，外加餐餐必备的草莓
果酱——如果将它说成草莓果酱，估计它会为自己身上贴着的
化学成分表感到羞愧。吃过晚饭，凯蒂会在他面前展示自己在
破旧被子上打的补丁，补丁用的碎布是一位善良的卖冰小弟从
自己的领带上割下来送给她的。晚上七点半时，他们会把报纸
平摊在家具上，这样可以防止屋顶上的石灰掉落下来——楼上
的住客是个胖子，他每天都会在这个时间段锻炼身体。八点时，
住在对门的希基和穆尼——他们俩是过气的杂技演员——会按
时耍酒疯，推着椅子和桌子满屋乱窜，梦想着汉默斯坦①手里拿
着五百块钱一周的合同，追着他们签字。接下来，住在天井对
面的先生会站在窗边吹笛子。泄漏的煤气会在夜晚满街乱窜；
食品升降机从拉杆上脱落；扎诺维茨基太太的五个孩子会又一
次被守大门的人赶到鸭绿江；斯凯狗的女主人穿着浅黄色鞋子
走下楼，在自家的门铃和信箱上贴上周四的标签——就这样，
弗洛格莫公寓的夜晚拉开帷幕。

约翰·珀金斯早就猜到，每天都会发生这样的事情。他也
明白，八点一刻时，他要充满勇气地拿起帽子，承受着老婆的
满肚子怨言：

"你这是准备去哪里？对我说吧，约翰·珀金斯。"

"我打算去麦克罗斯基家，"他这样回答，"和朋友们玩一两
局台球。"

---

① 奥斯卡·汉默斯坦一世，百老汇著名音乐人，推动了歌剧在美国的复兴。

约翰·珀金斯这段时间痴迷打台球。每天十点或者十一点的时候，他才会回家。有时候凯蒂早就睡了，有时候还会等着他，期待着可以将镀金的婚姻枷锁，放在她气愤的熔炉中焚烧出一些金箔。未来的某一天，当爱神丘比特站在法庭上和他这个弗洛格莫公寓的被害人一起理论时，约翰·珀金斯可是这件事的责任人。

当天夜里，约翰·珀金斯刚走到家门口，就经历了一场人间浩劫！凯蒂没有等他回来为他献吻，乱七八糟的三个房间让他产生了一种不祥的预感，到处都是她的东西，鞋子被丢在了地中央，烫发钳、蝴蝶结发饰、和服及粉盒都乱七八糟地堆在梳妆台上——凯蒂平时不会这样。约翰的视线落在一把梳子上，梳子的齿间还残留着凯蒂的一团棕色的头发，他的心猛地一紧。她肯定遭遇了特别要紧的急事，否则她不会如此慌乱，她平时习惯将掉落的头发细心地放入壁炉架上方摆放的小花瓶中，存起来日后做女人们都喜欢的"小老鼠"①。

一张叠好的纸条被一根线系在了煤气灯上，很引人注目。约翰取下来，发现是老婆留给自己的，上面写着：

亲爱的约翰：

我接到了一条电报说母亲病重，我赶着坐四点半的火车。山姆弟弟会在车站等我。冰箱里还有冰冻羊肉。祈祷她不要得了扁桃体炎。别忘记给送奶工五毛钱。去年春天，她病得很严

---

① 女用发垫。

重。要记得写信到煤气公司，说我们煤气表的事。你洗干净的袜子，全部放在最上层的抽屉里。明天我还会再写信跟你联系。

匆促的凯蒂

约翰与凯蒂结婚已经两年，可他们分开的时间最长都不超过一夜。他反复把纸条看了好多遍。一潭死水的生活竟然起了这样的波澜，这让他有些茫然。

一条满是黑点的红围裙挂在一把椅子的椅背上，这是她平时做饭喜欢穿的，此刻皱成一团被丢在了那边。她平时在家穿的衣服也在她慌乱的时候被丢得到处都是。还有一袋她最喜欢吃的奶油糖被丢在那儿，拴在袋口的绳子还没来得及解开。地上还有一张当天的报纸，报纸有一条长方形的缺口，应该是凯蒂剪掉的列车时刻表。屋子中所有的一切，似乎都在倾诉着家中少了一样主要的组成部分，因此整个家的灵魂与生命就此凄惨地被分开了。约翰·珀金斯站在满地狼藉的房间里，心里悄然升起了一种奇特的孤独感。

他一个人竭尽全力整理房间。他的手指触碰到她的衣裳时，一股可怕的感觉让他从脚底到头顶一阵发麻。他从来都没有想过，如果生活中没有了凯蒂会是怎样一番情景。她已经走进了他的人生，完全占据了他的生活，就像呼吸所需的空气一样——不可或缺却又不被人察觉。现在，在没有准备的情况下，她离开了，无影无踪了，完全消失了，似乎从来都没有存在过一样。当然，她只不过是离开几天，最多一两个星期而已，但是他却感觉死神仿佛已经将手指伸向了他这个原本平静安定的家。

约翰把冰冻羊肉从冰箱里拿出来，煮了咖啡，然后一个人孤独地吃着晚饭，与那瓶贴着不含任何杂质标签的草莓酱对视。他的现状让他觉得，如果可以吃上炖肉和加了颜料的蔬菜色拉就是神灵的赐福。他的家就这样被拆散了。一个患有扁桃体炎的丈母娘，把守护着家庭的神灵带到了九重天的外边。孤独地吃过晚饭后，约翰来到窗户前坐下。

他对抽烟没了兴趣。窗外，城市对着他怒吼：来吧！快来毫无顾忌地狂欢跳舞！整个夜晚都属于他一个人了。他不用再被人问东问西，可以像单身汉一样轻松地去玩乐。他愿意的话，可以到外边痛快地喝酒、游荡、一直玩到天亮，凯蒂再也不会因为等他而发火，他再也不会因为铺天盖地的唠叨而烦心。只要他愿意，他可以去麦克罗斯基那里与那些喜欢喝酒聊天的朋友一起打台球，一直玩到灯光比曙光暗淡为止。过去，他很厌恶生活在弗洛格莫公寓里，他被婚姻的枷锁烦恼着，可是现在，枷锁突然被打开了。凯蒂离开了。

约翰·珀金斯不擅长解析自己的情绪。可是当他一个人待在这个没有凯蒂的十乘十二英尺的房间里时，他可以轻而易举地找到让自己难过的原因。他现在才意识到，他的幸福取决于凯蒂。他和她之间的感情曾经被繁重的家务和琐碎的小事弄得濒临破碎，可现在她的突然消失让他顿悟。只有鸟儿飞走以后，我们才能够体会到它的歌声多么动听——这些华丽却又真实的言辞、警示、谚语很早以前不就已经告诫过我们吗？

"我算得上是一个卑鄙下流的混蛋！"约翰·珀金斯神情恍

惚地说，"我亏欠凯蒂太多了。每天晚天出去打台球，跟朋友们一起鬼混，从来都不在家里陪伴她。可怜的姑娘一个人寂寞地待在家里，没有娱乐，我对她还不好！约翰·珀金斯，你简直就是人渣！我一定要对我家的小姑娘好好做个补偿。我要带着她外出，带着她一起到外边玩。从现在开始，我决定要与麦克罗斯基那群朋友断交！"

是的，窗户外面喧嚣的街区在吸引着约翰·珀金斯，诱惑他坐上莫墨斯①的班车去逍遥快活。在麦克罗斯基家的朋友们此刻正挥舞着球杆，悠闲地将球逐一打进袋子中，打算把整个夜晚的时间都浪费在这个游戏上。但是不管是花花世界，还是响亮的进球声，都没有办法将珀金斯从妻子离开的悲伤中拉回来。过去他毫不在意甚至有点看不起的东西被剥夺了，此刻他迫切想要找回来。以前，一个名叫亚当的天使被赶出了伊甸园，后悔不已的珀金斯也许就是他的后代呢。

约翰·珀金斯的右手旁有一把椅子。椅子的靠背上还挂着凯蒂的蓝色衬衫，衣服还保留着凯蒂穿着它时的样子。袖子的手肘位置上有几条细细的皱纹，这是凯蒂希望他可以生活得更加舒服，劳动时造成的。衬衫上散发出一丝细微的铃兰香味。约翰将它捧在怀里，朝着这件对他无动于衷的衣物发起了呆。凯蒂从来不会对他无动于衷。眼泪——-是的，有眼泪——珀金斯的眼睛中充满了泪水。她回来后，所有事情都会有所改变。他之前一直轻视她，全部——要补偿她。如果没有她，那么生

---

① 莫墨斯：非难和嘲弄之神。

活还会有什么意思呢？

门被打开。凯蒂回来了，手里拿着一个手提包。约翰一直盯着她看，样子看起来蠢极了。

"我的天！回家的感觉真不错，"凯蒂说，"母亲的病没什么大碍。山姆到车站接我时，告诉我她只不过是有点发烧，他们给我发过电报后不久就痊愈了，我马上坐下一列火车赶了回来。此刻，我好想喝一点咖啡。"

弗洛格莫公寓的三楼，屋子的生活机器又开始嘎吱嘎吱地运转起来，但是没有人能够听见齿轮运转时发出的咔嗒声和嘎吱声。传送带滑入凹槽中，再把弹簧装好，调试好齿轮后，生活的轮子又会朝着平日里的生活方向徐徐前进。

约翰·珀金斯看了一眼钟表。已经八点十五了。他站起身来，拿着帽子，朝着门口方向走去。

"你打算去哪里？我想知道，约翰·珀金斯。"凯蒂发着牢骚。

"我想去麦克罗斯基家，"约翰说，"和朋友玩上一两局台球。"

擦亮的灯盏

    自然，这个问题有着双面性。先让我们来看看问题的另一个方面吧。我们经常会听到"商铺女郎"这个词，真实的情况是这样的人根本就不存在，有的，也就是商店里卖货的女孩了。这是她们赖以生存的工作。可是为什么要把别人的工作用形容词来形容呢？我们应该公正一些。那些在第五大道住着的女孩可没有被我们叫成"结婚女郎"吧。

    卢和南希是知己。她俩一起来到这个大城市讨生活，她们的故乡很小，机会很少。南希今年十九岁，卢比她大一岁。两个人都是美丽、开朗的农村女孩，都没有登上大舞台的野心。

    那经常在天上活动的小天使指引她们找到了一间不贵而且名声很好的房子。没多久两人就找到了工作，开始挣钱努力生活，她们仍然是知己。半年时间很快就过去了，我想我需要请您往前走一步，让我来为您介绍介绍她们俩。爱管闲事的读者，在这里我将隆重向您介绍：这位南希小姐和这位卢小姐，是我的女性朋友。您与她们握手的时候请关注一下她们的装扮——但一定要留心些，没错，一定要留心，因为她们跟所有在马术表演包厢里观看表演的名媛一样，非常厌恶别人上下打量自己。

在一家手工洗衣店里熨衣服的卢，工资是按件获得的。她身上穿着的这件紫色衣服非常不合身，帽子上用来装饰的羽毛足足长了有四英寸；可是她的貂皮皮筒和围巾是花了二十五元钱买的，上头缀着的珠子在这个购物旺季过去之后，还可以拿到商店里卖七元九角八分钱。她脸上带着红润，一双蓝色的眼睛闪闪发亮。这个姑娘浑身上下都散发着心满意足的快乐。

而南希呢，你会叫她"商铺女郎"的——可能这已经是你的习惯。商铺女郎其实是没有固定的类型的，但是一些执拗的人总是会把一些事物归类到一块儿，那么就算南希是她这一类人的代表了吧。她的头发被梳成了高高的庞巴度式的发型，发型的正面被烫得笔直，看起来有些夸张。身上穿着的裙子质量很不好，但是样式却还不错。她没有在身上穿一件可以抵御冰冷透骨的春寒的皮草，却怡然自得地穿了一件绒呢短夹克，就像是披上了一件羊羔皮的大衣！不够善良的人们，你们好好看看，她的脸上和眼神里流露出来的，就是代表着"商铺女郎"的神情。那种神情带着一种控诉，带着丝丝藐视，诉说着女性总是浪费时光；那种眼神里又带着些许的同情，抑郁地预言着报复马上就要到来。哪怕她笑得前仰后合，也无法改变这种神情。这种神情在俄罗斯农民的眼里也经常看到，等到加百列把我们全体送上天堂的时候，那时候我们中间还活着的人一定能从它的脸上看到那种神情。那种眼神可以让男人们自感汗颜，没有了士气；可是男人们却总是对这种表情死皮赖脸，还会送上一束底下还系着红绳的鲜花。

行了，现在你可以把帽檐掀一掀，走吧。卢已经快乐地说了声"再见"，而南希脸上那一丝带着嘲弄的微笑好像是从你身边飘过，变成了一只白色的飞蛾飞向天空。

两个女孩在角落里等阿丹。阿丹是卢的男朋友，是个稳重的人。你问他是否忠诚？嗯，玛丽需要十二个送传票的小弟帮她去寻找她丢失的小羊羔的时候，阿丹总会来帮忙的。

"南希，你冷吗？"卢问，"嘿，你可真不够聪明，在那个老洗衣店里工作，每周才能赚八块钱！我每周都有十八块五的收入呢。当然了，熨衣服这个工作和在柜台后面卖那些漂亮的东西比起来，是要累上一些，可它挣钱多啊。店里面的熨衣服的工人们每周至少能拿到十块钱。而且，我也并不认为那工作很不光彩。"

"那你就好好干吧。"南希翘起了小鼻子，"我宁愿一周挣八块钱，住过道房间。我喜欢待在好看的东西和时尚的人群中间。而且我有很好的机会啊，你也许不知道，一个卖手套的女孩嫁给了个匹兹堡的——一个炼钢的，也许是铁匠，或者别的什么——将来可是要有一百万身家的呢。我自己也要找一个有钱的人。我可不是夸我自己长得好看啊，可是一旦有什么好机会，我可一定会牢牢抓住。老待在洗衣店里有什么出路啊？"

"阿丹就是我在那里认识的呢，"卢骄傲地说，"那次他到我们店里来取自己周末要穿的衬衣和领子，一进门就看到我在第一张熨衣板上忙碌地熨衣服。第一张熨衣板是我们女孩每天都要去抢的。刚好那天在第一熨衣板上的艾拉·马金尼斯病了，我就顶到了她的位置。阿丹说他第一眼就看到了我的手臂，丰满洁白。我很少挽起袖子干活的。很多不错的男士也会来我们洗衣店里呢。你看他们总是把衣服放在自己的手提箱里，匆匆忙忙地进来。"

"你怎么穿了这一件束腰啊，卢？"南希惊讶地说，她盯着那件让她讨厌的衣服，"你这是什么眼光啊。"

"这件束腰？"卢的声音大了起来，瞪着眼睛愤愤不平地说，"哼！这件束腰可是我花了十六块钱买的呢。市面上都卖二十五块的呢。有个女人送来熨，就再也没来取走。它就被老板卖给我了，你看看，这上面都是用手工刺绣的呢，这一层层的。你还是说说你自己身上那条难看的裙子吧。"

"这条难看的裙子，"南希不紧不慢地说，"这可是和范·阿尔斯坦·费舍尔夫人①那条裙子的款式一样的。店里的女同事们说，去年这条裙子在店里卖一万二呢。我亲手照着做的，就花了一块五毛钱。即便是站在十英尺以外，你也看不出和那条裙子有什么区别。"

"噢，好吧。"卢好脾气地结束了争论，"随你吧，不管是饿肚子还是喝西北风。我还是要干我的工作，拿我的工钱的；干几个小时，我就能买得起那些又漂亮又时尚的衣服和首饰了。"

就在这个时候，阿丹过来了——这个年纪并不大的小伙子

---

① 范·阿尔斯坦·费舍尔夫人：当时的名门闺秀，是服装设计师。

看起来有些严肃，衣服上打着活扣的领带，一点儿也没有城市里年轻人浮躁的感觉——他是个每周能赚三十块钱的电工，他会用和罗密欧一样悲切的眼神看着卢，并且深信她的那件手工刺绣的束腰是一张任何苍蝇都会心甘情愿粘上去的网。

"这位是我的朋友，欧文斯先生——来跟丹佛斯小姐握握手吧。"

"很高兴认识你，丹佛斯小姐，"阿丹伸出手说，"经常能听到卢提起您。"

"谢谢，"南希用自己冰冷的指尖碰了碰阿丹的手指，说，"我也听卢提起过您——有那么几次。"

卢嘻嘻地笑了。

"你刚才的握手方式是不是也是跟范·阿尔斯坦·费舍尔夫人学的呀，南希?"她问。

"如果是我学来的，你也可以。"南希回答。

"呀，这我可学不了，这个对我来说太假了。这样的握手方式是为了显摆钻石戒指。等我弄到几枚后再试着学学。"

"你可以先学啊。"南希很精明，"这样你得到钻戒的机会就会更大了。"

"咱们可以暂停争论了吗?"阿丹笑着说，"我提议，既然我不能带你们两位一起去蒂凡尼，那么我们就去看看杂耍怎么样?我有几张票。如果我们没有和戴钻石戒指的人握手，不如去好好看看舞台上像钻石一样耀眼的人怎么样?"

这位忠实的卫士站到了靠马路的这边；卢在他的身边，鲜亮明艳的衣服把她衬托得像孔雀一样骄傲；南希在最里面，身材纤细，打扮得像麻雀一样朴素，可她走路的姿势却像范·阿尔斯坦·费舍尔夫人一样——三个人就这样出发去度过他们的夜晚时光了。

我想，没有多少人会把一家大百货商店当作是教育机构的吧，但是南希工作的那家商店对她而言倒有些像是教育机构，她的四周全是高雅美丽的精致物品。如果你在一个到处都很奢华的环境中，不论是你还是别人花钱，那么你一样拥有这份奢华。

南希工作的商店来往的客人大多是女性，她们的打扮、气质和社会地位都被认定是女性的典范。南希在她们身上偷学到了很多——她直觉地认为对方最好的地方。

她仔细观察，认真练习，从这位女士这里学到了一个手部动作，又从那位女士那儿学到了千娇百媚的挑眉，从其他人那里学会了走路的姿势，拿包的方式，如何微笑，如何和朋友打招呼，还有如何跟"穷人"说话的姿态。她从自己的榜样范·阿尔斯坦·费舍尔夫人那儿，更是全力以赴地学到了精华部分——温柔低浅的嗓音，像铃铛一样清脆，像画眉鸟的叫声一样婉转。她被这优雅高贵的气质和良好教养的氛围所渲染，怎么可能不受到深刻影响。都认为好习惯更胜于好规矩，那么好风度也会比好习惯更重要吧。父母的教诲也许不能让你熟记新英格兰的道德准则；但如果你能够端坐在椅子上，重复诵读"棱柱和朝圣者"四十遍，恶魔就会闻风而逃。所以，当南希学着范·阿尔斯坦·费舍尔夫人的声调说话时，她从内到外都感觉到一种高贵的畅快。

在这个大百货商店学校里，还有一个可以学习的地方。不管在什么时候，只要你看到三四个商铺女郎围在一起低头说着什么，还伴随着各自手镯的叮当声，可别以为她们只是在小声议论着哪个女孩的发型。这个小小的会议也许并没有审议机构那样肃穆；可你千万别忽视了它的重要程度——几乎可以和夏娃与她的大女儿第一次会议比肩，那次会议让亚当明确了他自己在家里的地位。这个会议可以定名为"有关女性进攻和击退社会的战略性理论之共同辩论与意见交流会"，这是一个舞台；而男人们，只能是观众和听众，而且还要不停地积极地献上鲜花以表达自己的忠诚。女人呢，就好比是所有小动物中最柔弱纤细的——她们有着小鹿的优美，却没有它的灵敏；有着小鸟的美丽，却没有它的飞行能力；有蜜蜂的甘酿，却没有它的——嘿，别笑了，也许会有人被蜇到呢。

就在这种讨论会上，女孩们相互传递着武器，同时交换着她们在生活中积累总结出来的计谋。

"我对他说，"莎蒂说，"'你太过分了！你当我是什么人，就这样说我？'你们知道他怎么回复我的吗？"

就看到一堆脑袋——褐色的、黑色的、亚麻色的、黄色的、红色的，一致摆动了几下，莎蒂揭晓了答案，女孩们立刻就决定了该如何反击，准备以后大家各自在与共同敌人——男人——争辩的时候使用。

就这样，南希把防卫的本事学会了；对于女人们来说，防卫的成功就是胜利。

大百货商店这个学校的课程是丰富多彩的。或许再也没有任何一家学校能更好地培养她——如何嫁到好人家——的教育了。

南希在店里的位置对她是非常有利的。播放音乐的部门离她很近，她日日听，很快就熟悉了那些有名作曲家的音乐——至少她耳熟能详，这样她就能在愣头愣脑地冲入社交界时假装是懂得欣赏音乐的名媛。她积极了解如何鉴别工艺品、熟悉价格不菲的衣料，以及学习几乎可以代表女人修养的装饰品。

南希的野心很快就被别的女孩发现了。"你的百万富翁来了，南希。"只要有一个穿着打扮比较贵气的男人走进她的柜台，女孩们就会冲着南希开玩笑。男人们好像也习以为常了，每次陪女伴购物的时候，他们总会在一边乱逛，于是就走进了卖手帕的柜台，看看这些细棉布做成的小帕子。不可否认，正是南希精美的发型和美丽的脸庞引诱了他们。很多男人慕名而至，到她的面前表现一番。这之中也许有一些是真正的有钱人；其他的呢，也只不过是照猫画虎的冒牌货罢了。南希很早就知道如何区分这两类人了。在专柜旁边有一个小窗户，她从上往下看，就能看到街上一辆辆等着来买东西的主人的车子。她每天都去观察这些车子，发现汽车和他们的主人一样，也有高低之分。

有一次，一位风度翩翩的男士一下子买了四块手帕，带着科斐图亚王①的派头隔着柜台向她示好。他走之后，一个女同

_____

① 科斐图亚王：相传是非洲的一位国王，与一位乞丐女孩相爱了，最后他娶了这位女孩为王后。

事说：

"怎么了，南希，我怎么看你有点不热情呢？他看起来倒是个挺不错的人呢。"

"他？"南希带着从范·阿尔斯坦·费舍尔夫人那儿学会的最冷淡，又妖娆，还有点满不在乎的微笑说，"我才看不上他。我看到他上车了，那是一辆十二马力的车和爱尔兰司机！你可知道他买了哪款手帕？——绸缎的！而且他的手指还发炎了。天啊，我宁愿少一些，也不要随便凑数的好吧。"

商店里有两位最"高贵"的女孩——一个领班和一个收银员——她们有几个"有钱的男朋友"，经常会一起吃饭。有一天，她们还邀请南希一起去。那顿晚餐是在一家非常有名的咖啡厅进行的，在这里要想订到新年前一晚的位子，至少要提前整整一年预订才行。同行的"两位男朋友"：一个头上光光的——我们可以证明，奢侈的生活让他的头发都掉光了；另一位用了两个方面来展示他的风度和教养——他不停地说着所有的酒都沾染有木塞瓶的味道；他的衣袖上还佩戴着钻石纽扣。这个年轻人认为南希身上有很多的优点。他一向喜欢商铺女郎，而他面前的这位，不仅有她所在的阶层的坦率柔媚，说起话来更是有着上流社会的音调和风度。于是，第二天他来到百货商店，在放置了用土法漂白过的爱尔兰麻纱抽丝手帕的盒子边，隆重地向她求婚。南希回绝了。十英尺之外，一个把褐色头发梳成庞巴度式发型的同事一直在旁边细听。当这个男人垂头丧气地离开之后，她狠狠地，语速很快地把南希给埋怨了一通。

"你这个愚蠢的小傻瓜！那男人可有钱得很——他是老冯·

斯基特勒斯的侄子呢！他在上流社会说话可是很好使的。你是不是疯了，南希？"

"说我吗？"南希不以为意，"我没同意，他也不是什么有钱人。他每年只能得到家里两万元用来花销。那天我们去吃饭的时候，另外一个光头的男人还拿这件事嘲笑了他呢。"

梳着庞巴度式发型的女孩眯着眼睛，往前走了一步。

"你到底想要什么啊？"她问道，因为嘴里没嚼口香糖，声音也变得有些沙哑，"这样还不行？莫非你想当个摩门教徒，找洛克菲勒①还是格莱斯顿·道伊②，又或者是找西班牙国王还是他们全部人当丈夫？一年两万块钱你还不知足？"

在那双黑色的、俗气的眼光的注视下，南希的脸有些泛红。

"不全是为了钱，卡丽，"她解释说，"那天我们一起吃晚饭，他说假话被他的朋友揭穿了。他说自己没有带女孩去看过电影。哦，我最不喜欢爱说谎的人了。这样那样的因素加起来——我没法喜欢他，就是这样。我要把自己嫁出去，绝不能随随便便。不管怎样，我都要找一个挺直了腰杆的男子汉。没错，我想找一个有钱的人，但是这个人必须得有前途，可不能跟存钱罐一样只会叮当乱响。"

"你可真是自讨苦吃！"褐色庞巴度式头发的女孩边说边走开了。

---

① 洛克菲勒：美国的实业家、资本家，同时也是美孚石油公司的创始人。他被称为"石油大王"，是全球最富有的人。

② 格莱斯顿·道伊：是当时美国最著名的信仰治疗家约翰·亚历山大·道伊的第一个儿子。

南希继续过着每周八块钱的生活，带着她那些崇高的思想——如果能够称之为理想的话。她每日都要啃着干巴巴的面包，束紧裤袋，一点也没放弃寻找心目中的"百万富翁"。她的脸上总是能看到那一抹坚强、甜蜜而又冷傲的微笑，这让她看上去更像是一个追捕男性的猎手；而百货商店就是她的狩猎场。有那么几次，她仿佛找到了有着粗粗的鹿角，身形健壮的猎物，就举起来复枪瞄准；但是又突然会从内心涌现出一种非常正确的本能——这可能是猎手的直觉，也可能是女人的本能——让她停止了接下来的动作，收起枪来继续寻找。

在洗衣店里工作的卢很快乐。她会从每周挣得的十八块五工钱中拿出六块钱，用来支付房租费和伙食费，其余的钱基本上都买了衣服。与南希相比，她想要提高自己的鉴赏力和风度的机会少之又少。在遍布蒸汽的洗衣房里，只剩下了工作和对夜晚娱乐的期盼。各式各样价格不菲的奢华的衣料从她的熨斗之下经过；她对这些衣服裙子的喜爱，也许就是通过熨衣斗这块导热金属传到她心中了吧。

每天的工作一结束，阿丹就会在洗衣房外等她，无论她站在哪种灯光下面，阿丹都是她最忠诚的影子。

有些时候，他会有些疑惑地看着卢的衣服，那些衣服看起来越来越醒目，而不是说越来越注重质地款式；不过这可不能说是他对她不忠诚，只是他更讨厌这些衣服为她吸引了更多人的目光而已。

卢对自己的好朋友还是和以前一样热情。她和南希有了约定，只要卢和阿丹一起去哪儿玩，都要带着南希一起去。阿丹无怨无悔地笑着接受了这个额外的负担。这么说也许比较准确，在这寻找消遣的三人小团队中，卢提供色彩，南希提供格调，阿丹则负责出力。这位守卫者穿着整洁的现成买好的衣服，打着活扣领带，从没有惊慌失措过，而是带着可靠，带着热心及聪慧陪伴着两个女孩四处娱乐。他是个好人，是那种在你身边，你很容易忽视他，可是一旦他离开了，你又会很快想起来的好人。

对南希而言，这些简单的娱乐方式配不上她高雅的品位，有时候会觉得有些苦涩；但是她还很年轻，青春不能做一个挑肥拣瘦的美食家，那么就随意点，做一个爱吃的人吧。

"阿丹总是提出要我和他结婚。"有一次卢对南希说，"可是我为什么要答应呢？我自己可以挣钱的。我自己挣的钱，喜欢怎么花就怎么花；而且结了婚之后，他肯定不会让我继续工作的。说到这儿我想说说你，南希，你还在那家百货商店干什么呢？总是吃不饱，穿得也不好。如果你愿意的话，我可以在洗衣店里帮你找个工作。我相信，如果你挣的钱多了，就不会这么高傲了。"

"我可不高傲，卢，"南希说，"不过我宁愿吃不饱，也不能丢了我现在的工作。我想我已经习惯了，这就是我要的机会。我也不想一辈子坐在柜台后面，我每天都可以学到一些新的东西，无论什么时候我都做好了面对高贵且富有的人的准备——就算我只是在为他们服务；而且一旦被我发现目标，我就不会错过。"

"那你的有钱人找到了吗？"卢取笑她。

"我还没选好呢。"南希回答,"我正观察他们呢。"

"我的天啊,还要从一堆里来挑选呢。你可别让他们随便溜走啊,南希——即便那个人的钱不是那么多。其实我知道,你说的不是真的——真正的有钱人才不会瞧得起我们这些给人打工的女孩呢。"

"他们最好还是瞧得起。"南希头脑清晰地说,"只有我们这种女孩才能教他们怎么打理钱财。"

"如果有个富有的人跟我说话,"卢哈哈笑着说,"我想我肯定会抓住他。"

"那是因为你不认识他们中任何一个。有钱人和普通人之间只有一个区别,就是你要观察他们更多一些才行。卢,你的这件外套下的红绸衬衣有些太花哨了吧?"

卢朝着她的好知己的那件颜色暗淡的橄榄色小外套上瞅了一眼。

"哦,我可没有这种想法——不过如果是在你这件褪了色似的衣服旁边看来,可能是有点花哨。"

"这件短外套,"南希得意扬扬地说,"范·阿尔斯坦·费舍尔夫人穿过一件一模一样的,我这件的衣料花了我三块九毛八分钱。也许她的要比我的贵一百多块吧。"

"哦,好吧。"卢愉快地说,"照我看来,它可不像是能钓到有钱人的鱼饵。不过我也不会想会不会比你先找到一个有钱人。"

说实话,两个好朋友各自的理论要想分出谁更有价值,恐怕只能去请个哲学家来做决定了。卢,没有在商店和办公室工作的女孩们身上的孤傲和挑剔，每天都会让自己的力气快乐地挥洒在闷热的洗衣店里。她的工资除了基本的生活以外还有很多剩余，因此她会穿得越来越漂亮，直到那一次她看到阿丹那身干净的但是却称不上是高雅的穿着时，心里突然有一些烦躁——这个阿丹，墨守成规，千篇一律，食古不化，真是太乏味了。

而南希呢，她的生活和千万个女孩的生活一样。高雅的环境，高品位的上流阶层里，全是绸缎、花边、饰品、香水和音乐——这一切都是为女人而创造的，因此她觉得生活对她很公正。假如它们已经成为她生命中的一部分，那么如果她愿意，就让它们一直待在她的身边吧。像以扫①一样出卖自己利益的事情她可不会干；尽管她亲手挣来的肉汤很少仅仅够吃饱，并不奢侈，但她毕竟保持了自己得天独厚的权利。

南希是属于这里的；她在这里生活，尽管日子过得并不富裕，她依然心满意足地坚持走自己的路。作为一个女人，她显然对这个群体非常明了；而现在，她把自己的研究目标锁定了男人这种动物，认识了他们的习性和条件。总有一天，她会捕获自己理想的猎物；但她曾对自己承诺，她捕获的这个猎物将会是最大、最好，绝不会委屈自己一丝一毫的那一个。

所以，她每天都把自己的灯盏擦亮并点燃，时刻准备迎接到时候就会到来的白马王子。

---

① 以扫：在圣经《创世记》的记载中，以扫是以撒和利百加的第一个儿子，他是个很直率的人，曾把自己长子的名分因"一碗红豆汤"就随意"卖"给了他的孪生弟弟雅各。

可是世事无常，也可能在不知不觉中，她又会学到另外的东西。她的价值观也就有了转移，有了变化。有的时候，美元的标志在她脑中越来越不清晰，开始变换成了"诚实""尊重"等字眼，有的时候甚至只剩下了"善良"两个字。我们举一个例子，就好比在渺无人烟的大森林里猎取驼鹿或者麋鹿。当猎人看到了一个小洼地，那里布满苔藓，绿树成荫，还有一条潺潺流淌着的小溪，仿佛在向他招手：这里非常舒适，快来休息会儿吧。这个时候，就算是宁录①的长矛也会变得迟钝的。

有那么几次，南希也会困惑，波斯羊羔绒在市场上的定价究竟是不是得一直按照它包裹的心的价值呢？

一个星期四的傍晚，南希下了班，走出百货商店，沿第六大道往西走，向着洗衣店的方向。她和卢及阿丹约好要一起去看一场音乐喜剧。

她刚刚走到洗衣店门口，就看到阿丹从里面出来。他的表情有些奇妙，看起来有些不自然的慌乱。

"我想来这看看是不是有她的消息。"他说。

"谁的消息？"南希问道，"卢不在里面吗？"

"我还以为你早就知道呢。"阿丹说，"从星期一开始，她就没来过店里，也没有在家。她拿走了她所有的东西。她对她店里一个女孩说，她或许要到欧洲去。"

"没人见过她吗？"南希吃惊地问。

---

① 宁录：据《圣经》记载，宁录是诺亚的曾孙子，是含的孙子，是古实的儿子，有"他是世上英雄之首""他在耶和华面前是个英勇的猎户"之称。

阿丹的下巴绷得紧紧的，一向从容的灰色眼眸里迸发出一抹铁色。

"洗衣店里的人对我说，"他声音粗厉，"他们昨天看见她走了——是坐在汽车里。可能是跟一个有钱人走了吧。我想，就是你和卢天天挂在嘴边的那种有钱人。"

南希第一次在一个男人面前感到了胆怯。她把微微发抖的手放在了阿丹的袖子上。

"你不能对我这么说话，阿丹——这和我没有一点关系。"

"我并不是这个意思。"阿丹的语调降了下来，手在背心口袋里摸索着什么。

"今晚的票还在我这儿呢。"他故作轻松地说，"如果你……"

有勇气的人向来是南希钦佩的。

"我和你一起去，阿丹。"她说。

南希再次见到卢的时候，已经过了三个多月了。

一天黄昏的时候，在一座安静的小公园外，我们的商店女孩正顺着边道快步往家赶。她听到有人叫她的名字，一转身，正好抱住飞奔过来扑到她怀里的卢。

她们拥抱了一下之后，像蛇一样扬起了头，不知道是想进行攻击还是要施展法术，各自灵便的舌头上聚集了千百个问题准备随时爆开。接着，南希发现了，卢的情况大为好转，昂贵的皮草、闪光的宝石及裁缝定做的服装，处处都彰显着她的富有。

"你这个小傻瓜！"卢大声地嚷着，很是亲热，"我看得出来，你还是在那家商店工作，穿着还是那么寒酸！你那儿有钱的猎物找得如何了——我看还是没找到，对吧?"

接着，卢上下打量了南希，发现有一种比喜事更好的东西降临在了南希身上——那种东西让她的眼睛里闪耀出了比钻石还亮的光芒，让她的脸颊染上了比玫瑰还要红润的色泽，仿若电光一般跳跃在她的舌尖，挣脱着想要迸发出来。

"是的，我还在商店里工作，"南希说，"可是下星期我就要辞职了。我找到我的猎物了——还是世界上最好的那只。我想你应该不会介意吧，是吗，卢? ……我要和阿丹结婚了——对，就是阿丹! ——他现在是我的了……怎么了，卢!"

公园的一个角落里有一位刚刚参加工作的警察，年轻的面庞让他看起来没有那么耀武扬威——至少从视觉上来说是如此。这时候，他看到一位穿着很值钱的皮草大衣，双手都戴着亮闪闪的钻石戒指的女士，蹲在公园的铁栏杆旁边痛哭流涕;她身旁那个身材纤细，穿着简单的职业女性，正弯腰安慰着她。可我们这位看起来很英勇的维护秩序的年轻警察，却假装没看到似的自顾自地走了过去。他很聪明，知道他所熟知的法律，对于这类情况完全无能为力。他只是用警棍敲击在人行道上，当当的声音响彻云霄。

托宾的掌纹

　　一天，托宾和我一起前往科尼岛，原因是我们全部的钱只剩下四美金，而且托宾想去排解一下郁闷的心情。他的女朋友——斯莱戈郡的凯蒂·玛红娜早在三个月之前就已经前往美国，可是后来却音信全无。她带着存下来的两百元美金，还有出售托宾继承房产的一百元美金——那是一栋位于山纳夫沼泽地的漂亮的小房子，还赠送给对方很多只猪猡。托宾收到的唯一的一封信里写着凯蒂已经动身来寻他，但是时间过去这么久了，他却没有半点关于她的消息，她的人也不见了。托宾急坏了，他去报纸上刊登寻人告示，可是这个姑娘却消失得无影无踪。

　　所以，我和托宾想要去科尼岛，玩玩那里刺激的水上游戏，尝尝那里爆米花的味道，说不定还能够让他打起精神。托宾是个死心眼，他的心已经让悲伤的情绪填满了。听见卖气球的小贩的叫卖声，他会气得牙根痒痒；看电影时也会愤愤不平；即便跟他一起喝酒，他还会抽出时间来贬低《潘趣和朱迪》① 一下；以至影楼的人来为人拍照，他也要上前与人打上一架。

遇见这种情况，我只能先把他拖到铺着木板的人行道上，离开那个人声鼎沸使人烦躁的景点。这时，托宾忽然在一个六乘八英尺的接近方形的小摊前站住，眼神中有了一些生气。

"就是这里，"他说，"我要开启灵魂的旅程。我要找尼罗河最厉害的掌纹大师帮我看看，我未来会怎样。"

托宾是一个迷信鬼神和神力的人。比如黑猫、幸运数字及报纸上刊登的天气预报，这些不可靠的信息，他全部都相信。

我们俩挤在一个犹如鸡笼一样大的魔法屋内，里面弥漫着神秘气氛，到处都贴着红布及各类手掌的图片，图片上标记着犹如火车线路一般的错综复杂的线条。门口的招牌上还写着"埃及掌纹大师祖祖夫人"几个大字。一位体形肥胖身穿红色袍子的妇女坐在里面，袍子上面还装饰着编织挂钩和鬼神图案。托宾付了十美分给他，然后递给她一只手。她接过托宾犹如马蹄子一般大的手掌，仔细地琢磨起来，想知道他究竟是要问住在石头里的青蛙②，还是掉落的马蹄铁③。

"年轻人，"祖祖夫人说道，"从你的命运线上来看……"

"这并不是我的脚，"托宾打断她的话，"虽然它并不好看，

① 《潘趣和朱迪》：英国传统的街头布袋木偶戏。
② 石头里的青蛙：这是一个世界不解之谜。科学家对于青蛙和蟾蜍之类的动物为什么可以长期在石头、煤层等空间生存进行了大量研究，但是至今还没有明确的结论。
③ 马蹄铁掉落被认为不吉利。

可是你看的确实是我的手。"

"这掌纹说明，"祖祖夫人继续说，"你的霉运还会持续一段时间，接下来还会有不幸的事情发生。这里是爱神维纳斯的小山——这里难道被石头撞伤了？——预示着你现在沉浸在爱情里。你的命运出现了烦心事，这件事情源于你的爱人。"

"她在说凯蒂·玛红娜。"托宾转过头来对我说，声音不小，可他还认为别人听不到。

"我看到，"大师接着说，"有个人令你无法忘记，你的悲伤与痛苦都是她赐予你的。我在你的名字线里看到了，她的名字里有两个字母分别是'K'和'M'。"

"天啊！"托宾和我说，"听见了没有？"

"注意了！"大师大声说着，"要小心一个黑皮肤的男人和一个白皮肤的女人——他们会让你麻烦不断。你马上会有一次出航的机会，在这次旅行中你的钱财会受到损失。但是，我发现了一条可以让你转运的线，你会遇见一个男人，他会让你的运气变好。你第一次见到他，通过弯鼻子就能一眼辨认出他来。"

"能够预测到他的名字吗？"托宾连忙问，"他带给我好运的时候，我也好和他道谢。"

"至于名字嘛，"大师若有所思，"你的掌纹中并没有显示，但是他的名字很长，应该有一个字母'O'。只能看出来这么多。再见吧。别堵在门口了。"

"她竟然可以知道这么多，简直太神了。"托宾一边朝着码头走一边嘟囔着。

我们俩一起从拥挤的码头朝着游乐园方向走时，一个拿着雪茄的黑人不小心烫到了托宾的耳朵，麻烦就这样开始了。托宾在那个人的脖子上用力打了一拳，周围的女人被吓得尖叫出声，但是我却很冷静，在警察还没有到场时我就将那个矮个子哥们儿拉走了。唉，托宾冲动时，他的坏脾气总是不受控制。

我们坐上回城的船后，听见有人喊："俊俏的服务员有人要吗？"托宾想要低头认罪，以此来证明自己并没有多么失败，可是在摸口袋的时候却发现没有充足的"证据"，只能被认定有罪——刚才有人趁火打劫，把他的口袋洗劫一空。所以，我们俩只能坐在长椅上干瞪眼，竖起耳朵听一群拉丁佬们在甲板上嬉笑打闹。在我看来，托宾的情绪比我们刚出发时更糟糕，遇见这么多倒霉的事情让他现在更沮丧了。

船的另一头有一个年轻的女人正坐在靠栏杆的位置，她的一身装扮很适合坐红色的高档汽车，她的头发像还没有抽过的海泡石烟斗色。托宾从她身旁路过时不小心碰到了她的脚。他担心自己喝醉的样子会冒犯女人，所以他连忙道歉并想整理一下帽子。不料，他刚刚伸手，帽子就被他掀掉了，海风顺势把帽子刮进了大海。

托宾回来坐下后，我打算想个主意把他留在我身边，因为这个哥们儿的倒霉事太多了。可以想到，他如果倒霉得太厉害，有可能会将他能够看见的穿着讲究的男人狠踢一脚，然后把船抢过来驾驶。

现在，托宾的手紧紧地拉着我的手臂，兴奋地说："乔恩！你知道我们在做什么吗？我们现在不是在水路上走吗？"

"不要紧张，"我安慰他，"忍耐一下。还有十分钟我们就靠岸了。"

"不是，你看，"他焦急地说，"那边长椅上坐着的正是白皮肤的女人。刚才有个黑人烫了我的耳朵。我还因此丢了——一元六角五分钱是不是？"

我认为他是在概括自己的倒霉经历，然后如同莽夫似的以此作为借口来泄愤。我只能尽力安慰他，告诉他不要把发生的这些事情放在心上。

"我跟你讲，"托宾很执着，"你的耳朵就是没有听明白通神的人说的预言或者神奇的能力。大师给我看了掌纹，对我们说过什么？她说的事情不是每一件都发生了吗？'注意了，'她是这样说的，'要小心一个黑皮肤的男人和一个白皮肤的女人——他们会让你麻烦不断。'你难道忘了那个黑人了？虽然我也打了他一拳。你还能帮我找到一个比那位金发女人皮肤更白的女人吗？我的帽子就是因为她才掉进了海里。还有那一元六角五分钱，我们从发射展览馆离开时还放在我的马甲里呢。"

托宾把每件事这么一说，预言好像真的一一得到了印证，虽然我觉得，发生的这些小事同样会发生在任何一个科尼岛的游客身上，与大师看没看过掌纹没有半点关系。

托宾在甲板上走来走去，用一双小的如红豆一般的眼睛审视着所有旅客。我问他为什么要这样做。只有到了事情发生的时候，你才能够知道托宾的脑袋里究竟在想什么。

"你要知道，"他说，"我正在搜寻我掌纹里所说的那个幸运星。我想知道弯鼻子的男人会给我带来什么样的好运，我就盼望着他能够让我转运了。乔恩，这么多年你在哪儿见过有直鼻子的坏人吗?"

我们乘坐的船九点半靠岸,我们下船后直接往回走,从二十二号大街走过。托宾的帽子没有了。

在大街的角落里,一盏煤气灯下站着一个人,他正抬着头越过高架路眺望月亮。这是一个高个子的男人,他的衣着很讲究,嘴里还叼着一根雪茄,我发现他的鼻子上有两道弯,弯曲得好像一条蛇。托宾也发现了他,立刻犹如一匹刚刚卸掉马鞍的马一样呼吸急促。他朝着男人疾步走去,我紧跟在他身后。

"晚上好。"托宾向男人问好。男人把雪茄拿出来,并友好地还礼问候。

"请问您尊姓大名呀," 托宾直白地问道,"我想了解一下您的名字究竟有多长,可以吗? 或许我们还需要结识一下呢。"

"我的姓名," 男人很有礼貌地说,"我叫富利登霍斯曼——马克西姆斯·G. 富利登霍斯曼是我的全名。"

"你的名字还真是够长的," 托宾说,"在您的名字里有'O'这个字母吗?"

"没有。"男人说。

"您可不可以在里面加个'O'呢?"托宾焦急地问道。

"假设你很不喜欢外国的拼法," 弯鼻子男人说,"如果在里面加个'O'会让你很舒服,不妨在倒数第二个音节里加好了。"

"真棒," 托宾一下子轻松多了,"我们一个叫乔恩·马龙,一个叫丹尼尔·托宾。"

"很高兴认识你们," 男人微微欠了个身说,"您应该不是来街上找人玩拼字游戏的，可你们又为什么在大街上闲逛呢？"

"因为有两个特点，"托宾连忙说道，"一位来自埃及的掌纹大师从我的掌纹里看出了我的未来，而你恰好与两个特点一致。按照霍伊尔①，您应该是掌握命运的人，我转运就靠您了，帮我将那些带来灾难的纹路改掉，例如烫过我的黑人和在船上跷着二郎腿的金发女人，还有我丢失的一元六角五分钱。"

男人停止了吸烟，扭头看着我。

"您对他所说的，"他对我说，"有没有需要更正一下的？或者说您和他是一伙的？在我看来，您好像是这位病人的监护人。"

"没有，"我回答，"我还要说一下，您的模样与我朋友的掌纹中所说的那个人完全吻合，就好像是两只马蹄一样相似。如若不然，丹尼尔的掌纹也许是被打乱的，但是我不敢肯定。"

"好吧，你跟他一样都病得很严重。"弯鼻子的男人一边说一边四下张望企图寻找警察，"跟你们聊天很愉快。再见。"

说完，他又把雪茄放在嘴里，转过身朝着街道对面走去，步伐有些急。我和托宾却分别站在他的身体两侧紧紧跟随着他。

"干什么？"他走到对面人行道后站住，把帽子向后掀了掀，"你们为什么要跟着我？我说，"他大喊着，"能认识你们我很高兴，但是我现在不能陪你们了。我想回家。"

"您随意，"托宾靠在他的胳膊上，"您可以回家。我会在您

---

① 霍伊尔：埃德蒙·霍伊尔，英国纸牌戏作家，于1760年制定出了惠斯特牌戏的规则，一直沿用到1864年。

家的门口坐等，明天您总要出来的吧。您是唯一一个可以帮我解开黑人和金发女人，以及我丢失一元六角五分钱的诅咒的人。"

"这个想法太荒谬了吧，"男人转身对着我，他可能觉得我是两个疯子里头脑比较清醒的，"你是时候送他回家了吧?"

"我说哥们儿，"我一本正经地说，"丹尼尔·托宾不是疯子，他是个正常人。或许他有点不理智，可是那是因为他之前有点喝醉了，所以他的脑子还有些乱，他其实就是想解开那些倒霉经历背后的秘密。我只能跟你这样解释。"说完，我将掌纹大师夫人的事全部说给他听，并告知他被视为可以转运的人的原因。"还有，我究竟在扮演谁呢，"我概括说，"假设我没有猜错，我应该是托宾独一无二的挚友。和有钱人做朋友很容易，可以获取好处；和穷人做朋友也很简单，他们的感恩会让你有满足感，甚至有人还会把你的照片放大挂在出租屋门前，照片上的你一手提着一桶煤一手拉着一个孤儿。可如果和一个天生的傻瓜做朋友的话，绝对是对友情最严峻的考验。现如今我就面临这样的境遇，"我喘了口气后继续说，"我觉得从掌纹中根本看不出未来，如果是庄稼汉的话可以看到手掌上有一个锄头把儿的印记。至于您呢，即使您拥有全纽约最弯的鼻子，我还是不觉得所有的预言大师会从你的身上做文章。但是丹尼尔的掌纹却与你完全吻合，所以我必须要帮他来印证您的身份，一直到他觉得在您这里什么好处都捞不到为止。"

我的话刚说完，男人就把身体转过去，突然大笑起来，他倚在墙角笑得腰都直不起来。过了好长时间，他才笑着用手拍了拍我和托宾的后背，他用双手分别抓住我们一边的手臂。

"看来是我错了，"他说，"我竟然是一个有转运能力的人。这件事要多神奇有多神奇！我都差一点就倾家荡产呢。走，"他用手指了指前面，"那里有一个小餐厅，环境很不错，坐在那里最适合说这些奇闻逸事。我们一起去喝一杯，探讨一下有关世界上有没有绝对的这个老掉牙的话题。"

说话间，他把我和托宾带到了一家酒吧的包房里，还点了一些喝的，把钱丢在了桌子上。他看着我们的眼神如同看自己的同胞兄弟一样，给我们分别点燃一根雪茄。

"你们了解吗，"转运的人说道，"我是一位文学工作者。每天晚上我都会在外边闲逛，在大众中寻找一些奇闻逸事，抬头望天希望能够寻到真相。你们刚才遇见我时，我正看着高架路和那盏煤气灯陷入幻想之中。疾速的车流犹如诗画一般；月亮只是一个单调、没有情趣的行星，每时每刻如同机器一样运转。不过这只是我个人那么认为而已，如果是在文学作品中，情景却是颠覆的。我打算写一本关于我在生活中遇见的奇闻逸事的书。"

"我该不会成为你书里的角色吧，"托宾一脸嫌弃地问，"您的书里会出现我吗？"

"不会，"男人回答，"那本书的内容已经很多了，没有你的位置了。不会的。我顶多听听你的故事找点乐子，想要突破印刷限制，现在时机还没有到。如果把你的事写成故事，应该很有意思，这么有意思的事情我可不想分享给别人。但是，我还得谢谢你们，真心感谢你们。"

"你在这里啰里啰唆说这么多，"托宾一脸不屑地说，拳头打在桌子上发出砰砰的响声，"我已经听不下去了。你长着弯鼻子，所以你一定会帮我转运，但是你只想着要好好享受。你啰啰唆唆地说了那么多话，听上去就好像是从缝隙里吹进来的风似的！我说真的，如果不是那个黑人和金发女人的事情都发生了，我也会质疑我的掌纹有问题，况且……"

　　"好啦！"高个子的男人插话，"你难道希望掌纹把你带到歧途上？我的鼻子一定会竭尽全力的。来吧，快把杯子都斟满酒，奇葩的事情是要多滋润一下，在道德缺失的环境里它们是很容易凋谢的。"

　　我觉得这位文人是对我和托宾做了补偿，酒钱是他给的，他也很开心，我们也让预言的事情折腾得没了力气。可是托宾依旧很不开心，自顾自地喝着酒，两只眼睛全都红了。

　　过了一会儿，快到十一点了，我们从酒吧出来，站在街头的人行道上吹着风。男人说应该回家了，还提出要我和托宾与他一起走。走过两个街区，我们来到了一条小街，街边有一片砖房，每家每户的门口都有一个很长的楼梯和铁围栏。男人站在一户砖房门前，抬头看了看最顶层的窗户，屋子里已经没有了灯光。

　　"这就是我的家，"他说，"看来我太太已经睡着了。我这次要自作主张请两位。我想请两位到我家的地下室坐一会儿，我们一起吃点好吃的点心，好好吃一顿。我想起来应该还有冻鸡和奶酪，应该还有几瓶啤酒。你们要是可以来我家一起吃，我会非常高兴，因为你们已经陪着我玩了一个晚上了。"

我和托宾已经饿了，所以心里都觉得这个主意很不错，况且丹尼尔有很强的预感，他觉得喝几杯酒吃一顿饭也许就兑现了他掌纹中的好运。

"请从那边的楼梯下去，"弯鼻子男人说，"我先下到一楼为你们把门打开。我家厨房新来了一位姑娘，一会儿我让她煮点咖啡，你们可以喝一杯再走。不过我想说，虽然凯蒂·玛红娜姑娘只不过刚来这里三个月而已，她的咖啡却煮得非常不错。请进，"男人伸出手邀请我们，"我现在就去叫她来这里服侍你们。"

第三种配料

　　瓦蓝布洛沙公寓名为公寓，可实际上却只是由两栋老式的褐色石头房子组成的。一楼的一边是女装店，里面摆着各式各样的围脖啊、披肩啊、帽子啊，让人应接不暇；另外一边是一家冷清的牙医门诊，墙上贴着很多治疗牙病的海报，还保证所有治疗都没有任何痛苦。这里的房间每周只需要两块至二十块的租金。这里的租客五花八门，有速记员、音乐人、证券经纪人、女店员、靠文字赚钱的作家、学美术的学生、电话接线员，还有一些只要听见门铃响就会把头从栏杆后面伸出来的各类人。

　　这里要讲述的故事是关于瓦蓝布洛沙公寓的两名租客——别误解，并不是想要怠慢其他租客。

　　那天下午六点，海蒂·佩珀回到瓦蓝布洛沙公寓后面的房间，这间房是她以三块五一周的价格租下的。她的鼻子又尖又挺，配上她消瘦的下巴，让她整张脸显得更加冷漠。试想一下，如果你在一间百货商店任劳任怨地工作四年，无缘无故被开除，兜里只有一毛五分钱，相信无论你怎么挤脸也改变不了表情。

我们还是趁着海蒂要爬两层楼梯的时间，介绍一下她的经历。

四年前的一天上午，她和七十五个姑娘一起来到"最大"百货商店，应聘内衣销售员。几十个想要赚钱的姑娘站在一起，美女如云，看得人眼花缭乱，她们金色的头发合在一起足以让一百个戈黛娃夫人①骑着马满街跑了。

负责招聘的人是一个看上去精明，但是眼神冷漠，不容易接近的谢顶青年，他需要在这么多的应聘人员里选出六个。此时他已经快不能呼吸了，感觉自己周围已经让白云轻纱包裹住了，马上就可能要陷入鸡蛋花香的深海当中。这个时候，有一艘白色的帆船映入眼帘——海蒂·佩珀，一张相貌平平的脸，一双绿色的小眼睛流露出不屑的目光，一脑袋犹如巧克力色的棕色头发，一套粗麻布制成的裙子，外加一顶平淡无奇的女帽，站在他的面前，她所经历过的二十九年的生活经历都摆在那里。

"就选你了！"谢顶青年大声说道，总算得救了。海蒂就这样成功进入了"最大"百货商店。之后，她的薪金逐渐涨到每周八元钱，整个过程简直就是大力神、圣女贞德、尤娜、约伯还有小红帽故事的综合体。我是不会说她刚开始时赚多少薪金的。社会上涌动着一种反对这类事情的情绪，我可不希望有钱

---

① 戈黛娃夫人：11世纪英国考文垂勋爵利奥弗里克的妻子，传说她为了减轻丈夫加给市民们的重税，骑着马裸体绕行考文垂大街，只用长发遮盖。

人登上我所在的低价公寓的防火梯，把炸弹往我的小阁楼里丢。

而海蒂被"最大"百货商店开除的事情，与她应聘时候几乎一模一样，也挺无聊的。

在任何一家百货商店里，总会有那样一个什么都知道、处处都有他、什么都吃的人，他喜欢拿着一个小本，戴一条红色的领带，人们管他叫"买主"。他部门旗下的姑娘们，全部都要依靠他来赚取薪金（请参见食品统计局数据①）养家糊口，她们的命运被他牢牢掌握住。

我们所说的买主是一个看上去很精明、眼神冷漠、不容易接近的谢顶青年。当他在自己部门的走廊里路过时，犹如在鸡蛋花香的海洋里，周围还围绕着轻纱白云。但是太甜的食物吃多了也会腻。所以，海蒂·佩珀普通的相貌、绿豆一样的眼睛及巧克力一样的发色，在他眼里就是美女如云的沙漠当中一片让人欣喜的绿洲。在柜台一个偏僻的角落里，他亲昵地在她的手臂上拧了一下，就是手肘上方三英寸的位置。接下来的一秒，她立刻用肌肉发达而且黝黑的右手，一巴掌把他扇到了三英尺以外的地方。呃，所以你应该了解海蒂·佩珀为什么会被勒令在三十分钟内离开"最大"百货商店了吧——钱包里还有一毛五分钱。

今天早晨报纸上的物价表上写着，牛肋排的售价是每磅六分钱（按照肉店的计量）。"最大"百货商店把海蒂扫地出门的那一天，售价则是七分五。就因为这个，才有了我们的故事，

---

① 这是杜撰出来的一个名字，并没有这样的统计局。

要不然多余的四分钱就……

呃，要明白，世界上任何好听的故事或多或少都有一些不足；因此，对我们即将讲述的故事，别要求太苛刻。

还是说回故事。海蒂手里拿着肋排肉，往三楼后面那间每个星期三块五的房间走去。晚上炖了一锅热气腾腾、香味四溢的牛肉，然后又美美地睡了一觉，明天早晨她就能满血复活，充满力量地去找到一份汇集了大力神、圣女贞德、乌娜、约伯及小红帽故事的职业。

在房间中，她从一个二乘四的方形瓷器……呃……我的意思是说陶瓷橱里翻到一个陶瓷锅，然后又在一堆乱糟糟的纸袋里找土豆和洋葱。过了许久，她的鼻子和下巴好像比之前更尖了。

没有翻到土豆，洋葱也是如此。唉，炖牛肉里不放其他东西只放牛肉可不行。没有牡蛎可以炖出来牡蛎汤，没有水鱼可以炖出来水鱼汤，没有咖啡同样可以烘焙出咖啡蛋糕来，可是炖牛肉汤没有土豆和洋葱就是不行。

但是，在情况紧急时，只有牛肉也能使一扇平凡的松木大门变成一扇铸铁大门，阻断饿狼的进攻。放一点食盐和胡椒，外加一汤匙面粉（先放在少量凉水中拌匀）就能应付——味道不如纽堡的奶油龙虾那么好吃，也不如节日时教会里做的甜甜圈那么种类繁多；但是可以应付一下。

海蒂端着锅朝着三楼的走廊后面走去，瓦蓝布洛沙公寓的招牌上说这里有自来水。你、我还有水表之间都明白只是没有说出来，水没有从水龙头里流出来；而是滴滴答答地往外滴；

这算是个技术活，我们这里先不说。那边还有一个水池，租客们做家务活时会时常遇见对方在那里处理咖啡渣，然后互相看一下对方穿在身上的睡衣。

海蒂来到水池边，见到有个姑娘站在那里，她的头发是黄褐色的而且很浓密，造型也颇具艺术性，眼里满是哀伤地正在清洗两个个头极大的爱尔兰土豆。海蒂了解每一位住在瓦蓝布洛沙公寓里的租客，看透他们的奥秘不需要拥有一双极其敏锐的眼睛。他们穿着的睡衣在她看来就是百科全书，是她的《人物逸事录》，是来来往往的租客们为她提供的情报交流中心。洗土豆的这个姑娘穿着一件湖绿色滚着玫瑰粉色边的睡衣，从这一点来看她应该是住在顶上的阁楼——或许有人喜欢叫"画室"——的那个微型画画家。海蒂实际上并不懂什么是微型画，但可以确定不是油漆工；因为用油漆涂抹房子的工人，虽然全身上下都布满了油漆的污渍，甚至还需要当着你的面在大街上爬梯子，可是回到家后他们却能够吃上各种美味的食物。

洗土豆的姑娘身材瘦弱，拿着两个土豆的模样如同一个老单身汉抱着一个刚刚出生的小孩一样。她的右手上有一把并不锋利的鞋匠刀，她正笨手笨脚地削着土豆皮。

海蒂郑重其事地上去与她搭讪，正经的模样就好像下次再见面时可以热情拥抱一样。

"对不起，"她说，"我真的是爱管闲事，不过你要是这么削土豆皮的话，土豆会浪费很多。这是百慕大的新鲜土豆，你应该把皮刮掉才对。我来刮一次给你做示范。"

她接过土豆和刀做起示范。

"啊，感谢你，"画家叹了口气说，"我确实不知道。这些厚的土豆皮看着真让人烦心；看看这太浪费了。但是我却一直认为这么削是对的。唉，在靠吃土豆填饱肚子的日子里，土豆皮也是好的，您知道吧。"

"我说，妹妹，"海蒂停掉手上的动作，"你应该也遇见难处了吧？"

微型画画家微微一笑。

"大概是的。艺术——也许只有在我眼中是艺术——似乎并没有什么前途。我晚饭只能吃这两个土豆了。不过，如果把它们煮熟之后，放点黄油和盐，味道应该不会太差吧。"

"妹妹啊，"海蒂挤出一个笑容，僵硬的五官也软了下来，"我们今天相遇是缘分。我现在也被困难掐住了脖子；不过，我像狗窝一样大的房间里还有块肉。我很想弄到土豆，差一点我就跪求老天爷赏我一个了。要不然我们俩互助，把你的土豆和我的牛肉放在一起炖了吧。我们俩一起在我的房间里做饭。如果还能找到个洋葱就更好了！妹妹，你会不会落下一点钱在你去年冬天穿的海豹皮大衣的兜里呢？我愿意去楼下街角老朱塞佩的地摊上买一个洋葱。炖肉不放洋葱，甚至比下午茶没有糖更加糟糕。"

"可以称呼我塞西莉亚，"画家说，"我确实没钱，早在三天前我就花掉了最后一分钱。"

"那我们只能不放洋葱了，"海蒂叹息着说，"我可以找门卫大妈要一个，可是我不想让他们知道我又开始一家家商店应聘职位了。但是我又特别想拥有一个洋葱。"

两个人在销售员的房间里准备晚饭。塞西莉亚完全插不上手，只能坐在沙发上等着，不断用犹如斑鸠叫声一样柔和的语调恳求能做点什么。海蒂动作娴熟地切着肋排肉，将肉放入锅中放了盐的冷水里，然后把锅放在了只有一个炉头的煤气灶上。

"如果我们有个洋葱就完美了。"海蒂一边刮着两个土豆的皮，一边说。

正对着沙发的墙上贴着一张颜色鲜艳的精美的广告画，画上有一艘铁路新渡轮，是专门为了把往返洛杉矶和纽约的时间缩短八分之一而建的。

海蒂不停地唠叨着，偶然回头看了一眼，却发现她的小客人看着渡轮在翻滚的海浪里快速行驶的广告画出神，眼睛里还流出了两行热泪。

"哎呀，这是干什么，塞西莉亚，好妹妹，"海蒂立刻停下手中的小刀，"这个广告画有那么难看吗？我不知道怎么评价画，但是我认为它提升了这间房的档次。当然，你是一个修指甲画家，用不上一分钟你就能看出这幅画究竟哪里不好。你如果觉得它不好，我可以把它拿下来。我真希望灶王爷可以赏给我们一个洋葱。"

就在这个时候，身材瘦小的微型画画家已经哆哆嗦嗦地躺在了沙发里，鼻子陷入了结实又粗糙的沙发罩里，不断地抽泣。相比印刷粗糙的画对艺术心灵的伤害，在这里一定还有什么更深入的东西。

海蒂明白了。很早以前，她已经接受了属于自己的角色。我们在描绘他人的某个特殊品质时，才会意识到词穷！特别是在描述一些抽象事物时，更无法用语言来表达，常常会让人觉得很迷茫。只可以这样认为，我们说的话距离大自然的观点越近，人们才会越明白。比如说（就是打个比方），有的人扮演胸部；有的人扮演手臂，有的人扮演头，有的人扮演肌肉，有的人扮演脚，还有些人扮演承受重量的脊柱。

海蒂扮演的是肩膀。她的肩膀很宽，肌肉发达；她活了三十多年了，曾经有很多人把头依偎在她的肩头——假设的有事实上也有——他们把一半的烦心事或者全部的烦心事都留在了那上面。如果从解剖学的角度来看待生活——从这个角度出发可比其他角度好多了——她天生就应该是肩膀。她的锁骨绝对是这世上最真诚可靠的了。

海蒂已经三十三岁了，实际上每每有年纪小且相貌好看的少女把头靠在上面寻找安慰时，她的心中总是会感觉到一丝郁闷和疼痛。虽说如此，只要她照照镜子，所有的心痛都能够瞬间消失。因此，她把头抬起来，朝着燃气炉后面墙上的一面满是裂纹的试衣镜看了看，把已经沸腾的土豆炖牛肉的火调得小了一些，然后来到沙发边上，将塞西莉亚的头捧起来放在肩头，假设肩膀就是告解室。

"全都告诉我吧，亲爱的，"她说，"我已经明白了，你难过并不是因为那幅广告画吧。你和他是不是在渡轮上邂逅的？塞西莉亚，好孩子，来吧，把事情全部都给你的海蒂……海蒂阿姨说说。"

但青春和忧郁必须先得把叹息和泪水全部耗尽才行，这样浪漫的小船才能够顺利抵达令人愉悦的小岛港湾。就在此刻，忏悔者——或者说是光荣的生活传承人——靠在由坚实的肌肉组成的流着汗的"告解室"栏杆上，她慢慢讲述着自己的故事，没有任何修辞和想象。

"大概发生在三天前。我从泽西城上了渡轮。那里有一个卖画的商人叫老施鲁姆先生，他跟我说纽瓦克有一个富人，想找人为他女儿画一幅微型画像。见面后，我向他展示了我的作品。我对他说一幅画十五元钱，他听到价格立刻像鬣狗一样奸笑起来。他告诉我，画一幅比我的作品大二十倍的画作也只不过需要八元钱而已。

"我身上只剩下买一张回纽约的船票钱了。当时我感觉我好像要死掉了。我估计我当时的表情已经证明了一切，因为我看到他当时坐在我对面的长椅上，他看着我的眼神好像在对我说，他了解。他的样子很英俊，可是，我的天，更重要的是，他的表情看上去很善良。当你在伤心疲惫又绝望的时候，善良比什么东西都要紧。

"后来我慢慢挺不住了，我感到很难过，已经坚持不住了，于是站起来一步步朝着船舱的后门走去。那里空无一人，我从栏杆翻下去，直接掉进了水里。唉，海蒂好姐姐，河水真冷，真冷啊！

"在那一刹那，我还想着能够回到老瓦蓝布洛沙公寓生活，哪怕要饿肚子，也有希望。但是我很快就失去了意识，什么都感觉不到了。之后我觉得水里好像还有一个人，他就在我附近，把我带上了岸。是他，他一直跟在我的后面，跳进河里把我救了上来。

"一个人朝我们丢过来一个好像白色甜甜圈的大东西，他把我的胳膊穿进中间的洞里。然后轮渡就开回来了，我们被人拽上了船。唉，海蒂，我太无能了，还想要投河自杀，这真是太丢脸了；但更丢人的还在后面，我的头发成了一团乱麻，上面还一直不断滴着水滴，模样太难看了。

"接着几个穿着蓝色衣服的人走了过来；他掏出名片，我能够听到他对那些人说了什么，他见到我是因为钱包掉在了船边，伸手去拿时，不小心脚滑摔下去的。

"这时，我突然想起来报纸上曾经写过，想要自杀的人是需要跟想要杀人的人关押在一起，所以我非常恐惧。

"后来船上有几位善良的女士领我去最下面的锅炉房，帮我烘干身上的衣物，还帮我整理好了头发。上岸以后，他把我送下船，还帮我叫了一辆出租车。他全身都湿透了，水还在往下滴，可他却一脸微笑毫不在乎。他总询问我的名字和地址，可是我始终没有告诉他，我觉得太丢脸了。"

"孩子，你还真是傻，"海蒂温柔地说，"先等一下，我把灯开得亮一些。我必须要向老天爷祈祷赐给我们一个洋葱。"

"最后，他挥舞着帽子，"塞西莉亚接着说，"他说：'没关系，不管怎样我都会找到你，届时我会讨要属于我的救援权利。'然后他把出租车的钱付了，告诉司机把我送到我想去的地方，然后就离开了。'救援'是指什么，海蒂？"

"就是没有镶边的衣服裤子，"海蒂说，"看来那位小英雄觉得你已经累坏了。"

"已经过去三天了，"微型画画家悲哀地说，"他怎么还没有找到我。"

"等等看，"海蒂安慰道，"这个城市可不小呢。你试想一下，他想要认出你来，得去看多少个被水浸透头发散乱的女孩呀？这肉看起来不错——哎呀，就是少了洋葱。如果有大蒜的话，我也想扔进去试试。"

锅里的牛肉和土豆正翻滚着吐着泡，飘出令人垂涎三尺的香味，但是总觉得还是少了点什么，让人觉得饿得难受，特别想吃到那种必要配料。

"我在河水里差一点就死了。"塞西莉亚颤抖着说。

"水还是太少了，"海蒂接着说，"我是指炖肉。我去水池那边接点水回来。"

"太香了。"画家说。

"是那条河水很脏的老北河吗？"海蒂提出异议，"我怎么嗅到一种肥皂工厂和一股汗臭味的猎狗气味——哎呀，我是指炖肉。唉，如果我们能弄到一个洋葱该多好呀。看样子他很有钱吗？"

"首先，他很善良，"塞西莉亚说道，"我肯定他家很有钱；但是这不是重点。他给司机车钱时，我看见他的钱包里全都是百元千元的钞票。之后我亲眼看见他离开渡口时坐着汽车；那个司机还把一件熊皮大衣披在他的身上，因为他全身都湿漉漉的。这些事情发生在三天前。"

"太傻了！"海蒂简单评论道。

"哦，司机没有弄湿衣服，"塞西莉亚长长地舒了一口气说，"之后他稳稳当当地开着车离开了。"

"我是说你太傻了，"海蒂说，"为什么不把你的地址告诉他？"

"我绝对不会告诉当司机的人我的住址。"塞西莉亚傲娇地说。

"如果我们有一个就太好了。"海蒂又开始郁闷了。

"要做什么？"

"自然是炖肉了……哦，我是指洋葱。"

海蒂拿着罐子，朝着走廊尽头的水池走去。

当她走到楼梯前时，恰巧有个青年从楼上往下走。他的衣着十分讲究，但脸色惨白颓唐。他的眼神迷茫，好像肉体和灵魂都在受着折磨。他的手中有一个洋葱——一个粉红色、表面光滑、紧实、闪闪发亮的洋葱，大小和九毛八的闹钟差不多。

海蒂站住了。年轻人也站住了。女售货员的神态和表情里透出一股圣女贞德、大力神和尤娜的综合体的样子——是的，约伯和小红帽不在这个行列里。青年站在楼梯前烦躁地咳嗽着。他觉得自己好像正在被捉弄、轻视、攻击、纠缠、软禁、迫害、估价、追债和恐吓，但是这一切都不知道是怎么来的。海蒂的神情让他有了这种奇怪的想法。在她的眼神里，他好像看见了桅杆上正有一面海盗旗帜缓缓上升。但他不清楚，正因为他手上拿着货物才使他没有了商量的余地就差一点被推到海里。

"不好意思，"海蒂竭尽全力想要抑制住自己忌妒的内心，尽量用温柔的语气说，"这个洋葱是不是你在楼梯上捡到的？因为我的纸袋上有个窟窿，所以我正在寻找它。"

青年咳嗽了足有半分钟才停下来。也许就在这个间隙里，他产生了保护自己物品的勇气，并且小心谨慎地将手中散发着辛辣香味的配料抓得牢牢的，打起精神与潜伏在这里的拦截者做对抗。

"不是，"他哑着嗓音说，"这不是在楼梯上捡的。是楼顶的杰克·贝文思送我的。如果你有所怀疑不妨去问问他。我可以在这里等着你回来。"

"我认识贝文思，"海蒂语气中带着醋意，"他给杂志社或者报社写稿子什么的。住在这栋楼里的租客们经常能够听见有快递员在楼里大声叫他，把他写的那些厚厚的信件退回来。那个……你也在瓦蓝布洛沙公寓里住吗？"

"不是的，"青年说，"我偶尔会来这里看望贝文思。我和他是朋友。我家住在西面距离这里两条街的地方。"

"你打算用这个洋葱做什么？对不起我问问啊。"海蒂说。

"吃掉。"

"生着吃吗？"

"是的，我打算回到家就吃掉。"

"不放点其他东西一起吃吗？"

青年想了一会儿。

"不，"他坦诚说，"我住的地方没有别的东西吃了。我猜老杰克手头也不宽裕。他并不想把洋葱送给我，但是又不放心，所以才送给我。"

"唉，"海蒂双眼放射出尖锐的目光紧紧地盯着他看，一根骨瘦如柴让人印象深刻的手指碰到了他的衣袖，"你是不是也遇见了什么麻烦事？"

"是很多，"洋葱主人立刻回答，"但是这个洋葱是属于我的，我是通过正经渠道获取的。你如果没有其他的事情，我想先走了。"

"我说，"海蒂着急得脸都变白了，"生洋葱并不好吃，如同炖牛肉时缺少洋葱一样难吃。我认为，如果你和杰克·贝文思是朋友的话，你的为人也一定很不错。我的房间在走廊的尽头，现在有一位年轻的姑娘正在那里，她是我的朋友。我们都很倒霉，锅里只有土豆和牛肉，其他什么都没有。现在正在火上炖着，缺少了灵魂——里面少了一样重要的配料。生活中有些东西天生就是一对，必须要放在一起才行。例如粉色的纱布和绿色的玫瑰，或者是火腿和鸡蛋，又或者是爱尔兰人和烦心事。当然还不能缺少的就是土豆牛肉和洋葱。啊，我还忘记了一个，那就是生活拮据的人和有同样困难的人。"

青年又开始咳嗽起来，咳得上气不接下气。他用手拿着洋葱捂住胸口。

"是的，是的，"他总算缓了口气说，"但是我刚才说过，我想走了，因为……"

海蒂连忙拉住他的衣袖。

"别这样啊，小兄弟。别回去生着吃洋葱了，还是把它剥了皮后放在我们的晚饭里，快来我的房间里尝一尝让你今生难忘的美味炖肉吧。难不成你想让我们两位女士把你这位年轻的男士打晕后抬到屋里，才能够有机会和你一起吃晚饭吗？这对你一点坏处都没有。别那么小气，你就同意了吧。"

青年一张苍白紧绷的脸总算松弛下来，还挤出一个笑容。

"请你相信我会去的，"他高兴地说，"如果可以拿洋葱为我的人格做担保的话，那么我很高兴接受你的意见。"

"当然，用它来做配料是最棒的，"海蒂说，"你跟我来，站在门外等一会儿，我去征求一下我的小女朋友的意见。在我还没出来之前，你可千万别拿着这个'推荐信'溜掉了。"

海蒂走进房间，然后把门关上。青年信守承诺站在门口等待。

"塞西莉亚，孩子，"女售货员想尽力将毛糙的嗓子润湿，"外面有一个洋葱，跟它一起的还有一个年轻的男人。我想邀请他一起吃晚饭。你会同意的吧？"

"我的老天啊！"塞西莉亚迅速坐起身子，把双手放在那头乱糟糟有艺术性的头发上。她悲伤地看了一眼墙上挂着的渡轮海报。

"不是，"海蒂说，"不是他。我跟你说的是现实生活。你不是跟我说救你的英雄是个有钱有车的人吗？可这个人是个穷光蛋，只有一个洋葱可以吃，其他什么都没有。但是他很友好，也通情达理，不是一个冒失的人。我估计他以前肯定是个绅士。可以让他进来吗？我向你承诺他一定会遵守规矩的。"

"海蒂，亲爱的，"塞西莉亚唉声叹气地说，"我现在饿极了。无论他是王子还是盗贼其实不都是一样的吗？我不在意。他要是可以分享吃的，就把他带进来吧。"

海蒂出门来到走廊上。带着洋葱的男人消失了。她的心一下子悬了起来，脸一下子变灰了，只有鼻尖和颧骨的地方还有些红色。随后，生命的潮水又掀起了涟漪，因为她见到他在走廊的另一头把身子探出窗外。她急忙走了过去，听见他正在和楼下的某个人说着话。外面的街道人声鼎沸把她的脚步声掩埋了。她隔着他的肩膀往下看，不仅看到了和他说话的人，还听见了他们的对话。他把身子从窗户外收了回来，转过头看见她正在他的身后站着。

海蒂的一双眼睛如同两根钢锥一样，死死地扎在他的脸上。

"你老实交代，"她镇定地说，"你准备用洋葱来做什么？"

青年强忍着不咳出来，坚定地与她怀疑的眼神对视。看样子他有些不高兴了。

"当然是吃掉，"他逐字逐句地讲，"刚才我也是这样对你说的。"

"你家没有其他东西可以吃？"

"什么吃的都没有。"

"你是从事什么职业的？"

"目前我没有从事任何职业。"

"可是为什么，"海蒂的语调突然变得尖锐，"你把身子探出窗外对着下面街道上那辆绿色的小汽车的司机下达指令呢？"

青年的脸一下子红了，一双呆滞的眼睛一下子亮了起来。

"因为，女士，"他的语速变得快了，"我给司机发薪水，我是这辆车子的主人——还拥有洋葱——这个洋葱就是，女士。"

他立刻将洋葱递给海蒂，只差一寸就碰到了海蒂的鼻头，女售货员没有后退。

"你为什么只能吃洋葱，"她露出一脸凶神恶煞的表情，"为什么不吃别的东西？"

"我没说我不吃别的东西，"青年慌忙解释，"我是说我的住处没有任何吃的。我不喜欢把东西都放在家里。"

"但是为什么，"海蒂执着地问，"你非要把洋葱生吃了？"

"因为我母亲，"青年回答，"她告诉我感冒的时候吃生洋葱好得快。不好意思当着你的面说我生病了；不过你一定已经发现我患上了感冒，而且还很严重。我本来打算把洋葱吃掉后睡一觉。真搞不懂，我凭什么要为了这点事情站在这里跟你解释呢？"

"你为什么会得感冒？"海蒂用疑惑的眼神打量着他。

青年的情绪好像已经达到了顶峰。他现在面对两个选择——要么发泄出来，要么继续忍耐。他做出了明智的选择。空旷的走廊里一时间被他哑着嗓子的笑声填满了。

"你太了不起了，"他说，"不过这不怨你，你只是太小心了。我还是告诉你吧，我被水浸湿了。前几天我乘坐北河轮渡时，遇见一个姑娘跳船。我见到后，立刻就……"

海蒂做了个手势打断他的话。

"把洋葱给我。"她说。

青年惊讶得合不拢嘴，呆呆地站在原地。

"把洋葱拿过来。"她又补充了一遍。

他撇了撇嘴后，把洋葱递了过去。

海蒂的脸上露出一个耐人寻味的笑容，有点阴冷，也有点凄凉。她一手拉着青年的手臂，一手指了指自己房间的门。

"小兄弟，"她说，"进去吧。你从河里捞上来的小傻瓜就在里面等着你。我可以给你们三分钟时间单独相处。土豆已经在里面了。快进去吧，洋葱。"

他敲了门后，走进了屋子，海蒂转身去水池边把洋葱洗干净，然后把皮剥掉。她阴沉的目光正好落在了外面灰色的屋顶，脸上浮现的笑容转瞬即逝。

"可是那锅炖牛肉本来是属于我们三个的，"她阴沉地自顾自地嘟囔着，"本来就是我们合作炖出来的。"

红酋长的赎金

乍一看起来，这件事是很划算的——还是听我慢慢说吧。我们——我和比尔·德里斯科尔——当时正在南方的阿拉巴马州，突然萌生了绑架的念头。比尔事后对这件事的描述，就是"猪油蒙了心"。可是在事情结束之前，我们根本没有意识到这一点。

那里有一个小镇，就像松软的烤饼一样平坦，当然名字叫"顶峰"。小镇的居民大多务农，并且像围着五月柱①欢庆的农民一样，淳朴善良，自得其乐。

比尔和我的共同财产大概有六百美金，我们还需要两千块钱，才能在伊利诺伊州西部做一笔骗人的地产生意。在旅店门

---

① 五月柱也被称为武术，五朔节花柱。五朔节是欧洲的传统节日，每年的 5 月 1 日举行，用来祭祀树神、谷物神，庆祝丰收，迎接春天。

口的台阶上，我们进行了一番讨论，并得出了一个方案。我们觉得，在这种城乡接合部的地方，人们对子女尤其溺爱，再加上一些别的原因，如果在这里实施一次绑架，那一定会比在处于报纸发行范围内的地方实施有更好的效果。要知道，发行报纸的地方会派出便衣记者，把这件事渲染得满城风雨。而在这个顶峰小镇，人们没有什么好办法对付我们，最多派几个警察，加上几条笨头笨脑的猎犬，并在《农民预算周报》上发表豆腐块那么大的文章，把我们俩臭骂一顿。这么看来，这笔买卖稳赚不赔。

我们挑中了一个小孩，他是这个镇上比较有名望的埃比尼泽·多赛特的儿子。这个父亲很有地位，但是非常小气，喜欢给别人放贷。遇到募捐这类事情，他一个子儿都不会出，一毛不拔。他家的这个小孩十岁左右，脸上长满了浅浮雕似的雀斑，头发的颜色就像你在等待火车到来时在报摊上随手买的杂志封面的颜色。比尔和我猜，埃比尼泽一定会拿出两千块钱赎金。不过，还是听我慢慢说吧。

在距离顶峰小镇两英里的位置，有一座被雪松丛覆盖的小山。小山背面有一个洞，我们把食品和日用品都藏在了那里。

一天傍晚，夕阳刚刚落下去，我们驾驶着一辆马车经过多赛特家门口。那个小孩正在街上，用石子儿打对面篱笆上的小猫。

"小孩儿！"比尔对他说，"你要不要吃糖，再坐着车兜风？"

小男孩朝着我们扔了一个石子儿，打中了比尔的眼睛。

"这下要多跟他老爹要五百块钱！"比尔一边从车上爬下去，

一边唠叨。

那个小孩就像一头次中量级的小灰熊一样，跟我们扭打在一起，不过最后我们终于制伏了他，把他塞到了车厢底下。很快，我们就带着他回到了山洞，并把马拴在了杉树上。等到天黑之后，我就把马车送回了三英里之外租车的村子，然后步行着回到了山上。

比尔不光眼睛被打中了，脸上还有很多抓痕，正在给自己贴膏药。山洞的入口处有一块大石头，后面生着火，火上煮着咖啡，小孩正在看着它。他的红头发上插着两只秃鹰尾羽，看到我走近了，就用一根小木棍指着我，对我说：

"该死的白脸！你竟然敢擅闯平原魔王红酋长的营地！"

"他现在没事，"比尔一边说，一边卷起裤管查看自己小腿上的伤势，"刚才我们在扮印第安人玩。跟我们的节目比起来，野牛比尔的节目就像厅里播放的巴勒斯坦风光幻灯片，毫无趣味。他是红酋长，我是猎人老汉克，是酋长的俘虏，明天一早就要被剥掉头皮。天啊！这个小子踹人可真疼。"

您没听错，这个小子有生以来还是第一次这么快活。他对于能够露宿山洞非常开心，忘记了自己肉票的身份。他迅速给我起了个绰号，叫奸细蛇眼。他当众宣布，等他出征的战士们回来之后，就要在太阳升起时，把我绑在柱子上烧死。

后来我们开始吃晚饭。他用培根、面包和肉汁把自己的嘴塞得满满的，还在不停地说话。现在回想起来，他的即席演说是这样的：

"我特别喜欢这样。这还是我第一次露营；我有一只宠物袋鼠，我已经过完了九岁的生日。我不喜欢上学。吉米·塔尔伯特婶婶的芦花鸡下的蛋被老鼠吃掉了十六个。森林里是不是真的有印第安人？再给我来点肉汁。是不是树动了才会刮风？以前我的家里养了五只小狗。汉克，你的鼻子也太红了！我爸爸特别有钱。星星是不是烫的？星期六那天，我狠狠地抽了艾德·沃尔克两鞭子。我讨厌小姑娘。要是不用绳子，你根本抓不到蛤蟆。牛会叫吗？橘子为什么是圆的？这个洞里有床可以睡觉吗？阿莫斯·莫里有六个脚指头。鹦鹉会说话，可是猴子和鱼不会。几加几等于十二？"

每过几分钟，他就会想起自己是一个凶恶的红皮肤印第安人的事情，就把小棍拿起来当来复枪，蹑手蹑脚地走到洞口，看看有没有可恶的白人探子来侦察。有时候他还会发出作战的呐喊声，把猎人老汉克吓得瑟瑟发抖。一开始比尔就被这个孩子吓坏了。

"红酋长，"我说，"你想回家去吗？"

"回家做什么？"他嚷嚷道，"家里可一点儿意思都没有。我不喜欢上学，我喜欢露营。蛇眼，你应该不会把我送回家吧？"

"现在不回，"我说，"我们还要在山洞里待一阵子。"

"好吧！"他说，"太棒了，简直是太好玩了！"

十一点钟，我们准备睡觉了，就把几条大毯子和大被子铺开，让红酋长睡在我们俩中间。我们可不担心他逃跑。可是他却害得我们三个小时都无法入睡。每过一会儿，他就会抓起他的来复枪在我们的耳边大喊："嘘，别出声！"他幻想的是，外面树枝的断裂声和树叶的沙沙声，都是一些不法之徒偷偷靠近造成的。我翻来覆去了很久，终于迷迷糊糊地睡着了。我做了一个梦，梦见自己被一个红头发的海盗抓了起来，还被绑到了树上。

黎明时分，我就被比尔发出的可怕的尖叫声惊醒了。它并不是大吼、号叫、吵嚷和呐喊中的任何一种，任何一个男性器官都发不出这种噪声——那是像女人见到了鬼或者毛毛虫的时候发出的那种粗鄙、惊恐、丢脸的叫声。天刚蒙蒙亮，就听到一个身强体壮的壮汉发出绝望的、如同失禁一样的叫声，实在是太吓人了。

我一个鲤鱼打挺从地上起来，想要看看发生了什么事情。红酋长正骑在比尔的胸口上，一只手抓住比尔的头发，另一只手里拿着我们昨天晚上用来切肉的小刀，想要执行昨天对比尔的判决——把他的头皮割下来。

我迅速夺下了孩子手里的刀，安抚了好一阵子他才重新躺下。可是现在比尔已经吓坏了。他又躺回了原来的位置，可是只要那个孩子在身边，他就不敢入睡。我又迷迷糊糊地睡了一会儿，天色渐渐地亮了起来，我突然想起他要在太阳升起时，把我绑在柱子上烧死。我没有觉得紧张或者害怕，但还是坐了起来，靠在一块石头上，点上了烟斗。

"山姆，你怎么起得这么早？"比尔问我。

"我？"我说，"我的肩膀有点疼，也许坐着能舒服一点。"

"你骗我。"比尔说，"你就是在害怕。他说太阳升起的时候要把你烧死，你怕他动真格的。他要是能找到火柴，绝对能干出来。太可怕了，山姆，你觉得会有人付钱把这个小魔鬼弄回家吗?"

"当然。"我向他保证,"父母最喜欢溺爱这种淘气的小孩。好了,现在你和酋长去做早餐,我去山顶侦察。"

我爬到小山顶上,环顾四周。我希望看到的是,镇上粗壮的大汉们手持长镰刀和干草叉,到处搜寻绑匪。可是我看了又看,只看到了一片祥和,只有一个人在赶着骡子耕地。没有人在小河里打捞,也没有人飞奔着去向悲痛的父母说孩子毫无消息。我能看到的阿拉巴马这一地区,外表看上去就是一片让人提不起兴致的大田园。我暗想:"也许他们至今还没有发现围栏里的羔羊被狼叼走了。上天保佑狼吧!"然后,我就下山去吃早饭了。

我进入山洞的时候,比尔正靠在洞壁上,气喘吁吁的。小孩手里抓着一块有半个椰子那么大的石头,说要把他砸死。

"他往我的脖颈里塞了一个滚烫的土豆,"比尔痛苦地解释道,"接着又用脚踩烂了,我就打了他两个耳刮子。山姆,你有枪吗?"

我夺走了男孩手里的石头,好不容易平息了这场争执。"我一定会收拾你的!"小男孩还不罢休,说,"打了酋长的人,绝对逃不过他的报复,你等着!"

吃完早餐,那个小子从口袋里掏出一片缠绕着绳索的皮革,拿到山洞外面去解开。

"他要做什么?"比尔十分着急,"山姆,你说他是不是要逃走?"

"这一点不用担心,"我安慰他,"他可不像是恋家的孩子。至于我们,该想一想怎么勒索赎金了。他的失踪好像并没有在顶峰镇上引起任何风浪，不过也有可能是别人还没有发现他失踪了。家里人也许认为他去了简姑妈家或者邻居家过夜了。不管怎么说，今天人们肯定会开始找他的。我们今天晚上就要给他爸爸送信，让他掏两千块钱把孩子赎回去。"

我的话刚说完，就听到了一阵呼哨，正如大卫打倒巨人歌利亚的时候，他的机弦发出的声音。① 我回头一看，红酋长正举着从口袋里拿出的那副弹弓，在头顶转圈儿。

我赶快闪开，然后听到了"砰"的一声，然后是比尔的哀号，这声音听起来就像一匹马被取下马鞍之后的叹息。一块有鸡蛋那么大的黑色石头击中了比尔的左耳后面。他好像浑身散了架，一下扑进了火上煮着的一锅准备用来洗碗的热水里。我手疾眼快地把他拖了出来，往他的头上倒了很多冷水，折腾了有半个多小时。

过了一会儿，比尔苏醒过来，刚坐了起来，摸着耳朵后面对我说："山姆，你知不知道我最喜欢《圣经》里的哪个人?"

"别紧张，"我说，"你很快就能清醒过来。"

"是希律王②!"他说，"山姆，你不会把我一个人扔在这儿，自己走掉吧?"

我走出山洞，抓起那个小子的肩膀使劲摇晃，差点把他脸上的雀斑摇下来。

---

① 在《圣经》故事里，犹太人的王，也就是大卫，只靠一个甩石机弦和几粒石子，就打败了巨人歌利亚。

② 希律王：耶稣童年时代统治整个犹太地区的人，非常残暴，杀死了很多婴儿，包括他自己的三个儿子。

"你要是不老实一点，"我说，"我现在就送你回家。你还要继续捣蛋吗？"

"我只是开玩笑罢了，"他嘀咕道，"我不是存心要伤害老汉克的。可是他为什么打我？蛇眼，只要你别送我回家，并保证今天让我玩黑侦探的游戏，我一定会听你的话。"

"我可没听说过什么黑侦探游戏，"我说，"你得去和比尔先生商量，今天只能他陪你玩。我要离开一阵子，去处理一些生意。你跟我进来吧，跟比尔先生重新做朋友，为打他的事情向他道歉。否则，我现在就送你回家。"

我让他和比尔握手，表示和解。然后我把比尔叫到一边，告诉他我要去距离山洞有三英里的波普拉湾村，打探一下顶峰镇的人对这起绑架事件有什么反应。而且，我觉得今天一定要给多赛特送一封言辞凶狠的信，告诉他要支付多少赎金，以及怎么支付。

"山姆，我要告诉你，"比尔说，"我跟你一起经历了那么多风风雨雨，我们一起面对了地震、大火和流血——还有在赌局里，面对爆炸，逃避警察追捕，抢劫火车，以及遭遇龙卷风，我连眼睛都不会眨一下。在咱们绑架这个两条腿的小火箭炮之前，我从来都不知道什么叫畏首畏尾。他简直要把我吓死了，山姆，你应该不会让我跟他独处很久，对不对？"

"下午我就回来。"我安慰他，"在我回来之前，你一定要确保他满意，让他别折腾了。好了，现在给老多赛特写信吧。"

比尔和我找来了纸笔，开始写信。红酋长在身上裹了一张毯子，昂首挺胸地在门口走来走去，称之为守卫山洞的安全。

比尔痛哭流涕地请求我把赎金降低到一千五。"我不是想贬低父母的感情，"他说，"可是我们是在和人打交道，不管让谁拿出两千美金把那个四十磅重的雀斑肥野猫换回去，都是非常不人道的。我宁愿只要一千五，差额从我名下扣除。"

为了安抚比尔，我同意了，写下了下面这封信：

埃比尼泽·多赛特先生：

现在您的儿子在我们手里，我们把他藏在了一个距离顶峰镇很远的地方。无论是您还是最干练的侦探，都是不可能找到他的。当然，只要您可以满足我们下面的要求，我们就会把他完好无损地送回您身边：准备一千五百美元的大钞，务必在今天午夜之前把钱和您的回信放在同一个地点的同一个盒子——至于具体地点，我们会在下文说明。如果您同意我们的条件，今天晚上八点半派信使把您的答复送过来。跨越猫头鹰溪前往波普拉湾的路上，在右边距离麦田围栏不远的地方，有三株相距一百码远的大树。正对第三棵树的栏杆下面，有一个小纸盒。

让信使把回信放进盒子里之后，立刻返回顶峰镇。

如果您跟我们耍阴谋诡计，或者无法满足我们上述的要求，就永远别想见到儿子了。

如果您按照我们的要求交够了赎金，他会在三个小时内安全回家。以上是我们的底线，要是您不乐意，就没有再沟通的必要了。

两个亡命徒敬上

我在收件人那一栏写上了多赛特的名字，然后把信放进了口袋。我刚要出发，那个小子就走过来对我说：

　　"蛇眼，你是不是说过，你走之后，我可以玩黑侦探的游戏？"

　　"当然可以玩。"我说，"让比尔先生陪你玩吧。不过这个游戏到底是怎么玩的？"

　　"我当黑侦探，"红酋长向我解释，"我要骑着马到栅栏那边警告居民们，印第安人来犯了。我已经厌倦了当印第安人，现在我要当黑侦探。"

　　"好吧，"我说，"听起来还好。比尔先生应该会和你一起打退那些讨厌的野蛮人的。"

　　"需要我做什么？"比尔看着小孩，满眼警惕。

　　"你当我的马！"红酋长，不，现在已经是黑侦探了，"快点趴在地上。要是没有马，我怎么去栅栏那里呀！"

　　"你最好可以引起他的兴致，"我说，"至少坚持到我们的计划实现。不要担心，想开点。"

　　比尔趴到了地上，他的眼神和兔子落到陷阱里时的那种眼神差不多。

　　"小子，这里距离栅栏多远？"比尔嘶哑地问。

　　"九十英里！"黑侦探说，"你得跑得快一点才行。走吧，驾！"

　　黑侦探跳到比尔背上，用鞋子使劲踢他。

　　"天啊！"比尔痛苦地尖叫，"山姆，你一定要快点回来，越快越好。我现在已经开始后悔要了一千多块钱的赎金了。你要是再踢我，我就站起来收拾你！"

我步行前往波普拉湾，途中在邮局和杂货铺小坐了一会儿，跟那些来买东西的庄稼汉聊了聊。有一个满脸胡子的人说，顶峰镇的居民都十分悲伤，因为埃尔德·埃比尼泽·多赛特的儿子不见了，也不知道是走丢了，还是被偷走了。这不就是我想要知道的吗？我买了点烟叶，随便谈了谈豇豆的价钱，然后趁着没有人注意，偷偷地把信扔进了邮筒里。据邮政所长说，一个小时内邮递马车就会把信取走，送到顶峰镇去。

我回到山洞之后，既没有看到比尔也没有看到孩子。我在山洞周围找了一圈，还冒着风险喊了一两声，可是根本没有人回应我。于是我点起烟斗，坐在长满苔藓的岸边，静待事态发展。

过了半个小时，我听到树丛里传来了响声，比尔摇摇晃晃地钻出来，走到了山洞前的一小片空地上。那个小子跟在他身后，像个侦探一样蹑手蹑脚地，还一脸坏笑。比尔停下来，把帽子摘下，拿起一块红手绢擦脸。孩子停在了他背后八英尺远的位置。

"山姆，"比尔说，"也许你会觉得我坑了你，可是我再也受不了了。我是一个顶天立地的男子汉，我有自卫的习惯，可是我的自尊和优越性现在完全没有了。那孩子走了。我放他回家了。一切都结束了。古代的那些殉道者，"比尔继续说，"他们为了自己坚持的道义主张，宁愿放弃生命。但是我可以断定，他们中没有任何一个遇到过我所承受的这种非人的折磨。我已经尽力执行我们的绑架计划了，可是我真的受不了了。"

"比尔，出什么事了？"我问。

比尔说："他骑着我，去了九十英里之外的栅栏，一步都不少。然后，这个小子解救了居民们，就喂我吃燕麦。我要说，沙子可不能替代燕麦。然后我用了整整一个小时的时间，才跟他说清楚为什么山洞里什么都没有，为什么路上可以来回走，为什么草是绿色的。我告诉你，山姆，人的承受能力也就只有这么多了。我揪住他的领子，把他拖到了山下。他在路上一直踢我，把我的小腿踢得青一块紫一块，他还把我的大拇指咬了几口，烧伤了我的手。"

"可是不管怎么说，他总算是回去了，"比尔说，"他已经回家了。我告诉他该怎么去顶峰镇，然后朝着那个方向踢了他一脚，足足把他踢出去八英尺远。很抱歉，我们的赎金泡汤了，可是如果不这样做，比尔·德里斯科尔就要进疯人院了。"

比尔总算把话说完了，上气不接下气的，那红扑扑的脸蛋上却有一种说不出的安逸。

"比尔，"我说，"你们家有没有亲戚得过心脏病？"

"没有。"比尔说，"没有慢性病，只有人得过疟疾，出什么事了？"

"那你回头看看吧！"我说。

比尔回过头，看到了那个孩子，脸色一下子变得苍白，一屁股坐在地上，了无生趣地拔着地上的草。接下来的一个小时，我都在为他的神经担心。然后我告诉他，我打算迅速了结这件事。只要老多赛特能够答应我们的条件，我们今天半夜就可以拿着赎金，永远离开这个地方。经过我的安抚，比尔似乎好了一点，硬是对着那个孩子挤出了一丝笑容，还向他承诺，等他舒服一点，就跟他玩日本人和俄罗斯人打仗的游戏。

我对于收取赎金有一番谋划，不用担心落入对手的圈套，这是一个职业绑架者应该具有的素质。我选择放回信和赎金的地方，也就是那棵树下，距离公路护栏非常近，四周都是开阔的田野。如果警察埋伏在那里，监视前来取信的人，在他们从麦田赶往这里的路上，或者刚走到大路上，就会暴露。可是，事情并没有这么简单。我会在早上八点半的时候爬到树上，像树蛙一样躲藏起来，等候着信使的到来。

到了约定的时间，一个半大小子骑着自行车按时出现了，他找出那个纸盒，往里面塞了一张折好的纸，就骑着车往顶峰镇的方向走了。

我在树上足足等了一个小时，觉得应该不会有什么意外了，就从树上爬下来，拿到纸条之后迅速沿着围栏跑到了树林里，又跑了半个小时回到了山洞。我打开纸条，靠近油灯，把上面的内容念给比尔听。字迹非常潦草，是用钢笔写的，大概内容是这样的：

两个亡命徒

二位先生，我今天收到了你们二位写来的信，让我拿钱赎回我的儿子。我觉得你们二位的要求太高了，在此提出以下建议，我觉得你们一定会接受的。你们把强尼带回家，并给我二百五十美金，我就愿意接收他。我建议你们最好夜里来，因为邻居们都以为他失踪了。如果人们看到你们把他送回来，我不敢保证他们会采取什么样的措施对付你们。

致敬

埃比尼泽·多赛特

"这个彭赞斯的大海盗，"我忍不住惊叹，"居然还有人脸皮这么厚……"

我的话还没说完，用眼角的余光瞥到了比尔，就把后半句话咽回了肚子里。他的眼神里充满了哀求，不管是哑巴还是在不会说话的畜生的脸上，我都没有见到过这种表情。

"山姆，"他说，"只不过是二百五十块钱而已，根本不算什么，我们完全可以拿出这笔钱。要是再跟他多待一晚上，我一定会进疯人院的。再说，我觉得多赛特先生提出这么大方的条件，是非常有风度的。你肯定不会放弃这个机会，对不对？"

"说实话，比尔，"我说，"我也觉得这个小宝贝让我毛骨悚然。我们现在送他回家，付过赎金之后赶紧逃走。"

当天晚上，我们俩就送小孩回家了。我们骗他说，他的爸爸给他买了一把镀银的来复枪，还有一双鹿皮鞋，明天会带他去打狗熊。

午夜十二点的时候，我们敲响了埃比尼泽家的前门。我们原本的计划是，此时的我应该从树下的盒子里取走一千五百块钱，而现在，比尔却将二百五十块钱交到多赛特手上。

孩子发现我们要把他留在家里，马上发出了火车头一样的嘶吼声，还像水蛭一定扒着比尔的大腿，死活不松手。他爸爸就像撕膏药一样，一点一点地把他揭了下来。

"你能抓住他多久?"比尔说。

"我的力气可是大不如前,"老多赛特说,"不过我应该可以为你们争取十分钟的时间。"

"足够了。"比尔说,"我可以用十分钟穿过中部、南部和中西部,跑到加拿大边境。"

虽然天色很黑,比尔很胖,而我也跑得飞快,可是直到跑到距离顶峰镇一英里半之外的地方,我才追上他。

黑杰克山的生意人

　　戈里是杨西·戈里律师事务所里最让人不忍直视的人，他丝毫不在意自己的形象，就那样躺在一把吱吱响的带着扶手的旧椅子上。这一间用红砖堆砌成的并不牢固的办公室就坐落在贝瑟尔小镇的主街道上。

　　贝瑟尔镇位于蓝岭山脉上。小镇背后依附着连绵不绝的山峰，山峰高得直入云霄，山脚下的远处便是污浊的卡托巴河，在惆怅的山谷里呈现出一条崎岖向南的黄色水流。

　　六月份最闷热的时间莫过于这个时候。贝瑟尔镇在热气腾腾的山峰笼罩下打着瞌睡。铺子里的老板都休息了。周围非常安静，戈里依旧瘫在椅子里，可以听得见大陪审团房间发出的筹码互相撞击的声音，"法院帮"中有几个人正在里面打牌。办公室的后门没有关，外面有一条被践踏得乱糟糟的草坪小道，一直通向法院。戈里就在路的尽头那边把自己的全部家当输了个精光——先是继承得来的几千块钱，随后是一幢老房子，最后就连他仅剩的为数不多的自尊及男人的尊严都丢掉了。他把一切都输给了"法院帮"。什么都没有的赌鬼从那个时候开始成为酒鬼和寄生虫；让他输得什么都没剩的几个人不再让他接触牌桌，没想到他还等到了这个时候。没有人在乎他说的话。平日里打牌也有了新的牌友，他只能做一个不起眼的局外人。警长、书记员、身材壮硕的副警长、笑里藏刀的律师，还有一个从"山里来的"小白脸男人霸占了牌桌，被榨干的戈里有苦难言，只能躲在一旁等待机会。

意识到自己已经被淘汰，戈里只能转过身回到办公室，一路上他骂骂咧咧步履蹒跚地走过那条泥泞的小路。回到原地，他在桌子下面的酒坛里舀出满满一大杯玉米威士忌一饮而尽，沉重地摔进了椅子中，发呆地看着夏天雾霾当中的山丘，眼里浮现出一股悲伤的缄默。远处黑杰克山的一侧，一座白色方形好似补丁似的小山延伸开来，那里就是劳雷尔镇，旁边的小村子就是他的家乡。那里同样是戈里家族与科尔特兰家族发生恩怨的地方。双方的长辈们世世代代争斗直至今天，戈里这个让人榨干的倒霉蛋是家族里唯一的嫡系子孙。科尔特兰家族的人丁也不兴旺，仅有的果实——艾伯纳·科尔特兰上校，有钱且被人尊重，他是一名州议员，与戈里的父亲是一代人。两个家族世世代代的恩怨在当地是具有代表性的，历史里满是仇恨、迫害和杀戮，充满血腥。

但杨西·戈里却没有时间去思考仇恨。他那醉得成一锅粥的脑袋此刻正努力思考着自己以后要如何生活，以及他最喜欢的老本行。这些日子里，他凭借着老朋友的施舍勉强度日——但他们不会为他买威士忌，可他没有威士忌就活不下去。他没有办法继续做律师了，已经有两年没有官司打了。他如今只不过是个负债累累的穷鬼和吸血鬼，而且他好像已经不能继续堕落了。如果他还有一次机会——他会这样对自己说——只需要一局，他有把一切赢回来的信心；把所有值钱的东西卖光了，他的信誉也耗费光了。

虽说生活凄惨，可是每每想到半年前那个买了戈里家族老房子的男人，他还会忍不住想要笑。从大山里"背光面"那里来的两个怪异的人，派克·加维及他的妻子。提起"背光面"那里，只要用手朝着山里指，当地人都会知道是怎么回事，意思就是指大山深处的偏僻的地方，人迹罕至的峡谷，逃犯们的栖身之所，到处都是狼窝和熊洞。这是一片荒芜的区域，黑杰克高高耸起的脊梁上建了几所木房子，那对怪异的夫妻就住在里面。他们在那里住了二十年，他们不仅没有养狗而且还没有生孩子，没有什么可以让山间喧闹的东西。派克·加维在附近的名气并不大，但是与他有过交集的人都觉得他是个"蠢疯子"。他只承认打松鼠是自己的职业，可有时他还会帮人运输私人非法酿造的威士忌。有一次，征税人员把他从房间里扯出来，他却如同猎狗似的一声不响地抵抗了一会儿，然后被丢进监牢服刑两年。刑满释放后，他犹如一只发怒的黄鼠狼一样冲回自己的老窝。

幸运之神错过了许多心急的祈求者，诡秘地朝着黑杰克山的森林中飞去，朝着派克及他忠贞的伴侣微微一笑。

有一天，一队戴着眼镜、身穿灯笼裤，装扮奇特的勘探人员突然来到加维的小房子周围。派克误认为他们是收税人员，就把打松鼠的来复枪从钩子上拿了下来，隔着很远的距离朝着他们打了一枪。多亏那一枪没有打中，侥幸的人们一无所知地继续前行，走到跟前才发现，这家人原来与法律和公证都毫无关系。稍晚一些时，他们拿出大把大把的钞票摆在加维夫妇的面前，每一张都是崭新的，说是要买下属于他们的三十亩荒地。关于他们为什么会有如此疯狂的行为，他们虽然提到过，但是没有详细说，只说过在那块荒地下面蕴藏着云母层类的矿石。

如此多的钱财突然从天而降，加维夫妇开始渐渐地不满意黑杰克山中的生活了。派克计划着买一双新鞋，再弄上一大桶烟草放在角落里，还要买新的撞针给来复枪换上。所以，他带着马泰拉下到半山腰的一个地方，用手指着一个方向说要把一门小型的加农炮安放在那里——他们绝对有钱买——就可以严防死守住前往小房子的仅有的一条路，把那群收税者和不速之客全部隔离在外。

不幸的是，亚当和夏娃的心意并不相通。在他眼里，这些只是钱财，而他想不到，在幽暗的小房子内，欲望逐渐升腾，迅速冲向天空，完全不在他的预计范围内。加维太太内心里的某一处还遗留着一丝女人的幻想，即使在黑杰克山中漫长的二十个冬去春来都没有被消耗光。这些年来，她能够听到的声音有中午树皮掉落发出的噼里啪啦的响声，有夜晚狼群在山中的号叫声，这一切原本应该把她内心中的虚荣全部消耗光。她的身形逐渐肥胖，心情逐渐低沉，脸色也逐渐变得蜡黄忧郁。但有了钱财以后，她内心里的欲望又升起来了，她想要再一次享受女性特权——例如坐在茶桌边品茶，例如买一些杂七杂八的东西，例如在乏味的生活中增添一些新的形式或者仪式。所以，她毫不留情地对派克提出的巩固防御的想法提出了反对意见，并且宣告他们要再一次回到大众视野中，参加各种社交活动。

最后，她如愿以偿了。加维太太和派克两人在选择过原始孤独的峡谷生活，还是过大城镇生活上各自让了一步，决定去劳雷尔镇。劳雷尔镇的社交圈勉强能够让马泰拉觉得满意，对于派克来说这里并不是一点好处都没有，因为它距离山很近，如果他无法融入社会，他可以立马回到原处。

这对夫妻来到劳雷尔镇的时候，正好遇见了杨西·戈里想要将房子卖掉换钱。所以，他们购买了戈里家的老房子，往败家子哆哆嗦嗦的手里塞了足足四千块钱钞票。

到最后，戈里家族最后一个臭名昭著的继承人被往日"好友"们背叛，不顾及形象地躺在自己办公室里时，他父亲的人房子里也被两个陌生人占有。

一朵夹杂着灰尘的云彩顺着热气腾腾的大街逐渐向这边飘来，里面好像有什么东西在乱动。灰色的云彩被一阵微风吹散了一点，一辆车漆闪闪发亮的马车呈现在眼前，一匹灰色的马正慵懒地拉着车。车子从路中间朝着戈里的办公室方向驶来，在门口的排水渠边停了下来。

一位身形瘦弱的高个子男人坐在马车的前座上，他穿着一件黑色的绒面呢子料做的利落的大衣，一双不灵活的双手上戴着一双黄颜色的羊羔皮手套。后座上坐着一位丝毫不惧怕六月份天气的女人。她结实的身体被一件紧身的丝绸长裙紧紧包裹住，就是那种被称为"弹力塑身"的面料，金光灿灿。她的身体挺得笔直，手里还拿着一把图样复杂的扇子，眼睛直勾勾地看着道路前方。虽说玛泰拉·加维的心里为现如今阔气的生活觉得高兴，可黑杰克山在她外表留下的痕迹却怎么也抹不掉。它把一副空虚浅薄的表情刻在她的脸上；把她的心变得犹如石头一样反应迟缓及荒山一样的寂静。不管在哪里，她好像都可以听见树皮掉落后顺着山坡渐渐滑下后发出的声音。每到寂静的夜晚，她似乎都可以听见从黑杰克山上散发的令人恐惧的寂静。

戈里无趣地眼看这辆庄重的马车来到门口。但是当瘦高的车夫收好马鞭，费力地下车，来到办公室时，他立马蹒跚地站起来，朝着派克·加维这位刚刚迎接新生，重新回到文明社会的新好友迎了上去。

山里人坐在了戈里让出来的椅子上。那些猜想加维脑子是不是坏掉的人，只不过是根据他的长相猜测的。他的脸比一般人都要长，是暗红色的，脸上的表情犹如雕像一样僵硬，一双淡蓝色的眼睛好像从来都不眨，一张枯燥恐怖的脸颊上一根睫毛都没有。对于面前这位来访者，戈里暂时还不知道他有什么意图。

"生活在劳雷尔镇很棒吧，加维先生?"他问道。

"还不错，先生，我和我妻子都对你的房子很满意。我妻子很喜欢你的老房子，也喜欢生活在那里及那里的邻居。她很早以前就想回归社交圈，这下也完成愿望了。罗杰斯、哈普古德、普拉特及特洛伊几家人都和她成为了朋友，我们还邀请他们用过餐。好邻居们还和她一起去参加不同的活动。但是戈里先生，我对这件事情毫不在意——我认为那里才是最好的去处。"加维用戴着黄色手套的大手指着大山的方向。"我属于那里，我的朋友是野蜂和狗熊。但是我并不是找你聊这些的，戈里先生。你这里有我和我妻子想要购买的东西。"

"买?"戈里又问了一次，"和我买?"他大声笑了出来，"我猜你是搞错了，你一定是搞错了。我的一切都卖给您了，您不是也说了嘛'房子、牲畜及生活用具'，全部都卖掉了。我连一根棍子都没有还卖什么。"

"你有啊，我们就想买那个。'拿着钱，'我妻子说的'开出一个合理的价钱就买下'。"

戈里摇了摇头，"我连酒柜里都是空的。"他说。

"我们有钱，"山里人好像并没有听出来他在拒绝，接着说，"之前我们一穷二白，现在我们每天请人吃饭都不难受。我妻子说，一些上流社会的人都知道我们了。但是我们却还差点儿东西。她说必须要有这个，要放在人前让人看到，但是现下我们真没有。'你收钱，'她说，'开出一个合理的价钱就买下。'"

"究竟想买什么，说吧。"戈里已经开始烦了。

加维摘下他的软帽丢在桌子上，朝着戈里凑过来，目不转睛地看着戈里。

"你家和科尔特兰家，"他一字一句地说，"有恩怨吧?"

戈里立刻有一种不祥的预感，他皱了皱眉。对一个毫无关系的陌生人讲述家族恩怨，这种行为已经违反了山地人礼节的底线。和自己的律师职业一样，"背光面"的人对此了如指掌。

"不要误解，"他继续说，"只是个交易。我妻子专门研究过家族恩怨这件事情，说我们山里最有地位的家族全都与人有恩怨。例如赛特尔家与格弗斯家、兰金家与博伊德家、塞勒家与盖洛韦家，他们之间的恩怨已经有二十几年甚至过百年。你们家族最后一个结怨的是你伯父佩斯里·戈里法官与伦恩·科尔特兰吧？你伯父坐在长椅上开了一枪要了人家的命。我妻子和我都是白手起家，没有什么机会与人结怨。我妻子说，上等人遍地都是仇人。虽然我们不能算作上等人，但是也想尽力融入这个圈子。'你收下这些钱，'我妻子说，'开个合理的价钱，把与戈里先生有仇的人卖给我们。'"

松鼠猎人迈出一条腿，宽度差不多有半个客厅那么大，他从裤兜里拿出一卷钱丢在桌子上。

"两百块钱，戈里先生。买你家族的世代恩怨还算合理吧。你的家族只有你一个人，只要杀一个你都赚到了。杀人的事情让我来，这样的话，我和妻子都能够栖身上等人的圈子。我就把钱放在这里了。"

桌子上一卷纸钞逐渐展开，褶皱打开时微微颤抖着。加维刚刚说完，陪审团屋子里的扑克筹码声特别响亮，可以听得非常清楚。戈里猜到这局的赢家是警长，因为每次他赢牌的时候都会发出低沉的欢呼声，声音透过热浪的间隙扩散开来。戈里的眉宇间有了汗珠。他弯下身子，从桌子下面拉出一个用柳条编成的篮子，里面装着一个酒坛，他斟了满满一杯酒。

"想喝点玉米酒吗，加维先生？您刚才一定是逗我玩的吧？

真是开辟了一个新市场,是不是?什么恩怨啊、尊严啊、两百五至三百啊。还有仇敌啊,教训一下对方什么的……您是要出两百块钱吗,加维先生?"

戈里尴尬地笑了。

山里人从戈里那里接过酒杯,眼都没眨一下就干了。律师看他的眼神里充满崇拜,之后又为自己倒满一杯,犹如一个老酒鬼一样一口喝下,可酒气和味道却把他呛得直咳嗽。

"两百块钱,"加维又说了一次,"我把钱就放在这里。"

戈里的心里产生一股冲动。他用拳头全力砸在桌子上,桌上的钱弹起来正巧撞在他手上。他好像被虫子咬了一样快速把手收了回去。

"你给我过来,"他大声地吼道,"难道你真的要跟我做这个荒唐又羞辱人的无知的生意吗?"

"这很合理。"松鼠猎人一边说一边把手伸出来,好像打算把钱收回去。戈里现在明白了,他的愤怒并不是来源于尊严或者仇恨,而是源于对自己的愤怒,因为他明白了,一个深不见底的深渊正在吞噬他,而他的一只脚马上就要迈进去了。接下来的一秒,他从一个愤怒的绅士一下变为一个心急火燎的推销员。

"别急,加维。"他的脸色憋成了暗红色,并用粗大低沉的嗓音说,"我同意你的意……意见,即便只有这么两百块钱。只要做……做生意的双方……双方意见统……统一,那就是一桩好……好生意。我们就……就这么说定了,加维先生?"

加维站起身后拍了拍大衣。"我妻子这回高兴了。你去将这件事传播开，这便成为科尔特兰家族与加维家族的恩怨了。你给写个凭证吧，戈里先生，你是律师，写个交易的证明吧。"

戈里拿来纸和笔。他把钱紧紧地握在已经出汗的手掌里。跟它相比，任何事情都不值一提。

"交易证明，这个可以。'权益，权益人，获益和利息……长期证明并且……'不，加维，这个'预防风险'我们还是不要吧，"戈里大声笑着，"你必须要维护好自己权益人的权利。"

律师将神奇的文件递给山里人，山里人一本正经地将其认真叠好，然后谨慎地放在兜里。

戈里站在窗户旁，"来，"他立着手指说，"我帮你介绍一下你刚刚买到的仇家。喏，就是正从大街往这边走的那个人。"

山里人将瘦高的身子缩起来后，朝着窗户外边手指的方向看。艾伯纳·科尔特兰上校，一位身材高大的五十多岁的绅士，穿着一件象征着议员身份的双排扣长大衣，头上还戴着一顶款式古老的丝绸高帽，正在对面的人行道上走着。加维认真看着他，戈里用眼睛审视着加维的脸。假如这世界上有黄狼这样的动物，那么这位一定就是与它最相近的人。加维龇牙咧嘴地低声喊着，如野兽一般的眼神死死地盯着正在前行的身影，亮出长长的尖锐的黄牙。

"是他？我就是被这个家伙关进监狱的！"

"他曾经担任地方检察官，"戈里不走心地回答，"哦，还有，他的枪法非常了得。"

"我在百码外同样可以打中松鼠的眼睛，"加维自豪地说，"他原来就是科尔特兰！那这笔生意可比我原本料想的要更赚。

这个仇家我负责了，戈里先生，一准比你处理得好!"

他来到门口，但是没有马上走出去，而是等了等，有一点想不通。

"还有其他事?"戈里的语气中带有一丝不屑地问，"还想买家族习惯、祖宗灵魂又或者是不能对外人说的丑事吗？价钱便宜。"

"确实还有一件事，"松鼠猎人原地不动，"我妻子曾经嘟囔过。对于我来说没有任何意义，但是她一直让我问问，若是你愿意的话，'我们给钱，'她说，'给他一个合理的价钱。'戈里先生，你的老房子的院子里有一个墓地，位于雪松树下的那个。那里埋葬的是被科尔特兰家杀死的你们家族的亲人们，墓碑上还刻着姓名。我妻子说，家族墓地象征着上等人。要是我们有了仇人，必须也要有对应的目的才行。只不过墓碑上刻的姓氏都是'戈里'，如果可以改成我们家的姓氏……"

"滚! 赶快滚!"戈里愤怒地吼道，脸被气得发紫。他朝着山里人伸出手，手指无法抑制地打弯哆嗦起来，"滚! 你这个挖坟掘墓的盗贼! ——滚!"

松鼠猎人弯着腰走出门去往马车上爬。门外，他吃力地爬上车架；门里，戈里快速将刚刚从手里掉落在地的钱全部捡起来。马车慢慢掉转车头，房间里的羔羊已经换了一身全新的厚羊毛，一个箭步蹿上通往陪审团屋子的小路，急不可待的样子很丢脸。

凌晨三点钟，他的羊毛再次被剃光后遣送回办公室，头昏脑涨。警长、身材壮硕的副警长、书记员及笑里藏刀的律师扶着他，"山里来的"小白脸男人一路陪着他。

"放到桌子上。"其中一个人说道，我们一起把他抬到桌子上，让那些一文不值的文书陪他一起躺着吧。

"杨西只要喝多了就总想着抓一对二。"警长深思着长舒一口气。

"他想得太美了，"笑里藏刀的律师接着说，"他醉成这样，就不应该玩牌。我都计算不出他今天晚上究竟输了多少。"

"两百左右吧。我不明白这钱究竟是哪里来的。据我了解，这一个多月杨西一分钱都没赚到。"

"估计找到了一个客户。天马上亮了，我们还是回去吧。他清醒后就好了，只不过届时脑子里犹如多了一个蜂巢。"

一群人蹑手蹑脚地离开，在晨光中消失。下一道照射在戈里身上的光芒就是太阳发出来的。阳光从没有窗帘的窗户中闯进来，沉睡人的身体首先被一股浅金色的洪流包围，随后他红色的皮肤又被夏天刺眼的白光照射。戈里抽搐了几下，昏昏沉沉地从桌子上的废墟当中抬起头，躲避透过窗子射进来的阳光。他把眼睛睁开，一位身上穿着黑色双排扣长大衣的男人正哈腰盯着他。视角继续往上，眼睛看到的是一顶很旧的绸帽，帽子下面就是艾伯纳·科尔特兰上校那张和蔼又慈祥的脸庞。

上校不知道对方是不是能够认得自己，只能站在一边慢慢等。二十年以来，只要是这两个家族的男人见面就一定会爆发战争。戈里竭尽全力睁开眼睛，拼命将目光都集中在这个人身上，然后露出一个发自肺腑的笑容。

"您带着斯黛拉和露西过来玩吗？"他平和地问。

"你知道我是谁，杨西？"科尔特兰问。

"是的。您还送过我一根尾巴上有哨子的鞭子呢。"

对啊——那已经是二十四年前的事了，那个时候杨西的父亲和他还是最要好的朋友。

戈里的眼睛扫视着整个屋子。上校立刻就懂了。"躺下别乱动，我帮你拿。"他说。后院有一个水泵，戈里再次闭眼，安静地听着水泵把手发出的声响，接下来就是咕咚咕咚的水声。科尔特兰为他端来一壶冰凉的清水，递到他的嘴边。戈里坐起身来——瞧见自己颓废的样子，亚麻布制成的夏季衣服脏乱不堪，凌乱的头发正瑟瑟发抖地站在他丢人的脑袋上。他想要与上校打招呼。

"这……这个模样，让您看……看笑话了。"他说，"昨天夜里我一定是喝了大量威士忌后，在桌子上就这样睡着了。"他的眉毛皱在一起。

"和朋友们出去玩了吗？"科尔特兰亲切地问。

"没有，我什么地方都没去。我已经两个月没有进账了。我太喜欢喝酒了，我改不掉，我承认。"

科尔特兰上校轻拍着他的肩膀。

"杨西，刚刚，"他说，"你问我是不是带着斯黛拉和露西过来玩儿。那个时候你一定还是迷糊的，肯定是梦见儿时的事情了吧。如果你清醒了，那么我希望你可以继续听我说。我正打算帮助斯黛拉和露西找回当年的小玩伴，来寻找我老友的儿子。她们都认为我可以把你带回家，你也可以从她们那里体会到如同以往一样的热情与关爱。希望你可以来我家里住，直至你重新振作，如果你高兴，住多久都可以。我们打听到你最近生活得并不好，一直被一些不好的东西诱惑并深陷其中，大家都认为你必须到家中和往日的小伙伴们住在一起。你觉得呢，孩子？你是否愿意忘记我们两家曾经有过的那些恩怨，随我一起走呢？"

"恩怨！"戈里眼睛睁到最大，"在我的记忆里，我们两家并没有什么恩怨。我还觉得我们两家原本就是要好的朋友。但是，亲爱的上校，我这个样子怎么能够去你家呢——一个酒鬼，一个落魄的败家子和赌徒……"

他从桌子上踉踉跄跄地滚下来，一下子跌进了扶手椅里，悲伤的眼泪止不住地往下流，全都是悔恨和羞愧。科尔特兰不断地安慰他，跟他讲明道理，提起他过去曾经在山里度过的那些愉快的时光，并一再坚持邀请他。

最终，上校说服了戈里，原因是他想要把很多木材从地势较高的地方运到水路上，希望戈里可以帮助设计工程和运输方式。他了解，戈里以前发明过一些滑道和斜槽，专门用于做这种事情，那便是戈里最自豪的一项技能。一番话，让他这个可悲的人因为意识到还有人需要自己而感到一丝光明。他把纸放在桌子上摊开，迅速在上面画着线条——虽然线条并不整齐——向对方展现他想要做什么，会怎样做。

这个男人开始厌恶山外的世界。他一颗浪荡公子的心如今也开始向往过上美好的山里生活。但是他的脑袋还没有想通，过去的种种及思考问题的能力也逐渐回到大脑里，就好像是海鸥穿梭在狂风暴雨的海面上一样。可是科尔特兰却对这些进展十分满意。

一天下午，贝瑟尔小镇上发生了一件令人不可思议的事情：姓科尔特兰和姓戈里的两个男人，十分友好地一起并肩骑在大马上招摇过市。他们俩并肩前行，把满地灰尘的街道及尖叫的镇上百姓都丢在身后，越过溪谷小桥，直奔山里。败家子洗漱整理好之后，形象大变样，只不过坐在马鞍上依旧有点不稳，而且看上去好像还有心事。科尔特兰任由他独自发呆，渴望生活可以改变他，并让他重新回归平静。

忽然，随着一阵抽搐，戈里险些瘫倒在马背上。他不得不从马背上下来坐在路旁休息。上校的心里好像早已经对这种事情做好了准备，早就准备好一壶威士忌，可当他想将酒壶给戈里时，却遭遇了几乎暴力的对抗，并且还有一段戒酒誓言。时间一点一滴地过去了，戈里的状况逐渐好转，又沉着安定地继续骑了一两英里。突然，他迅速勒紧缰绳，说道：

"昨天晚上我输掉了两百块钱，打牌时输的。真稀奇，我的钱是哪里来的呢？"

"别紧张，杨西。山里的微风一定会让你快速回想起来的。到家之后，我们做的第一件事情一定是钓鱼，就在顶峰瀑布那里。生活在那儿的鳟鱼活蹦乱跳的，好像青蛙似的。顺便把斯黛拉和露西都带上，然后去老鹰岩野餐。杨西啊，你难道忘记了对于一个食不果腹的渔夫，核桃腌火腿三明治的味道究竟会是怎样的呢？"

很明显，上校没有将他输钱的事情当回事，戈里也一个人陷入沉思。

贝瑟尔镇和劳雷尔镇距离十二英里，傍晚的时候，他们已经走过了十英里。戈里家的老房子距离劳雷尔镇这边大概半英里，镇子一两英里开外的地方都是科尔特兰家的势力范围。路途变得险峻不好走，可迷人的景色也能算作是为道路难走做出的补偿。新鲜的空气让人精神抖擞，任何兴奋剂都没有办法与其相提并论。沼泽上长着一层厚厚的苔藓，光影交叠，时而见到羞涩的溪水穿过蕨类和桂树偷偷地闪着波光。抬头看向远处，地势低洼的地方被层层树叶圈在中间，是一幅活生生的峡谷画作，里面还萦绕着乳白色的浅雾。

科尔特兰很欣喜，他同行的伙伴已经被山川树林的魅力所吸引。紧接着，从画家崖的底部绕过，从大岔口穿过，再翻过一个小山丘，戈里就需要面临被自己卖掉的老房子了。路过的每一块石头，每一棵树木，每一寸石头铺成的小路，他都非常熟悉。他虽然已经记不起这片树林，但是树林中树叶发出的响声却与《可爱的家》那首歌一样让他的全身都起了一层鸡皮疙瘩。

他们从悬崖底部绕过，来到大岔口时，稍微休息了一下，让马匹喝了点水，然后又继续从急流中前行。右手边有一排栅栏，沿着溪流一直延伸。栅栏的尽头便是戈里家族的老苹果园，那幢老房子就躲在地势险要的山崖后面。栅栏旁种植着冬青果、接骨木、黄樟及漆树，它们都长得特别旺盛。树叶冷不防地传出阵阵低吟声，戈里和科尔特兰都本能地四下观望，两个人见到一张细长泛黄、犹如野狼一般的脸庞出现在栅栏后面，一对浅色的眼睛盯着他们。只是那颗脑袋迅速躲了回去，消失了。接下来，一阵阵强烈的与树丛摩擦的声音传出来，有一个行动不灵巧的身影从苹果园穿过，朝着老房子的方向狂奔，在树丛之间来回穿梭。

"是加维，"科尔特兰说，"你将所有的家当都卖给他了吧？不用问，他的精神很不正常。很多年前，他曾因为贩卖私自酿制的威士忌让我抓住，虽然我明白那并不是他自己酿制的。你怎么样，杨西？"

戈里擦了擦头上的汗珠，脸色没有一点血色。"我的样子是不是也不正常？"他想尝试着挤出一个笑容，"我刚才突然想到一些事情。"很明显，他脑子里的一部分酒精已经挥发掉了。"我想起来我的两百块钱是怎么来的了。"

"不用想，"科尔特兰微笑着说，"等一下我们一起弄明白。"

他们从岔口出来，来到山脚下时，戈里再次停下来。

"上校，不知您发觉没有，我其实是一个很自大的人，"他问，"对于自己的形象有些无知的自豪？"

上校的眼睛不愿看见他那身脏乱的麻布衫和已经掉色的软帽。

"我隐约记得，"他有些疑惑却不乏幽默地回答，"有一个二十岁左右的年轻人，是蓝岭服饰最得体、发型最时尚、胯下马匹最有风度的人。"

"您都还记得，"戈里急忙说，"我依旧维持着这种追求，可能现在并不明显。我其实像公鸡似的自大，和魔王路西法一样傲慢。我想请您包容一次我这个缺点。"

"请说，杨西。你是想要扮成劳雷尔公爵那样，还是蓝领男爵那样？我们都可以办到。你还可以在斯黛拉的孔雀尾巴上拔一根羽毛戴在帽子上。"

"那我真的说了。几分钟之后我们就要路过那座小山就是我的出生地，也是我族人世世代代生活了将近一百年的地方。现在居住在那儿的是两个毫不相干的人——您再看看我！我的一身衣服这么破，一贫如洗地站在他们面前，简直就是一个乞丐。科尔特兰上校，我现在这个样子走过去实在太丢脸了。希望您可以把外套和帽子借给我，直至我们消失在他们眼前为止。我了解，你一定会认为维护这种尊严是完全没有必要又愚蠢的行为，可是我却特别想不失形象地再骑在马上路过老家。"

"这是为什么？"科尔特兰一边自顾自地念叨着，一边偷偷观察着同行伙伴清澈的眼神、从容的举止及他提出来的奇怪条件。但是他的手已经开始行动，把上衣的扣子解开，痛快地同意了，就好像对方的奇怪想法完全符合常理一样。

戈里穿上科尔特兰的上衣和帽子后觉得特别合身。把前面的衣襟扣好之后，戈里脸上浮现出满足和高贵的神情。他的身量与科尔特兰相似——个子高、强壮、高大。两个人虽然年龄相差二十五岁，但是从外表看上去，或许有些人会把他们误认为兄弟。戈里看起来比真实年龄要老很多，脸上还有些浮肿，并且长了很多皱纹；上校因为生活有规律，所以脸色看上去非常好。他很自然地穿上戈里换下来的那身丢人的破旧麻布衫，戴上了那顶掉了色的软帽。

"现在，"戈里手拿缰绳，"我已经准备好了。您最好和我保持十英尺的距离，上校，这样他们就能够清清楚楚地看到我。他们会认为我并没有走到山穷水尽的那一步。我认为，不管怎样都要再在他们面前神气一次。我们接着走吧。"

他拉动缰绳，马匹快速地朝着山上跑去，上校则像他说的那样跟随在他身后。

戈里挺直腰杆坐在马背上，高高抬起头，眼睛却一个劲地朝着右面看，机敏地观察着每一个树丛、每一段栅栏及每一处老房子的院子有可能藏人的位置。他小声嘟囔着："那个愚蠢的疯子难道真的要动手了吗，还是我只猜对了一半？"

骑到家族墓地的正对面时，他见到了自己一直在寻找的东西——一股白烟，从一片茂盛的雪松林的角落中缓缓升起。他朝着左边慢慢倾倒，科尔特兰正好骑着马赶了过来，伸出手臂接住了他。

松鼠猎人并没有对自己的枪法夸大其词。他把子弹打在了想打的地方，同时也是戈里预想的地方——它从艾伯纳·科尔特兰的那件黑色双排扣的长大衣的胸口处钻了进去。

戈里把整个人的重量都压在了科尔特兰身上，却还没有倒下。两匹马继续朝着前面狂奔，并驾齐驱，上校的手臂依旧支撑着他的平衡。透过树干间的空隙可以见到半英里外的劳雷尔镇上的一排排白色屋顶的房子。戈里用一只手试探着，直至抓到了科尔特兰的手指，科尔特兰用力地拽住他的缰绳。

"好友。"他说。他的最后一句话就是这个。

当杨西·戈里骑着马从老家经过时，把全身的力气都用光了，在所有选择中找到了最好的选项。

托尼娅的红玫瑰

国际铁路上的一座高架桥被烧毁了。从圣安东尼奥向南行驶的列车要停运四十八小时。巧的是，托尼娅·韦弗的复活节帽子就在这列火车上。

墨西哥人埃斯皮里托从四十英里外的埃斯皮诺萨牧场坐着平板车来取这些帽子。他回来的时候，只耸了耸肩，手里拿了一根烟。在诺帕尔小站的时候，他听说列车晚点了。可是主人并没有让他在那里等着，所以他就赶着车回牧场去了。

如果有人认为春之女神喜欢第五大道的礼拜游行，却不喜欢得州仙人掌镇参加礼拜的信徒们的服装，那就错得太离谱了。弗里奥县大农场主家的太太和小姐们会用复活节的鲜花装饰自己的新衣帽。比起用心，没有人能够比得过她们。那一天，东南部就变成了仙人球、巴黎时尚和天堂美景的海洋。今天是耶稣受难日，托尼娅·韦弗的复活节帽子却被困在了烧毁的高架桥的另一头，在邮递车里接受着阳光的炙烤。周六中午，舒茨灵农场的罗杰斯姐妹，安克欧的艾拉·里弗斯，以及绿谷的贝内特会和艾达一起去埃斯皮诺萨接托尼娅。她们会把复活节帽子和连衣裙用心包好，避免沾染灰尘，然后快活地驱车十英里，赶到仙人掌镇。第二天，她们会把自己打扮起来，让男人们着迷，向复活节表示敬意，并让那些当地的女孩儿对她们忌妒不已。

托尼娅坐在埃斯皮诺萨农场小屋的台阶上，心情十分沮丧地挥舞着一根木豆藤树小鞭子。她皱着眉头，抿着小嘴儿，想让所有人都感觉到她的不高兴。

"我讨厌铁路，还有男人！"她说，"男人们总是认为自己可以控制铁路，那谁能告诉我高架桥是怎么烧掉的？艾达·贝内特的帽子要用紫罗兰装饰。要是没有新帽子，我绝对不会靠近仙人掌镇。如果我是男人，就去给自己弄一顶新帽子。"

两位男士听着这番对于男性尊严的指责，略显尴尬。一位是马乔卡勒养牛场的领头人威尔斯·皮尔森，另一位是昆塔纳山谷中一位日渐崛起的牧羊人汤普森·巴罗斯。他们俩都觉得托尼娅·韦弗可爱至极，尤其是在抱怨铁路和男人的时候的样子。他们都愿意把自己的皮肤贡献出来，为她做一顶新的复活节帽子，就和鸵鸟舍弃尾巴上的羽毛，白鹭舍弃生命一样。可是他们俩不够聪明，谁也想不出安慰这个伤心的姑娘的好办法，好弥补她在即将到来的安息日的遗憾。皮尔森的脸是古铜色的，头发被太阳晒得浅黄，看上去就像一个无法排解忧郁青春期的忧郁的学生。看到托尼娅的困境，他非常难过。相比之下，汤普森·巴罗斯更有办法，更为圆滑。他来自东部，戴领带穿皮靴，从来不在女士面前多说话。

皮尔森不抱什么希望地说："沙溪里面那个大水潭被上次的雨水灌满了。"

"是吗?"托尼娅略带嘲讽地说，"谢谢你告诉我这些消息。皮尔森先生，我觉得你根本不在乎新帽子吧。你是不是觉得女人都应该和你一样，一顶牛仔帽戴上五年都不用换? 要是你那个水潭里的水能扑灭高架桥的火，你倒是还值得提一提它。"

"我很难过，"巴罗斯说，他看到皮尔斯的下场，接受了警告，"您居然没有拿到新帽子，韦弗小姐，我替您感到难过，要是我能帮您……"

"得了吧，"托尼娅讽刺地说，"要是你真能做些什么，就不会在这里说些无关痛痒的话了。不必麻烦你了。"

说到这里，托尼娅停顿了一下。她的眼里闪现出一丝希望，眉头也不紧紧地皱着了——她想到了一个好办法!

"纽埃西斯河边的独木渡口有一个卖帽子的小店，"她说，"伊娃·罗杰斯就从那里买了一顶帽子，据她说是本季最新的样式。也许现在那里还有帽子。可是那里距离这里有二十八英里呢。"

两位男士"腾"地一下站起来，靴刺叮当作响。托尼娅都忍不住要笑了。看来，这个世界上还有骑士，他们踢马刺的齿轮也没有生锈。

"当然，"托尼娅说，她若有所思地看着蓝天上飘过的一朵白云，"在明天姑娘们来接我之前，没有人可以赶到独木渡口再赶回来。唉，看来我这个复活节礼拜日只能待在家里了。"

她挤出了一个笑容。

"啊，托尼娅小姐，"皮尔森不动声色地拿过自己的帽子，如同一个装睡的婴儿一样可爱，"现在我得赶回马乔卡勒去了。明天早上干草厂有活要干，我和我的'健将'都得去帮忙。我很抱歉您的帽子出了意外，不过也许他们能赶在复活节之前把高架桥修好呢。"

"我也得走了，托尼娅小姐。"巴罗斯看了看手表，"现在已经快五点了，我得赶紧回牧场，把那些疯狂的羊关到羊圈里。"

托尼娅的这两个追求者都想尽快离开。他们郑重地向她告别，并按照西南部人的礼节和对方握了握手。

"希望能很快见到您，皮尔森先生。"巴罗斯说。

"我也是。"牛仔的表情非常严肃，就像他的朋友要出远门。"不管你什么时候来到马乔卡勒，我都会非常高兴见到你。"

皮尔森骑上"健将"——它是弗里奥县的牧牛儿矮种马中最健壮的，并任由它蹦跳了几下。每次有人骑它，它都会蹦跳几下，哪怕它刚刚经过了一整天的长途奔波。

"托尼娅小姐，您从圣安东尼定做的帽子是什么样的？"他大声问，"我很遗憾它无法按时来到您的手上。"

托尼娅说："是最新款的草帽，还有一朵红玫瑰作为装饰，正合我意，我就喜欢红玫瑰。"

"红色是最适合您的皮肤和发色的。"巴罗斯由衷地赞美道。

"红色是我的最爱，"托尼娅说，"世界上的花儿有很多，我只对红玫瑰情有独钟，至于粉色和蓝色的，就让别人去喜欢吧。

可是高架桥烧毁了，说这些也没什么用了。今年的复活节对我来说简直太枯燥了。"

皮尔森摘下帽子，骑着"健将"，朝着埃斯皮诺萨牧场东边的密林绝尘而去。

他的马镫蹭得树丛沙沙作响。与此同时，巴罗斯的长腿栗色马也踏上了一条窄路，奔向了西南边的草原。

托尼娅把鞭子挂起来，回到了客厅。

"我很抱歉你没有拿到帽子。"母亲说。

"妈妈，不用担心，"托尼娅的语气非常平静，"我一定会有新帽子的，明天一定可以按时拿到。"

巴罗斯骑着马来到了草原的尽头，勒马转向右侧，经过教堂司事的平房，让它自己选了一条路。马儿沿着一条干裂的河床疾驰。过了河床，就是一片覆盖着灌木的沙石小山，马儿用尽全力，终于来到了光明地带。它非常得意，喷着响鼻跑向了平坦的高原。从这里看向远处，就能看到生机勃勃的小草，以及散布在草原上的刚刚长出嫩芽的牧豆树。巴罗斯一直向右疾驰，又踏上了一条具有悠久历史的印第安小路，它和纽埃西斯河并行，只要往东南方向走二十八英里，就能到达独木渡口。

在小路上，巴罗斯紧紧地扯着缰绳，好让马儿放慢速度。他在马鞍上调整好姿势，准备开始一顿漫长的路程。这时候，他突然听到了一阵马蹄声，以及木制马鞭撞击到树丛的咻咻声，还有印第安科曼奇人的呼喊声。下一秒，威尔斯·皮尔森就从小路的右边冲了出来，就像一只早熟的小黄鸡从深绿色复活彩蛋里钻了出来。

眼前没有美女的时候，皮尔森总是非常轻松。面对着托尼娅的时候，他的声音如同夏天在草窝里休息的牛蛙一样温柔。现在，他愉快的叫喊声足以让远在一英里外的兔子把耳朵耷拉下来，一些比较敏感的植物都要被他吓得合上叶子。

"你把你的羊圈搬到了距离牧场千山万水的地方了吗，我的邻居？"皮尔森骑着"健将"过来了。

"二十八英里。"巴罗斯的脸色非常难看。皮尔森哈哈大笑，半英里外的河边的一棵榆树上，一只猫头鹰被他的笑声惊醒，比平日里早醒了一个小时。

"你行啊，牧羊人。我喜欢公开竞争。现在，咱们俩就是在野外捕捉帽子的帽匠。你记着我的话，巴罗斯，拿出你的看家本事。现在我们处于同一个起点，谁先拿到帽子，在埃斯皮诺萨牧场的地位就更高。"

"你有一匹不错的马。"巴罗斯说，他看着"健将"那像木桶一样的身子和上粗下细的腿，奔跑的时候，它们就像发动机里的活塞杆。"这是你和我之间的比赛，可是你也不要太狂妄，不要得意得太早。我们一起出发，到了冲刺阶段再一分高下。"

"我会和你一起走。"皮尔森说，"我很欣赏你的理智。如果独木渡口的那家店里还剩下几顶帽子，那其中的一顶明天会戴在托尼娅小姐头上，不过，你是没有机会看到了。不是我吹牛，但是巴罗斯，你的栗色马的前腿可不行。"

"用我的马打赌。"巴罗斯说，"明天早上，托尼娅小姐一定会戴着我送的帽子前往仙人掌镇。"

"我可以接受挑战。"皮尔森大声说，"不过，这对我来说就像直接偷走你的马一样容易。我可以用你的栗色马去驮女士，要是有人来到马乔卡勒，我可以……"

巴罗斯的脸拉得很长，怒气冲冲地看着他，牛仔见此情景，说话都不利索了。不过，皮尔森可不是会被吓住的人。

"你说把复活节搞得这么复杂做什么呢，巴罗斯？"他笑着说，"为什么女人们每年都要换新帽子？为了得到帽子还要想尽各种办法。"

"这是圣约里的季节性规定，"巴罗斯说，"也不知道是教皇还是谁立的规矩。据说是跟十二宫之类的东西有关，具体我也不清楚，但是我猜是埃及人发明的。"

"要是真的是那些异教徒发明的庆祝方式，倒也还好。"皮尔森说，"要不托尼娅就不会非要得到帽子不可，教会那里也能说得过去。哎，万一渡口的小店只剩下了一顶帽子，可怎么办呢？"

"那么，"巴罗斯凶狠地说，"就看咱们俩谁更厉害了。"

"天啊！"皮尔森长叹一声，把帽子抛到空中，又把它接住，"以前可从来没有像你这样的牧羊人。你非常会说话，还不会跑题。那要是不止一顶帽子呢？"

"那么，"巴罗斯说，"你和我就一个人选一顶，一个人先回去，另一个人就不必回去了。"

皮尔森对着星星说："从来没有两个人像你和我这样有着相同的心意。也许咱们俩是骑着同一头独角兽，用同一个头脑思考。"

时间刚过午夜，骑士们就到达了独木渡口。这个镇上的五十多所房屋都已经熄灯了，唯一一条街上的商店也已经停止营业了。

他们两个迅速拴好了马，皮尔森高兴地敲着店主老萨顿的门。

百叶窗里伸出了一把温彻斯特连发步枪的枪管，然后是一串短促的询问。

"来自马乔卡勒的威尔斯·皮尔森，以及来自绿谷的巴罗斯。"来人说，"我们要买点东西，很抱歉这么晚来打扰您，但是我们一定要买。汤米大叔，快点出来吧！"

汤米大叔动作非常慢，不过最终还是站到了柜台后面，点亮了煤油灯。两个人赶紧把要买的东西告诉了他。

"复活节帽子？"睡眼惺忪的汤米大叔说，"应该还有几顶。我今年春天只订了一打，等一下，我拿出来给你们看看。"

汤米·萨顿大叔是一个名副其实的商人，即便他此刻还半梦半醒的。柜台下面有几个积了很多灰尘的纸盒，里面有两顶被挑剩下的帽子。在这个周六的凌晨，他以商人的名誉做保——这是两年前的款式了，女士们只要看一眼就能发现。可是在牛仔和牧羊人眼里，他们什么都看不出来，只觉得这就是四月份刚生产出来的新帽子。

这两顶帽子都被称为"车轮帽"，是用染成红色的坚硬的稻草茎秆编织成的，平底平边。两顶帽子看起来毫无差别，在帽檐周围都有一圈手工白玫瑰，每一朵都非常完美，看起来特别高贵。

"汤米大叔，只有这两顶帽子了吗？"皮尔森问，"好吧，既然没有更多的选择，巴罗斯，你先挑吧。"

"这都是最新的款式，"汤米大叔胡诌道，"在纽约的第五大道随处可见。"

汤米大叔分别用两码深色的印花布把两顶帽子包起来，用绳子扎好。皮尔森拿起其中的一顶，小心地绑到自己马鞍的皮带上，而另一顶就被放到了"健将"身上。他们分别向汤米大叔致谢和道别，然后骑着马冲进了夜色之中，开始冲刺。

这两个骑手已经竭尽全力了。在漆黑的路上，他们的速度并不快，有时候还会交谈几句，气氛还算和谐。巴罗斯有一把温彻斯特步枪，就挂在左腿下方的鞍头上。而皮尔森也有一把六发左轮手枪，就挂在腰间。他们一起策马奔腾在弗里奥县道上。

早上七点半，他们抵达了一座小山顶，此时埃斯皮诺萨农场距离他们还有五英里，远远看去就像深色的槲树林盖着的一个白点。

皮尔森原本已经筋疲力尽了，看到眼前的这一幕，马上振奋了精神。他知道"健将"现在的实力。而那匹栗色马已经要口吐白沫了，浑身发抖。"健将"就像一台发动机一样，脚步飞快。

皮尔森转过头，笑着对牧羊人说，"再见了，巴罗斯。"他骄傲地挥了挥手，"比赛开始了，现在进入冲刺阶段。"

他夹紧了双膝，身体伏在"健将"背上，向着埃斯皮诺萨狂奔。"健将"迈着大步，向前疾驰，摇头晃脑的，喷着响鼻，就好像经过了一个月的休息后再战江湖。

皮尔森刚刚跑了二十码，就听到身后传来了温彻斯特步枪上膛的声音——那种推杆将弹药筒推进枪管的声音是独一无二的，他绝对不会听错。他很快就做出了反应，在枪声到达耳边之前就卧在了马背上。

　　也许巴罗斯只是想吓唬"健将"，他的枪法很准，要在保证骑手安全的前提下做到这一点是轻而易举的。可是皮尔森刚刚弯下腰，子弹就从他的肩膀穿过，又击中了"健将"的脖子。马儿一头栽倒在地上，牛仔也摔到了坚硬的路面上，人和马都动弹不得。

　　巴罗斯毫不犹豫地骑着马走了。

　　过了两个小时，皮尔森才睁开眼睛，看看自己眼下的境况。他挣扎了半天才站起来，一瘸一拐地走向"健将"躺着的地方。

　　"健将"还在原地躺着，可是看上去似乎还好。皮尔斯仔细地为它检查了一下，发现它只是被子弹擦伤了。马儿只晕厥了一会儿，伤势并不严重。但是现在它没什么力气，正在歪着脑袋吃下垂的牧豆树的叶子，托尼娅小姐的帽子正在它的身下。

　　皮尔森挣扎着牵起马儿。那顶复活节的帽子从马鞍的皮带上掉了下来。虽然印花布包装还是完整的，可是它被"健将"沉重的身躯压了那么长时间，早就不像样了。皮尔森眼前一黑，倒向了那顶可怜的帽子，把它压在了自己受伤的肩膀下面。

　　牛仔是很有生命力的。短短半个小时之后，他就恢复过来了，这段时间够一位女士昏过去再醒过来两次，再吃一份冰激凌让自己的心放回肚子里了。他挣扎着站起来，发现"健将"还在欢快地吃草。他捡起那顶可怜的帽子，再次把它绑到马鞍的皮带上，自己也在尝试了很多次之后，终于爬上了马。

正午时分，一群快乐的人来到了埃斯皮诺萨牧场小屋的门口等着。坐着新平板车的罗杰斯姐妹，安克欧家和绿谷的两母女——几乎全都是女人。就算是在这片空旷的草原，她们也要把复活节的帽子戴上，迫不及待地出风头，给即将到来的庆典增添一抹亮色。

托尼娅站在门口，脸颊上满是泪水。她手里拿着的是巴罗斯从独木渡口买回来的帽子，看着那圈白玫瑰，她真是无比厌恶。那些快乐的女友们告诉她，千万不能戴着这顶帽子出门，因为它早在三年前就过季了。

"你就戴一顶旧帽子好了，托尼娅。"她们着急地催促她。

"这样去复活节礼拜？"她说，"我宁愿去死。"她还在哭泣。

幸运儿们戴的都是最新款式的帽子，既有弧度，又有卷边。

就在大家叽叽喳喳说个不停的时候，森林里出来了一个骑着马的奇怪家伙，马儿非常疲惫。他的全身上下都很脏，衣服沾染了草汁和石灰。

"皮尔森，"韦弗老爹过来说，"你骑的是刚驯服的野马吗？你的马鞍上是什么，是不是一时冲动买下的战利品？"

"快一点，托尼娅，你去还是不去？"贝蒂·罗杰斯说，"我们不能再等了。我们在车上给你留了位子，你不要再在意帽子了。就你身上这身可爱的棉布裙，随便搭配一顶帽子都很好看。"

皮尔森慢慢地把马鞍上那件奇怪的东西解下来。托尼娅盯着他，好像又有了一丝希望。皮尔森就是创造希望的人。他解下那件东西递给了她。她飞快地解开了绳子。

"我已经尽力了，"皮尔森说，"'健将'和我只能做这么多了。"

"天啊！就是这个形状！"托尼娅忍不住兴奋地大叫，"还有红玫瑰，我现在就试一试。"

她飞快地跑到镜子前面，又飞快地跑了出来，眉开眼笑的。

"哇，她配红色可真好看!"姑娘们都忍不住赞叹，"托尼娅，快点走吧!"

托尼娅走到"健将"身边站住了。

"谢谢，非常感谢，威尔斯，"她高兴地说，"我想要的帽子就是这个样子。明天你来仙人掌镇，和我一起去教堂好吗?"

"如果可以，我会尽量赶到。"皮尔森说。他好奇地看着她的帽子，挤出一个非常虚弱的微笑。

托尼娅像一只鸟儿一样飞向了马车。车子迅速向着仙人掌镇狂奔。

"你怎么了，皮尔森?"韦弗老爹非常好奇，"脸色不如平时那么好看。"

"我?"皮尔森说，"我给花儿染色了。在我离开独木渡口的时候，它们还是白玫瑰。请搭把手把我扶下来吧，韦弗老爹，我已经没有颜料了。"

刎颈之交

　　我狩猎归来，在新墨西哥州的小镇洛斯皮诺斯等候南下的火车，却被告知它会延迟一个小时到站。于是，我坐在"顶点"旅社的门廊上，和老板忒勒玛科斯·希克斯闲谈，讨论人生。

　　从外表看起来，希克斯老板不像一个喜欢打架的人，我忍不住问起他的耳朵是怎么被咬成这样的。我是一个猎人，自然知道有时候打猎会造成这种不幸。

　　"你是说耳朵？"希克斯说，"这是真挚友情的纪念。"

　　"意外吗？"我问。

　　"怎么能把友情说成意外呢？"忒勒玛科斯反问道，我哑口无言。

　　"我只知道一份非常真挚的友情，"老板继续说道，"发生在一个康涅狄格人和一只猴子之间。这件事发生在巴兰基亚①，那只猴子每天爬到树上摘椰子，扔给在树下等着的男人。男人就把椰子锯成两半，做成瓢出售，每个两个雷亚尔②。男人拿钱去换酒，猴子就喝椰子汁。这样，人和猴子都能获得自己想要的，都很满足，像兄弟一样生活着。

"可是人类之间的友情就经常变换，有时候毫无任何预兆就断了。

"我曾经有一个朋友，叫作佩斯里·费什。一开始，我以为我们会是终生的朋友。有七年时间，我们一起打拼，挖矿、开牧场、卖专利、放羊、摄影、拉铁丝网，就连西梅都摘过。我当时的想法是，不管是什么都无法离间我跟他之间的感情，凶杀、谄媚、飞来横财、吵架、醉酒，都不可能。你想象不到我们的感情有多好。我们不仅合伙做生意，还有相同的娱乐爱好。当时，我们不管白天黑夜都在一起，跟达蒙和皮西厄斯③一样。

"有一年夏天，我和佩斯里穿上从商店买来的外套，把自己收拾利落，骑着马到了圣安地列斯山脉附近，准备在此过上一个月快活的日子。到达洛斯皮诺斯的时候，我们觉得这里就是世界的屋顶花园，到处都流淌着炼乳和蜂蜜④。这里有一两条街道，有鸡肉吃，有地方住，我们对此非常满足。

---

① 巴兰基亚：哥伦比亚北部马格达莱纳河口的港市。
② 雷亚尔：巴西货币。
③ 这两个人是生死之交，被哲学家西塞罗誉为忠实朋友的典范。
④ 《旧约》记载上帝派遣摩西率领以色列人出埃及，到富饶的迦南，就是流蜜和奶的地方。

"我们抵达小镇的时候，已经过了吃晚饭的时间，就决定去铁轨旁边的小饭馆找点吃的。我们在一张铺着红色油桌布的桌子上，把餐盘里的东西吃得干干净净，连刀叉都舔舐了一遍。这时候，寡妇杰瑟普给我们端来了热饼干和炸鸡肝。

　　"这个美人，怎么说呢，就连凤尾鱼看到了都会忍不住动心。她长得不胖不瘦，看起来非常好客，目光和蔼但不轻浮。她走到我们俩面前，从她红润的脸颊就能看出她是一个厨娘。看到她的笑容，就连寒冬腊月的山茱萸都会开花。

　　"寡妇杰瑟普很爱说话，跟我们聊了很久，从气候、历史、丁尼生①的诗歌，到西梅干和很难买到羊肉，最后才问我们来自哪里。

　　"'春谷。'我告诉她。

　　"'大春谷。'佩斯里吃了一嘴的土豆和火腿脆骨，含含糊糊地说。"

　　"我意识到，这个信号标志着我和佩斯里·费什的友谊要到头了。他早就知道我非常痛恨别人插话，可是还是忍不住插嘴，纠正我在地名上犯下的错误。没错，地图上写的确实是'大春谷'，可是就连佩斯里自己也叫了它上千次'春谷'。

　　"吃饱之后，我们就离开了小饭馆，坐到了铁轨上。我们已经合作了很久，对对方的想法心知肚明。

　　"'你应该知道，'佩斯里先说，'我已经决定让那个寡妇成为我财产的一部分，在家庭、社会、法律各方面都是如此，直

---

　　① 丁尼生：英国桂冠诗人。

到我离开这个世界。'

"'当然，'我说，'我知道你是什么意思，虽然你只说了一句话。那我想你应该也知道，'我继续说，'我要采取措施，让寡妇改姓希克斯。你可以给报纸的社会新闻专栏写信，咨询一下伴郎的纽扣孔里需不需要插山茶花，以及要不要穿无缝丝袜。'

"'别做美梦了！'佩斯里往嘴里塞了一块枕木屑，不停地咀嚼着，'别的事情我都可以让着你，但是这件事不行。'佩斯里说，'女人的笑脸就是危险的旋涡，虽然友谊之舟很结实，也能被它撕成碎片。在你遇到袭击的时候，我愿意为了救你和狗熊拼命；在你借款的时候为你担保，还愿意和从前一样用肥皂樟脑搽剂为你擦背，不过我的善心也仅限于此。对于追求杰瑟普太太，我们只能各干各的，我丑话说在前头。'

"听了他的话，我想了想，提出了解决方案和附则：

"'男人之间的友谊，'我说，'从古时候开始，男人们就要互相保护，一起对付有着八十英尺的尾巴的巨蜥，以及飞天乌龟，这种美德的历史已经很悠久了，并一直流传到现在。男人们还是在互相保护，直到听差跑来说，这种动物并不存在。关于有女人牵涉进来之后，男人的情感就破坏了的例子，我也听说过。可是我们为什么非要这样不可呢？佩斯里，杰瑟普太太端着热饼出现在我们面前的时候，我们都动心了。既然这样，就让我们两个之中那个最好的来赢得她的芳心吧。咱们公平竞争，不能要阴谋诡计。不管我用什么招数追她，都会光明正大，你也一样有机会展示自己。这样，不管谁最后赢得美人归，我

们的友谊之舟都不能跌入你说的那个旋涡。'

"'这才是兄弟！'佩斯里紧紧地握着我的手，'我一定照做。我们一起追她，但是不能因此而虚情假意，欺骗对方。不论成败，我们还是好朋友。'

"杰瑟普太太的小饭馆门口的大树下有一条长凳。那些想要南行的旅客们填饱肚子离开之后，她总会坐在那里乘凉。吃完晚饭，我和佩斯里就会去那里，用尽浑身解数讨好我们喜欢的女士。我们都是正派人士，严格遵守之前定好的约定。不管我们俩谁先到，都要等到另外一个到了再开始行动。

"杰瑟普太太知道我们的约定的那个晚上，我到得比佩斯里早。刚刚过了晚饭时间，杰瑟普太太穿着一身干净的粉色裙子坐在长凳上，看起来十分清爽。

"我坐在她身边，聊了些大自然的近景和远景，以及它们的象征之类的话题。当天晚上确实是一个典型的环境。月亮升到了应有的高度；树木根据科学原理和自然规律在地上洒下影子；灌木丛里的吵闹声不绝于耳，仔细听一下，就能听出小夜鹰、黄鹂鸟、长耳兔和其他羽毛昆虫的声音。微风吹过，旁边的一堆空罐头瓶就发出了像小口琴一样的音乐。

"突然，我的左侧身子感到了一阵热气，就像火堆旁边的瓦罐里的面团在发酵。杰瑟普太太向我靠近了一些。

"'希克斯先生，'她说，'在你独自一人的时候，你会不会在这样美丽的夜晚觉得非常凄凉?'

"我马上从长凳上站起来了。

"'很抱歉，夫人，'我说，'我要等佩斯里过来，当着他的

面回答您刚才提出的问题。'

　　"然后我就告诉她，我和佩斯里的友谊已经持续了很多年，我们甘苦与共，一起在江湖上闯荡。之前我们曾经有过约定，绝对不会侵害对方的利益，就算在面对情感和亲密关系的冲突时也不会。杰瑟普太太好像非常郑重地思考了一下这个问题，突然就笑了，笑声在旷野中回荡。

　　"佩斯里很快就来了，他在头发上抹了佛手柑油。他在杰瑟普太太的另一边坐下，为她讲述 1895 年桑塔丽塔谷连续遭受了九个月的大旱。为了得到一副镀银马鞍，他和皮法斯·拉姆利进行了徒手剥牛皮比赛。

　　"其实，在我们进行这场求爱比赛的时候，我就打败了佩斯里·费什，让他手足无措，如同把他捆在了柱子上。对于打动女人的心，我们都有各自的手段。佩斯里用的办法就是用自己的亲身经历或者从书上看到的惊险故事来吓唬女人——我想他一定是受到了莎士比亚的《奥赛罗》的启发。我也看过那部剧，里面有一个黑人，将瑞德·哈格德[①]、卢·多科斯塔德[②]和帕克赫斯特博士的话混到一起，讲给一个公爵的女儿听，最后得手了。不过你要知道，这种求爱招数下了舞台之后根本没用。

　　"接下来我就给你讲讲我的秘诀，我是如何让一个妇人变得像少女一样娇羞的。你只要知道什么时候该握住她的手，她自然会变成你的。这件事做起来可不容易。有些人十分粗鲁，一

────────────

　　① 瑞德·哈格德：英国小说家。他的作品大部分都以南非蛮荒为背景。
　　② 卢·多科斯塔德：美国长老会牧师。

抓起人家的手就往自己的怀里塞，都快让人家的胳膊脱臼了，你几乎可以闻到跌打酒的味道，听到绷带撕裂的声音。还有一些傻瓜在拎着人家的手的时候就像拎起了一块滚烫的马蹄铁，只知道伸直手臂，离人家远一点。还有很多男人一握到人家的手，就迅速把手放到人家面前，就像小孩在草丛里发现了棒球，人家还没有忘记那是自己的胳膊呢！他们的做法简直可笑至极！

"让我来告诉你怎么做才是正确的。你有没有见过一个人溜进别人家的后院，捡起石头扔向目不转睛地看着他的野猫？他要假装手里没有东西，假装不知道自己被猫发现了，也假装自己没有看猫。这就是秘诀。在她有所准备的时候，千万不要拉她的手。千万不要让她意识到，她已经对你牵她的手这件事有了戒心，这就是我的秘诀。佩斯里讲那些乱七八糟的战争和灾祸，还不如把星期六在新泽西州海洋镇停靠的列车时刻表念给她听。

"一天晚上，我又提前到了，比佩斯里早了大概一根烟的工夫。那时候，我的友谊的阵线似乎发生了动摇。我直截了当地问杰瑟普太太，她会不会觉得'H'写起来比'J'容易。① 于是，她的头立刻压向了我纽扣里的夹竹桃花，我就把脑袋凑了过去，可是我没有……

"'如果您不介意，'我一边说一边站起来，'等佩斯里来了之后，我们再继续好了。到目前为止，我从来都没有做过背叛

---

① "H"是希克斯的首字母，"J"是杰瑟普的首字母。希克斯这样问，是问杰瑟普太太愿不愿意嫁给自己，跟随自己的姓。

我们友谊的事情,这不公平。'

"'希克斯先生,'杰瑟普太太说,她在黑暗中非常奇怪地看着我,'要不是因为某个原因,我一定会让你现在就滚回峡谷,永远不要在我家出现。'

"'什么原因?'我追问道。

"'你既然对朋友这么忠诚,也能成为一个忠诚的丈夫。'她说。

"过了五分钟,佩斯里就来了,坐在了杰瑟普太太的另一边。

"'1898年夏天,我在银城,'他说,'我亲眼看到了吉姆·巴塞洛缪把一个中国人的耳朵咬下来了,而事情的起因只是一件不像样子的平纹细布衬衫,那件——什么声音?'

"我和杰瑟普太太聊起了刚才被佩斯里打断的事情。

"'杰瑟普太太已经答应了我,要改姓希克斯,'我抽出时间告诉他,'现在我们要证实一下这件事。'

"佩斯里把两条腿盘在了脚凳上,嘀咕了一声。

"'勒姆,'他说,'我们是七年的朋友,你能不能在亲杰瑟普太太的时候小点声?我保证以后也不会弄出这么大动静。'

"'好吧,'我说,'那就小点儿声吧!'"

"'这个中国人,'佩斯里又继续说,"1897年春天,他开枪射杀了一个男人,那是……'

"佩斯里又停顿了一会儿。

"'勒姆,'他不太高兴地说,'如果你真是我的朋友,就不会把杰瑟普太太紧紧地搂在怀里。我已经感觉到了椅子的晃动。

你别忘了，你曾经亲口对我说，只要还有机会，你一定会跟我公平竞争。'

"'这位先生，'杰瑟普太太转过头去对着佩斯里说，'如果你能在二十五年后来参加我和希克斯先生的银婚纪念，您那个南瓜脑袋还会觉得自己有希望追求我吗？只是因为您是希克斯先生的朋友，我才忍了您这么多天。事已至此，我觉得你应该赶紧死心，下山去吧！'

"'杰瑟普太太，'我还站在一个未婚夫的立场，'佩斯里先生是我的好朋友，我也曾经跟他说过我们要公平竞争——只要还有机会。'

"'机会！'她翻着白眼说，'好吧，就让他自以为是地觉得自己还有机会吧！他已经看到了今晚的一切，我希望他能赶紧从梦中醒来，不要觉得自己还有希望了。'

"过了一个月，我和杰瑟普太太就在洛斯皮诺斯公会举行了婚礼，全镇的人都来到了教堂见证这件喜事。

"我们俩站在圣坛前，牧师就要给我们主持仪式了，我环顾四周，却没有看到佩斯里。我就让牧师暂停一下。'佩斯里还没来呢！'我说，'我们一定要等着他。一旦开始做朋友，就要终生做朋友。我忒勒玛科斯·希克斯的立场就是这么坚定。'杰瑟普太太不满地瞪了我一眼，可是牧师还是按照我的安排，停止了祷告。

"过了几分钟，佩斯里上气不接下气地跑上了红地毯，一边跑还一边扣纽扣。他向我们解释说，由于我们的婚礼，镇上唯一的一家服装店也歇业了，导致他买不到合身的上过浆的衬衫。

他没有办法，就撬开了人家的门，自己拿了一件。说完这番话，他就站到了新娘子的另一侧，我们的婚礼继续进行。一直到现在我都觉得，佩斯里直到那一刻还在等着牧师犯个错误，把新娘子嫁给他。

"完成仪式之后，我们吃了茶、羚羊肉干和杏子罐头，居民们就各自回家了，最后，佩斯里拉着我的手告诉我，我一直都是在跟他公平竞争，从来没有搞小动作，他很自豪能跟我做朋友。

"牧师在街边有一间专门出租的小房子，他同意让我和希克斯太太住到第二天早点，这样便于我们乘坐火车赶到厄尔巴索去度蜜月。牧师的妻子非常热心，她用蜀葵和毒常春藤装点了屋子，让它看起来充满生机。

"当天晚上十点左右，我在门口脱掉靴子，吹了一会儿风，希克斯太太就在屋里张罗。很快，她就熄灯了。我还在门口坐着，回想往事。然后，希克斯太太对我说：'勒姆，你怎么还不进来?'

"'哦!'我这才回过神来，对她说，'我的老毛病又犯了。我刚才在等佩斯里……'

"说到这里，忒勒玛科斯·希克斯就把故事的结尾告诉了我，'我感觉好像有一枚四五口径的手枪的子弹射中了我的左耳!然后我才发现，原来是希克斯太太拿着扫帚柄打中了我的耳朵。'"

梦

　　莫瑞做了一个梦。

　　当心理学和科学想给我们解释虚无的自我在睡眠——"死亡的双胞胎兄弟"里经历的各种探险时，只能算是一种探索，给出的答案并不精确。这个故事不会是一个给人启示的指路明灯，只是对莫瑞梦境的记录。当我们处于这种奇特的如梦似醒的状态时，感到最困惑的就是：持续了几个月甚至几年的梦，也许只发生在几秒钟、几分钟内。

　　莫瑞正在一个单人的死囚牢房里。走廊的天花板上的弧光灯亮着，刺眼的灯光照着他的桌子。一只蚂蚁在一张白纸上疯狂地爬着，因为莫瑞手里拿着一个信封，正在堵住它前进的道路。今天晚上八点就要执行电刑了。莫瑞看着这个最聪明的昆虫滑稽的动作，忍不住笑了。

　　这个死牢里住着七个死囚。莫瑞入住之后，亲眼看到其中的三个被带出去接受命运的审判：有一个疯了，像落入陷阱的狼一样垂死挣扎；第二位每天都把上帝和天堂挂在嘴上，做出一副虔诚的样子。第三个人就是个懦夫，他早就崩溃了，是被人绑在木板上抬出去的。他忍不住想，等到自己临刑的时候，心脏、脚和脸庞那是什么样的呢？这可是他的最后一个夜晚了。他觉得现在距离八点已经不远了。

牢房里一共有两排单人间，正对着他的牢房的是博尼法西奥的牢房。博尼法西奥来自意大利西西里，杀死了他的未婚妻和两个试图逮捕他的警察。莫瑞曾经多次跟他下西洋棋，他们谁也看不见谁，就隔着过道喊出自己的棋子怎么走。

博尼法西奥的嗓门特别大，带着不可磨灭的音质大喊道：

"哎，莫瑞先生，你感觉如何？你还好吧？"

"还可以，博尼法西奥。"莫瑞非常镇定地说，他正拿着信封让蚂蚁往上爬，再轻轻地把它抖到地板上。

"很好，莫瑞先生。像我们这样的人，死的时候也要顶天立地。下个星期就是我的刑期了，没错。别忘了，咱们的上一局棋，我赢了你。改天有时间的时候一定要再来一局，这也不是不可能。等我们去了他们送我们去的地方，我们下棋的时候可以喊得更大声。"

博尼法西奥说完这番非常艰涩的哲理，就开始放声大笑，都快把别人的耳朵震聋了。莫瑞的心并没有因此觉得冷硬，反而觉得非常温暖。可是博尼法西奥下个星期也要行刑了。

走廊尽头大门上的钢条打开了，犯人们听到了那熟悉的声音。有三个人走到莫瑞的单间前面，把门打开了。其中的两个是典狱长，还有一个是"阿蓝"——不过这是他以前的名字；现在他成了莱纳德·温斯顿教士。他是莫瑞的发小，也是邻居。

"我说服了他们，让我取代监狱牧师的位置。"他一边说，一边迅速地握了莫瑞的手一下。他的左手里有一小本《圣经》，把食指放在某一页上做记号。

莫瑞笑了，将面前小桌上的两三本书和几个笔架收拾整齐。他想说几句话，可是实在想不出合适的语言。

这个牢房有八十英尺长，二十八英尺宽，被囚犯们称为"黄泉巷"。这时候，黄泉巷的日常典狱长从口袋里掏出一瓶威士忌递给了莫瑞。这个人身材魁梧，举止粗鲁，但是非常和蔼。

"这是常规动作了，你应该知道。喝点这个壮壮胆，就算喝下去也不会上瘾的，这一点你知道。"

莫瑞一口气就喝完了。

"不错！"典狱长夸赞道，"这就是一点神经强壮剂，之后的一切都会非常顺利。"

他们一起到了走廊，七个死囚对即将发生的事情心知肚明，黄泉巷就是另一个世界。这里的人在被剥夺了五感中的一个或者几个时，都会用另外一感来代替。所有死囚都知道，现在距离八点不远了。八点整，莫瑞就会坐上电椅。虽然这里是黄泉巷，却也存在着犯罪精英，一个有勇气杀人，打倒敌人或者追捕者，受到质朴的情感和激烈的格斗的热情驱使的人，属于"高等"罪犯。人类中的鼠辈、蜘蛛辈和蛇辈根本入不了他们的眼。

所以，莫瑞被两位典狱长押着走向走廊的尽头时，只有三个死囚跟他告别了——博尼法西奥；在试图越狱时杀死了一个典狱长的马尔文；抢劫火车的巴塞特，当时他命令所有人都把手举起来，只有一个快递信使不听从他的命令，他就把对方枪杀了。其他的四个人都默默地坐在各自的单间里，无疑，他们都知道自己在这里还排不上号，他们还记得，自己的违法行为绝对比不上另外几位。

此时，莫瑞正沉迷在自己的平静世界中，放飞思想，不关注外界发生的一切。行刑室里聚集了有大概二十个人，包括监狱官员、新闻记者和围观群众……

这个句子刚写到一半，欧·亨利对最后一个故事的描述就戛然而止——被死神打断了。他原本想首开一种故事的先河，以一种前所未有的方式开创一个新的系列。"我要告诉大家，"他说，"我能写出新的东西——我指的是对我来说全新的东西——没有俚语，只有一个戏剧性的情节，以一种我认为的'讲故事'的手法予以呈现。"在开始创作这个故事之前，他为这个故事列了一个大纲：莫里被指控为残忍地伤害了他的心上人——这一谋杀的起因是忌妒，并不是预谋作案。刚开始，他面对死刑的时候非常平静，看起来并没有把它放在心上。快要坐上电椅时，他的情绪发生了剧烈的变化，他的头脑一片空白，瞠目结舌，不知道要怎么做。整个死刑室里的场景——见证人、目击者、行刑准备——对他来说都非常不现实。他的脑海中闪过了无数个念头，觉得自己正在犯一个非常可怕的错误。自己怎么被绑到椅子上了？自己犯了什么罪？就在典狱长为他调整绑带的时候，他的眼前出现了幻觉，他做了一个梦。他看到了在一大片花田之中，有一座小木屋，在阳光下熠熠生辉。屋里有一个女人，还有一个孩子。他和她们说话，原来这是他的妻儿，小木屋就是他们的家。归根结底，这是一个错误。有一个犯下的弥天大错，再难挽回。他接受的指控、审判、惩罚和电椅死刑——一切都是梦。他揽过妻子，亲吻孩子，这就是幸福的结局。刚才的一切都是一场梦。然后，在典狱长的示意下，能够夺人性命的电流接通了。

莫瑞做错了梦。